BIANCA™

INDIA
GREY

AL SERVICIO DEL ITALIANO

♦ HARLEQUIN™

Editado por Harlequin Ibérica.
Una división de HarperCollins Ibérica, S.A.
Avenida de Burgos, 8B - Planta 18
28036 Madrid

© 2024 Harlequin Ibérica, una división de HarperCollins Ibérica, S.A.
N.º 473 - 20.4.24

© 2009 India Grey
Al servicio del italiano
Título original: Powerful Italian, Penniless Housekeeper

© 2010 India Grey
Aquella última noche
Título original: Her Last Night of Innocence
Publicadas originalmente por Harlequin Enterprises, Ltd.
Estos títulos fueron publicados originalmente en español en 2011

I.S.B.N.: 978-84-1062-821-2
Depósito legal: M-4853-2024
Impreso en España por: BLACK PRINT
Fecha impresión para Argentina: 17.10.24
Distribuidor exclusivo para España: LOGISTA
Distribuidor para México: Distibuidora Intermex, S.A. de C.V.
Distribuidores para Argentina: Interior, DGP, S.A. Alvarado 2118.
Cap. Fed./Buenos Aires y Gran Buenos Aires, VACCARO HNOS.

MIXTO
Papel procedente de
fuentes responsables
FSC® C159065

Capítulo 1

U N BUEN partido.
Sarah se quedó paralizada en medio del aparcamiento y apretó en su puño el sobre que sujetaba en la mano.

Tenía que elegir un buen partido. Pero como había fallado por completo en encontrar uno en la vida real, sus posibilidades de éxito aquella noche no eran muchas.

Un poco más adelante de los Mercedes y BMWs que había aparcados a la entrada del pub más de moda de Oxfordshire, podían observarse los valles, arroyos y bosquecillos junto a los que ella había crecido. Bajo el sol veraniego tenían un precioso aspecto dorado.

Sintiendo como la adrenalina le corría por las venas, pensó que no tenía por qué entrar en el pub, no tenía que participar en aquella estúpida despedida de soltera ni ser el objeto de las bromas de todas... Sarah, con casi treinta años, iba a quedarse para vestir santos.

Se pasó una mano por sus enredados rizos y suspiró. Esconderse en la copa de un árbol podía resultar mucho más apetecible que entrar en un pub y tener que buscar un buen partido, pero a sus veintinueve años resultaba menos respetable. Y no podía estar el resto de la vida escondiéndose. Todo el mundo decía que debía enfrentarse de nuevo a la realidad por el bien de Lottie. Los niños necesitaban dos progenitores. Las niñas necesitaban un padre. Antes o después debía por lo menos intentar encontrar a alguien que llenara el repentino hueco dejado por Rupert. Aunque sólo de pensarlo se ponía enferma.

Cuando por fin entró en el oscuro local, con una temblorosa mano se metió el sobre en el bolsillo trasero de sus pantalones vaqueros. Durante los años que había estado alejada de Oxfordshire, The Rose and Crown había cambiado mucho. Había pasado de ser un pequeño pub rural con envejecidas moquetas y paredes ennegrecidas por el humo a un templo del buen gusto.

Disculpándose al abrirse paso entre la gente, se acercó a la barra y miró a su alrededor. Las puertas que daban al jardín del local estaban abiertas y vio a Angelica y a sus amigas alrededor de una gran mesa. Era imposible no verlas; formaban el grupo más ruidoso y glamuroso del lugar, el grupo que atraía todas las miradas de los hombres que había alrededor. Todas llevaban puesta la camiseta que les había dado la dama de honor principal de Angelica, Fenella, una estilizada joven que trabajaba como relaciones públicas y que era responsable de aquella estúpida reunión social. En las camisetas, que eran de talla pequeña, podía leerse en letras rosas, *La última juerga de Angelica*.

Con disimulo, Sarah intentó estirar la suya para que le cubriera la cintura. Ésta le había quedado al descubierto por encima de los demasiado apretados pantalones vaqueros que llevaba. Tal vez, si hubiera cumplido con la dieta que había prometido hacer aquel año, en aquel momento estaría riéndose junto a sus amigas e incluyendo algún soltero más en su lista de amantes. Si fuera más atractiva, quizá no estuviera necesitada de encontrar un buen partido ya que tal vez Rupert no hubiera sentido la necesidad de comprometerse con Julia, una fría rubia que era analista de sistemas. Pero demasiadas noches, mientras Lottie dormía, se había quedado en el sofá con la única compañía de una botella de vino barato y una caja de galletas...

Aunque sin duda iba a intentar perder algunos kilos hasta la boda, que iba a celebrarse en la antigua casa que Angelica y Hugh habían comprado en la Toscana y que estaban reformando.

Fenella, que volvía a la mesa con una bandeja llena de coloridas bebidas, la vio.

–¡Aquí estás! Pensábamos que no ibas a venir –le dijo–. ¿Qué quieres beber?

–Oh... sólo quiero tomar una copa de vino blanco –contestó Sarah.

Fenella se rió. Al hacerlo, echó la cabeza para atrás y captó la atención de todos los hombres que había alrededor.

–Buen intento, pero creo que no. Mira en tu sobre... es el siguiente reto –comentó, esbozando una sonrisita. A través de la muchedumbre reunida en el bar, se acercó a la puerta del jardín.

Con el corazón revolucionado, Sarah tomó el sobre del bolsillo trasero de sus pantalones.

Tras leer la siguiente instrucción, emitió un gemido de consternación.

El guapo camarero que había detrás de la barra la miró y negó con la cabeza de manera obvia, lo que ella interpretó como una cansina invitación para que pidiera. Se ruborizó intensamente.

—Me gustaría tomar un Orgasmo Ruidoso, por favor —dijo con la voz entrecortada.

—¿Un qué? —preguntó el camarero, levantando una ceja de manera desdeñosa.

—Un Orgasmo Ruidoso —repitió Sarah, abatida.

Le quemaban las mejillas y sintió como si alguien estuviera observándola. Desesperada, pensó que desde luego que estaban observándola; todas las amigas de Angelica habían dejado apartadas sus tácticas de flirteo para poder mirarla a través de la puerta del jardín.

—¿Y eso qué es? —preguntó el camarero, echándose para atrás su rubio flequillo.

—No lo sé —contestó ella, levantando la barbilla—. Nunca he tomado uno.

—¿Nunca ha disfrutado de un Orgasmo Ruidoso? Entonces, por favor, permítame... —dijo alguien detrás de ella con una voz profunda y rica, una voz con acento.

Sarah no pudo identificar de dónde era aquel hombre, al que parecía divertirle aquello. Se dio la vuelta, pero debido a la aglomeración que había en la barra le resultó imposible poder ver bien a aquel extraño; estaba de pie justo detrás de ella, era muy alto y tenía la piel aceitunada.

–Es una combinación de vodka, Kahlua y Amaretto... –le explicó él al camarero.

Aquel hombre tenía una voz increíble. Era italiano. Finalmente ella pudo identificar su acento debido a la manera en la que dijo Amaretto, como si fuera una promesa íntima. Sintió una extraña sensación en la pelvis y como se le endurecían los pezones.

No sabía qué estaba haciendo. Sarah Halliday no permitía que hombres desconocidos la ayudaran. Era una mujer adulta con una hija de cinco años. Había estado enamorada de un mismo hombre durante siete años. No era su estilo desear a desconocidos.

–Gracias por su ayuda –ofreció–. Pero puedo ocuparme yo –añadió, mirándolo de nuevo.

Sintió un nudo en el estómago. El hombre tenía el pelo oscuro, unas facciones angulares y una fuerte mandíbula cubierta por una barbita de tres días. Exactamente lo contrario al aspecto impecable y muy inglés de Rupert, que era el prototipo de chico dorado.

El atractivo hombre se giró para mirarla. Tenía los ojos tan oscuros que Sarah no fue capaz de diferenciar el iris de la pupila.

–Me gustaría invitarla –ofreció de manera simple, impasible.

–No, de verdad –contestó ella–. Yo puedo...

Con manos temblorosas, abrió su bolso y rebuscó en éste, pero la reacción que había sufrido a la altura de la pelvis estaba poniéndole difícil pensar con claridad. Aturdida, se dio cuenta de que sólo llevaba unas pocas monedas. Recordó que le había dado a Lottie para la caja de las palabrotas el último billete que había llevado. La política de su hija acerca de las palabrotas era draconiana y, como había introducido un sistema de multas, muy lucrativa. Estaba claro que había heredado de su padre el buen ojo para los negocios. Lo frustrada que había estado ella debido a aquella despedida de soltera le había costado muy caro.

–Son nueve libras con cincuenta –dijo el camarero, mirándola fijamente.

A Sarah aquel precio le pareció desorbitado. Había pedido una bebida, no una comida completa. Horrorizada, volvió a buscar en su bolso pero, cuando levantó la mirada, vio que el atractivo italiano estaba dándole al camarero un billete y que, a continuación, se alejaba de la barra con la bebida. Sin pensar, siguió a su salvador y no pudo evitar admirar la anchura de sus hombros.

Él se detuvo al llegar a la puerta del jardín y le entregó la bebida, que tenía un aspecto lechoso.

–Su primer Orgasmo Ruidoso. Espero que lo disfrute –comentó sin ninguna expresión reflejada en la cara y con un tono de voz diligentemente cortés.

Al tomar ella el vaso, los dedos de ambos se rozaron y sintió como una corriente eléctrica le recorría el brazo. Apartó la mano tan bruscamente que parte del cóctel le salpicó la muñeca.

–Lo dudo –espetó.

Las oscuras cejas de aquel extraño reflejaron cierta burla.

–Oh, Dios, lo siento tanto –se disculpó Sarah, horrorizada ante lo grosera que había sido–. Ha sido muy maleducado de mi parte decir eso después de que usted me haya invitado al cóctel. Es sólo que no es algo que normalmente elegiría, pero estoy segura de que estará delicioso –añadió, dando un largo sorbo a la bebida–. Está... muy rico.

Él la miró a los ojos fijamente.

–¿Por qué lo ha pedido si no es de su gusto?

–No tengo nada en contra de los orgasmos ruidosos, pero... –comenzó a explicar ella, mostrándole el sobre– todo esto es un juego. Es la despedida de soltera de mi hermana...

Tras decir aquello, pensó que debía haberle explicado a aquel extraño que la que iba a casarse era en realidad su hermanastra. Sin duda, él estaría preguntándose cuál de las numerosas bellezas que había congregadas en el pub podía compartir un conjunto de genes completo con ella.

–Me lo imaginé –comentó el italiano, mirando la camiseta que Sarah llevaba puesta y al numeroso grupo de mujeres que había en el jardín–. No parece que lo esté pasando tan bien como las demás.

–Oh, no. Estoy divirtiéndome mucho –respondió ella, forzándose en parecer convincente. Volvió a dar un trago a aquel desagradable cóctel e intentó que no le diera una arcada.

Con delicadeza, aquel extraño tomó el vaso de sus manos y lo dejó sobre la mesa que había tras ellos.

—Es usted una de las peores actrices que he conocido en mucho tiempo.

—Gracias —dijo Sarah entre dientes—. Mi prometedora carrera como actriz de Hollywood se ha echado a perder —bromeó.

—Créame, era un cumplido.

Ella levantó la mirada y se preguntó si él estaba tomándole el pelo, pero la expresión de su cara era extremadamente seria. Durante un momento, se miraron fijamente a los ojos. El intenso deseo que se apoderó de su cuerpo le sorprendió mucho. Sintió como se ruborizaba.

—¿Qué más cosas tiene que conseguir? —preguntó el italiano.

—Todavía no lo sé —respondió Sarah, dirigiendo la mirada al sobre que tenía en las manos—. Todo está aquí. Cuando se consigue uno de los retos, se abre el siguiente.

—¿La bebida era el primer reto? —preguntó él, esbozando una sonrisa.

—En realidad, era el segundo. Pero me rendí con el primero.

—¿Qué era?

Ella negó con la cabeza y permitió que el cabello le cubriera la cara.

—No tiene importancia.

Pero aquel hombre tomó el sobre de su mano con delicadeza. Durante un segundo, Sarah intentó recuperarlo, pero él era demasiado fuerte. Avergonzada, apartó la mirada cuando su acompañante abrió el sobre y leyó la primera instrucción que éste contenía.

–*Dio mio* –dijo el italiano con desagrado–. ¿Tiene que conseguir un «buen partido»?

–Sí, algo que no se me da muy bien precisamente –contestó ella, consciente de que su hermana y Fenella estaban mirándola–. Supongo que usted no será uno, ¿verdad?

Volvió a ruborizarse intensamente al darse cuenta de que parecía estar desesperada.

–Lo siento –se disculpó–. Finjamos que nunca he preguntado eso...

–No –respondió el hombre lacónicamente.

–Por favor... –suplicó Sarah, clavando la mirada en el suelo– olvídelo. No tiene que responder.

–Acabo de hacerlo. La respuesta es no. No soy un buen partido ni estoy soltero –dijo él, levantándole la barbilla con los dedos para que a ella no le quedara otra opción que mirarlo a la cara. Sus ojos eran negros y reflejaban una ilegible expresión–. Pero sus amigas no lo saben –añadió antes de besarla.

Al acercarse a besar a aquella joven, Lorenzo pensó que tal vez no fuera una de las mejores ideas que había tenido. Vio como los oscuros ojos de ella reflejaban una enorme sorpresa.

Pero estaba aburrido. Aburrido, desilusionado y frustrado. Y aquélla era una manera tan buena como cualquier otra de escapar durante un rato a las sensaciones que lo atormentaban. Los labios de aquella extraña eran tan suaves y dulces como había imaginado. Mientras la besaba con una enorme delicadeza, respiró la fresca fragancia que desprendía su piel.

Ella estaba temblando. Tenía el cuerpo muy rígido debido a la tensión y la boca firmemente cerrada bajo la suya. Sintió un cierto enfado hacia las mujeres congregadas en el jardín ya que obviamente le habían hecho pasar a su inesperada acompañante un mal rato. Le acarició a ésta la cara con una mano mientras con la otra le tomaba la nuca para acercarla aún más a él.

Sabía lograr que las mujeres se relajaran y se olvidaran de sus inhibiciones. La sujetó con mucha delicadeza y le hizo sentirse deseada, pero en ningún momento amenazada. Comenzó a acariciarle el cuello mientras lánguidamente le exploraba la boca con los labios.

Se vio embargado por una sensación de triunfo al oír que ella gemía y sentía que se relajaba. En ese momento aquella extraña separó los labios y comenzó a devolverle el beso con una vacilante pasión muy tentadora.

Él sonrió. Por primera vez en días... en realidad, en meses, estaba sonriendo. Estaba sonriendo en la boca de aquella dulce mujer poseedora de un espectacular pelo rizado color caoba, unos increíbles pechos y unos ojos muy, muy tristes.

Había ido a Oxfordshire en una corta peregrinación en busca de lugares sobre los que había leído en un viejo libro hacía algunos años. Nunca había podido dejar de pensar en los paisajes que se describían en la novela de Francis Tate, por lo que había ido a Inglaterra con la esperanza de recuperar parte de la creatividad que había muerto junto con el resto de su vida sentimental. Pero la realidad del lugar era decepcionante; no se parecía en nada al paraíso rural descrito en *El roble y el ciprés*. Había descubierto un lugar aburrido y falto de carácter.

Aquella mujer era lo más real con lo que se había encontrado desde que había llegado a Inglaterra. Probablemente incluso antes. Las emociones se reflejaban intensamente en su cara.

Tras haber sufrido el prolongado y sofisticado engaño de Tia, aquello era algo que le resultaba extremadamente atractivo.

Y era muy, muy sexy. Bajo la actitud autocrítica que tenía, la mujer estaba llena de pasión.

Sonrió aún más al bajar la mano y acariciarle la escultural cintura que tenía. La acercó hacia sí y sintió como el deseo se apoderaba de su estómago al tocar la piel que se escondía bajo su camiseta...

Sarah se quedó paralizada. Abrió los ojos y repentinamente lo apartó. Tenía los labios enrojecidos. Sus ojos reflejaron un gran dolor al mirar hacia el grupo de alborotadoras chicas que aplaudían desde el jardín.

Durante unos segundos, volvió a mirar al extraño

que la había besado antes de darse la vuelta y marcharse del local.

Era una broma, desde luego. Precisamente en aquello consistían las despedidas de soltera; en bromear para divertirse.

Al pasar por un hueco que había en la alambrada que rodeaba al aparcamiento del pub, sintió que algunos alambres le pinchaban los brazos. Se secó las lágrimas que comenzaron a caerle por las mejillas. Le dolía. Por eso estaba llorando, no porque no supiera aceptar una broma... incluso una tan dolorosa y humillante como el ser besada en un pub por un completo extraño que ni siquiera podía dejar de reírse al hacerlo.

Mientras caminaba enfadada entre los trigales, recordó que hacía tan sólo una semana se había encargado del catering de una fiesta de compromiso y delante de todos los invitados y de la feliz pareja se le había caído la tarta al suelo. El novio había resultado ser su amante desde hacía siete años y el padre de su hija. La vergüenza era algo que la había acompañado con frecuencia en su vida, por lo que el pequeño detalle de que la hubieran utilizado para divertirse en la despedida de soltera de su hermana no suponía nada para ella; siempre la humillaban todos.

El sol estaba poniéndose en el horizonte mientras teñía de dorado el paisaje. Furiosa, apartó el trigo de su camino de muy malas maneras. Lo peor de todo era que, hacía tan sólo unos minutos, en vez de frustración había sentido un intenso deseo. Se había sentido maravillosamente bien. Estaba tan sola que el vacío beso de un extraño le había hecho sentirse apreciada, especial, deseada y... bien.

Hasta el momento en el que se había dado cuenta de que él estaba riéndose de ella.

Al llegar a la cima de la colina, echó la cabeza para atrás y respiró profundamente. Pensó en Lottie y sonrió, tras lo que se apresuró en llegar a casa.

Lorenzo se agachó para tomar el sobre que ella había dejado caer al haberse apresurado en alejarse de él. Le dio la vuelta y leyó el nombre que había escrito en la solapa.

Sarah.

Era un nombre sencillo y fresco.

Al salir del The Rose and Crown, cruzó a la acera de enfrente y miró a su alrededor. No había rastro de ella. Todo estaba muy tranquilo. Parecía que Sarah había desaparecido.

Pero cuando estaba a punto de regresar al pub, un movimiento en la distancia captó su atención. Había alguien subiendo por la colina que había detrás de los edificios. Sin duda era una mujer. Los últimos rayos de sol iluminaban sus abundantes rizos y le otorgaban un aura dorada. Era una imagen preciosa.

Era ella. Sarah.

Sintió una extraña sensación en el estómago y,

de inmediato, deseó tener una cámara en las manos. Aquello era por lo que había ido a Oxfordshire. Delante de sí tenía la esencia de la Inglaterra que Francis Tate había reflejado en su libro.

Al llegar a la cima de la colina ella se detuvo y echó la cabeza para atrás. Entonces, tras un momento, comenzó a bajar por el otro lado de la colina y desapareció de su vista.

No sabía quién era aquella tal Sarah ni por qué se había marchado tan abruptamente del pub, pero no le importaba. Simplemente estaba muy agradecido de que lo hubiera hecho ya que, al hacerlo, le había dado algo que había pensado que había perdido para siempre. Su deseo de volver a trabajar. Su visión creativa.

Lo único que le quedaba por resolver era el complicado asunto de los derechos de copyright.

Capítulo 2

TRES SEMANAS más tarde...

A Sarah le dolía la cabeza y estaba muy cansada. Pero al cerrar los ojos y respirar profundamente el cálido aire de aquel lugar, se sintió un poco más animada.

Estaba en la Toscana.

—Pareces agotada, cariño.

Desde el otro lado de la mesa, su madre estaba mirándola fijamente. Sarah disimuló un bostezo y esbozó una dulce sonrisa.

—Es por el viaje. No estoy acostumbrada. Pero es maravilloso estar aquí —contestó, sorprendida ante la sinceridad de sus propias palabras.

Había temido tanto la boda de Angelica debido a las implicaciones que conllevaba para ella misma, ya que ponía de relieve su imposibilidad de encontrar una pareja permanente, que no había pensado en lo maravilloso que sería ir a Italia. Aquel viaje suponía el cumplimiento de un sueño, uno de los que había tenido cuando hacía años se había permitido soñar.

—Es estupendo que estés aquí —comentó Martha, frunciendo el ceño—. Creo que necesitabas alejarte de algunas cosas ya que, sinceramente, cariño, no parece que estés en muy buena forma.

–Lo sé, lo sé –respondió Sarah, consciente de los kilos que le sobraban–. Estoy a dieta, pero ha sido muy duro todo lo de Rupert, lo del trabajo, la preocupación por el dinero...

–No me refería a eso –dijo su madre con delicadeza–. Estaba hablando de buena forma mental. Pero si tienes algún problema económico, ya sabes que Guy y yo te ayudaremos.

–¡No! –se apresuró en contestar Sarah–. No pasa nada. Me surgirá algo –añadió, recordando la carta que había recibido hacía unas semanas de los editores de su padre.

Aquella misiva suponía el último de una larga lista de requerimientos que había recibido de derechos de filmación sobre el libro *El roble y el ciprés* desde que hacía once años había heredado los derechos de autor.

Al principio había considerado en serio algunas de las ofertas que había recibido, hasta el momento en el que la amarga experiencia le había demostrado que Francis Tate parecía sólo atraer a estudiantes de cinematografía sin recursos con tendencia a sufrir extraños y obsesivos trastornos psicológicos. Todo aquello le había llevado a simplemente negar cualquier tipo de permiso sobre el libro... por su bienestar mental y respeto a la memoria de su progenitor.

–¿Cómo está Lottie? –preguntó Martha.

Inquieta, Sarah miró a su hija, que estaba sentada en el regazo de Angelica.

–Bien –aseguró, odiando el tono defensivo que se apoderó de su voz al decir aquello–. Ni siquiera se ha dado cuenta de que Rupert ya no está con nosotras, lo que ha hecho que yo sea consciente de lo mal padre que ha sido. No recuerdo la última vez que pasó tiempo con ella.

Las últimas veces que Rupert había visitado el piso de la calle Shepherd's Bush, había sido para mantener un rápido e insatisfactorio sexo con ella mientras Lottie estaba en el colegio. Se estremeció al recordar las torpes y poco sensibles caricias del padre de su hija. Éste no había hecho otra cosa que ponerle tristes excusas acerca de la cantidad de trabajo que tenía para justificar las tardes y los fines de semana que ya no pasaba con ellas. Se preguntó durante cuánto tiempo más habría estado mintiéndole si ella no hubiera descubierto su engaño de una manera tan espectacular.

–Estás mejor sin él –comentó Martha.

–Lo sé –concedió Sarah, levantándose. A continuación, comenzó a tomar los platos de la mesa–. De verdad, lo sé. No necesito un hombre.

–Eso no es lo que he dicho –respondió su madre, levantándose a su vez. Tomó la botella de vino y la levantó a contraluz para comprobar si quedaba algo–. He dicho que estás mejor sin Rupert, no sin ningún hombre en general.

–Estoy bien sola –aseguró Sarah con tesón.

Pero sólo tenía que pensar en el atractivo italiano que la había besado en la despedida de soltera de

Angelica para darse cuenta de que no estaba viviendo una vida plena.

–Lo que te pasa es que echas de menos a Guy. Siempre te comportas de una manera ridículamente sentimental cuando no está contigo.

Guy y Hugh, así como todos los amigos de éste, no llegaban hasta el día siguiente, por lo que aquella noche sólo estaban «las chicas», tal y como Angelica solía referirse a ellas. Martha se encogió de hombros.

–Tal vez –concedió–. Sólo soy una vieja romántica. Pero no quiero que pierdas tu oportunidad de encontrar el amor simplemente porque estás decidida a mirar para otro lado, eso es todo.

Mientras llevaba los platos a la cocina, Sarah pensó que su vida amorosa era como una llanura muy árida. Si alguna vez aparecía algo en el horizonte, sin duda alguna lo vería.

Justo delante de ella, la casa que su hermana y su prometido habían adquirido tenía un aspecto precioso. La cocina se encontraba en un extremo de la vivienda. Al llegar, entró y encendió la luz. Dejó el montón de platos que había retirado de la mesa sobre la rústica encimera. Al mirar a su alrededor, no pudo evitar sentir un poco de envidia al comparar aquella estancia con la diminuta y oscura cocina de su piso de Londres.

Enojada, abrió el grifo del agua fría y colocó las muñecas bajo el potente chorro que salía de éste. El calor, el cansancio y la copa de Chianti que había tomado habían mermado sus defensas aquella velada. Cerró el grifo y volvió a salir al jardín. Al sentarse de nuevo a la mesa, oyó que Angelica estaba relatando todos los desastres que habían acompañado la reforma de la casa.

–... parece que él es un fanático de mantener las cosas lo más naturales y auténticas posible. Le hizo frente al arquitecto con cierto aspecto de las leyes de urbanismo de la Toscana que sugería que no podíamos poner el techo de la cocina de cristal, sino que debíamos reutilizar las antiguas tejas. Tenía algo que ver con el hecho de mantener el espíritu original de la vivienda.

La expresión de la cara de Fenella reflejó mucha impresión.

–Está muy bien que él diga todo eso, ya que vive en un *palazzo* del siglo XVI. Pero... ¿espera que viváis como campesinos simplemente porque comprasteis una casa como ésta?

Martha le dirigió una dulce sonrisa a Sarah.

–Hugh y Angelica han tenido ciertos problemas con la aristocracia local –le explicó–. En particular con el propietario del *palazzo* Castellaccio, que está aquí cerca.

–¿Aristocracia? –bramó Angelica–. No me importaría si lo fuera, pero simplemente es un nuevo rico. Es director de cine. Se llama Lorenzo Cavalleri. Está casado con esa increíble actriz italiana, Tia de Luca.

Fenella parecía estar muy emocionada. Los famosos le llamaban mucho la atención.

–¿Tia de Luca? Según parece, ya no están juntos –comentó, sentándose de manera más erguida a la mesa–. En la revista que compré ayer en el aeropuerto publican una entrevista que le han realizado a ella. Parece ser que ha dejado a su marido por Ricardo Marcelo. Está embarazada.

–Oh, ¡qué emocionante! –exclamó Angelica–. Ricardo Marcelo es muy guapo. ¿Es suyo el bebé?

Sarah pensó que parecía que estaban hablando de conocidos íntimos. Tuvo que contener un bostezo. Sabía quién era Tia de Luca, al igual que todo el mundo, pero no podía emocionarse acerca de la complicada vida amorosa de alguien a quien jamás conocería.

–No lo sé –contestó Fenella–. Por lo que dice en la entrevista, creo que el bebé tal vez sea de su marido, de Lorenzo no se qué. ¿Lo has conocido?

Al otro lado de la mesa, Lottie estaba sentada en una rodilla de su abuela con el dedo pulgar metido en la boca, obviamente agotada. Incluso a Sarah le pesaban mucho los párpados. Se echó para atrás en la silla y se permitió el lujo de cerrar los ojos mientras las demás mujeres continuaban hablando.

–No –contestó Angelica–. Pero Hugh sí. Dice que es una persona difícil. El típico macho italiano, muy arrogante y estirado. Pero tenemos que intentar llevarnos bien con él ya que la iglesia en la que vamos a casarnos está en parte de su propiedad.

–Vaya –dijo Fenella con calidez–. Parece divino. A mí no me importaría tener que llevarme bien con un típico macho italiano.

Sarah abrió los ojos en ese momento. Había estado a punto de quedarse dormida.

–Vamos, Lottie. Ya deberías estar en la cama.

Al oír su nombre, la pequeña pareció muy reacia a dejar la reunión.

–No, mami –protestó–. De verdad...

–Uh, uh...

Lottie tenía una gran capacidad persuasiva y normalmente la resistencia de su madre no ganaba ante la dura combinación de dulzura y lógica de la pequeña. Pero las cosas fueron distintas aquella noche. Una mezcla de agotamiento y de una extraña sensación de insatisfacción se apoderó de Sarah, que empleó un duro tono de voz.

–A la cama. Ahora.

Lottie miró el cielo por encima del hombro de su madre y parpadeó.

–No hay luna –susurró con la preocupación reflejada en la cara–. ¿No tienen luna en Italia?

En un instante, la frustración de Sarah desapareció. La luna era una especie de amuleto para su hija, le daba seguridad.

–Sí, tienen luna –contestó–. Pero esta noche debe estar acurrucada detrás de las nubes. Mira, tampoco hay estrellas.

Lottie pareció un poco más relajada.

–Si hay nubes, ¿quiere decir que va a llover?

–Oh, Dios, no digas eso –terció Angelica, riéndose–. Decidimos casarnos aquí precisamente por el tiempo. ¡En la Toscana nunca llueve!

Iba a llover.

De pie junto a la ventana abierta de su despacho,

Lorenzo respiró el olor a tierra seca y miró el oscuro cielo. Hacía mucho calor, pero una súbita brisa agitó las copas de los cipreses del jardín. Afortunadamente se avecinaba un cambio.

La sequía había durado meses. El suelo estaba árido y lleno de polvo. Alfredo había utilizado casi todos los barriles de agua de lluvia que tenían guardados para emergencias, pero aun así, el paisaje que rodeaba al *palazzo* Castellaccio era marrón y seco.

Repentinamente oyó un gemido de placer. Se dio la vuelta justo a tiempo para ver al amante de su ex mujer echado sobre el desnudo cuerpo de ella, acariciándole un pezón con la lengua.

Mientras la enorme pantalla de plasma reflejaba una imagen de los labios abiertos de Tia, mordazmente pensó que aquellas escenas estaban muy bien hechas. Ricardo Marcello no era muy buen actor pero se esmeraba mucho en las escenas de sexo, por lo que la película, que versaba sobre la vida del científico italiano del siglo XVI Galileo, contenía más escenas de sexo de las que había planeado inicialmente.

Asqueado, tomó el mando a distancia y detuvo el film justo en el momento en el que la cámara estaba mostrando de nuevo el maravilloso cuerpo de Tia. *Girando alrededor del sol* garantizaba todo un éxito de taquilla, pero a la vez representaba el momento más bajo de su capacidad creativa, el momento en el que había vendido su integridad.

Lo había hecho por Tia. Porque ella se lo había suplicado. Porque podía. Y porque, de alguna manera, había querido resarcirla por lo que no podía darle.

Con amargura, pensó que había terminado perdiéndolo todo.

Como si hubiera percibido el estado de ánimo de su dueño, el perro que había estado durmiendo acurrucado en una esquina del sofá de cuero que había en la sala levantó la cabeza y se apresuró en bajar al suelo para acercarse a Lorenzo. Presionó su larga nariz en la mano de éste. Lupo era una mezcla entre un perro de caza y un perro lobo. Era todo un misterio. Pero aunque su pedigree no estaba muy claro, su lealtad hacia su amo sí que lo estaba. Al acariciarle las orejas al perro, Lorenzo sintió que su enfado lo abandonaba. Tal vez aquella película le había costado perder a su esposa, así como su autoestima y casi su visión creativa, pero al mismo tiempo había sido el punto de inflexión que había necesitado para darle un giro a su vida.

El libro de Francis Tate reposaba sobre el escritorio que había junto a él. Lo tomó y acarició la portada. Había llevado en su bolsillo aquel ejemplar durante numerosos viajes y lo había leído en infinidad de descansos de rodajes de películas. Lo había encontrado por casualidad en una librería de segunda mano en Bloomsbury durante su primer viaje a Inglaterra. Por aquel entonces había tenido diecinueve años y había estado trabajando como corredor de una película en Londres. Había echado muchísimo de menos su casa y al haber visto la palabra «Ciprés» en el título del libro, éste le había atraído muchísimo.

Distraído, ojeó algunas páginas de la novela y recordó las imágenes que siempre se apoderaban de su mente al leerlas, imágenes que no habían perdido su frescura tras los veinte años que habían pasado desde que había disfrutado de aquella historia por primera vez. Tal vez no fuera a resultar muy comercial, quizá fuera a costarle más que las ganancias que podría obtener, pero realmente quería hacer aquella película.

Involuntariamente recordó a la chica del The Rose and Crown, Sarah, mientras había subido andando por aquella colina llena de trigo, la luz que se había reflejado en sus desnudos brazos y su precioso pelo caoba. Se había convertido en una especie de inspiración en su mente; aquella imagen representaba la esencia de la película que quería crear. Algo sutil, tranquilo, sincero.

En ese momento, un trozo de papel cayó del libro y fue a parar al suelo. Era la carta de los editores de Tate.

Gracias por su interés, pero la decisión de la señorita Halliday acerca de rodar una película basada en el libro de su padre El roble y el ciprés *es inalterable en este momento. Sin duda le informaremos si la señorita Halliday cambia de opinión en el futuro.*

Capítulo 3

SARAH SE despertó sobresaltada y se sentó en la cama. Tenía el corazón revolucionado. Durante las anteriores semanas se había acostumbrado a la sensación de despertarse sobre una almohada húmeda debido a sus lágrimas, pero aquello era algo distinto. El edredón que había apartado a un lado estaba absolutamente empapado y la camisa de algodón con la que se había acostado, que había sido de Rupert, estaba muy húmeda. Todo estaba oscuro. Demasiado oscuro. Oyó como caía agua. Estaba lloviendo. Mucho. Dentro de la habitación...

Le cayó una gota en el hombro. Se apresuró en levantarse de la cama y presionó el interruptor para encender la luz. Pero nada se iluminó. Aunque estaba demasiado oscuro, instintivamente levantó la cabeza para mirar al techo... y una nueva gota le cayó entre los ojos. Maldijo en voz baja.

–Mami –murmuró Lottie desde su cama–. Lo he oído. Son diez peniques más que tienes que poner en la caja de las palabrotas.

Sarah oyó como se movían las sábanas de la cama de su hija al sentarse ésta en el colchón.

–Mami –repitió la pequeña–. Todo está empapado.

–Parece que hay goteras en el techo –respondió Sarah, forzándose en mantener un tranquilo tono de voz–. Venga, vamos a buscar un pijama seco para ti y a comprobar qué pasa.

A continuación tomó a Lottie de la mano y palpando las paredes del dormitorio salió al pasillo, donde hizo lo mismo para intentar llegar a las escaleras de la vivienda.

–Por favor, ¿podemos encender la luz? –pidió la pequeña, nerviosa–. Está muy oscuro.

–El agua debe haber fundido los plomos. No te preocupes, cariño, no es nada de lo que tengas que tener miedo. Estoy segura de que...

En aquel momento se oyeron unos gritos provenientes de la parte de la vivienda en la que se encontraba la habitación de Angelica. Estaba claro que ésta se había dado cuenta de la crisis. La puerta de su dormitorio se abrió.

–Oh, Dios.... ¡despertad todas! ¡Está colándose agua por el techo!

Lottie agarró con más fuerza aún la mano de su madre ante la histeria que reflejaba la voz de su tía.

–Ya lo sabemos –contestó Sarah, forzándose en controlar lo irritada que estaba–. Vamos a mantener la calma mientras averiguamos qué ocurre.

Pero su hermana sólo se tranquilizaba en los costosos spas a los que acudía. Fenella se acercó a ella como un espectro en la oscuridad. Ambas se abrazaron y comenzaron a sollozar.

–Amores, ¿qué ha ocurrido? –terció Martha, uniéndose al grupo–. Pensé que por error me había quedado dormida en la bañera. Todo está empapado.

–Debe haber un problema con el techo de la casa –contestó Sarah cansinamente–. Mamá, cuida de Lottie. Angelica, ¿dónde puedo encontrar una linterna?

–¿Cómo voy a saberlo? –espetó su hermana–. Eso es asunto de Hugh, no mío. Oh, Dios, ¿por qué no está él aquí? O papi. Ellos sabrían qué hacer.

–Yo sé qué hacer –aseguró Sarah entre dientes mientras se dirigía hacia las escaleras tras entregarle su hija a su madre. Precisamente aquello era lo que ocurría cuando no había un hombre alrededor que lo hiciera todo; las mujeres desarrollaban algo llamado independencia–. Voy a encontrar una linterna y a salir fuera para descubrir qué ocurre con el tejado.

–No seas tonta... no puedes subir al tejado con este tiempo –se burló Angelica.

–Cariño, tu hermana tiene razón –dijo Martha–. No es buena idea.

–Bueno, pues decidme si tenéis otra mejor –respondió Sarah en tono grave.

Por toda la oscura casa se oía el sonido de la lluvia. Cuando llegó a la cocina para buscar la costosa colección de herramientas de Hugh, sus pies se encontraron con varios charcos que había en el suelo.

Cuando por fin encontró las herramientas, comprobó aliviada que entre éstas había una pequeña linterna. La encendió e iluminó las paredes. El agua caía del techo a raudales. Entonces abrió las puertas que daban al jardín y salió fuera.

Fue como entrar en la ducha completamente vestida. Empapada, respiró profundamente y se forzó a andar hacia delante. Cuando estuvo a suficiente distancia, enfocó el tejado de la casa con la linterna. Pero la leve luz de ésta no dejaba ver cuál podía ser el problema.

–¡Sarah... estás empapada! ¡Entra, cariño! –gritó su madre desde la puerta. Se había puesto un chubasquero sobre su elegante camisón de La Perla. También llevaba un paraguas–. Aquí no podemos hacer nada. Angelica y Fenella se han llevado a Lottie con ellas para pedirle ayuda al atractivo vecino de al lado.

Sarah enfocó la parte más alta del tejado.

–Pero estamos en medio de la noche. No puedes aparecer en casa de alguien a estas horas.

–Cariño, somos unas señoritas en apuros –gritó de nuevo Martha para que su hija la oyera–. Es una emergencia. No podemos esperar a mañana –añadió, entrando de nuevo en la vivienda.

–Habla por ti –contestó Sarah en voz baja, disgustada. Se acercó a tomar una de las sillas del patio para subirse a ella. Sujetó la linterna con los dientes y se ayudó del desagüe para subir al tejado a continuación.

Arrodillada sobre las tejas, comprobó que éstas fueran suficientemente firmes para soportar su peso. Con mucho cuidado se puso de pie y sujetó de nuevo la linterna con las manos. El tejado estaba inclinado hacia arriba en la parte que cubría el área principal de la casa y subió por las tejas para comprobar su estado. Parecía que no faltaba ninguna. Entonces dirigió la linterna hacia la parte más alta, donde se encontraba el techo de la cocina. Parecía haber un hueco...

En ese momento oyó a alguien hablar desde el suelo y repentinamente todo se vio iluminado por una cegadora luz blanca. Tuvo que llevarse las manos a los ojos para evitar que la luz la deslumbrara, momento en el que se le cayó la linterna.

–¡Maldita sea!

–Quédese donde está, no se mueva.

Sarah no podía ver absolutamente nada ya que la potente luz la cegaba por completo. Intentó ver al italiano poseedor de aquella grave voz al mismo tiempo que se arrodilló para tratar de tapar cuanto pudo de sus desnudas piernas con la empapada camisa de algodón.

–Le he dicho que se quede quieta. A no ser, desde luego, que quiera matarse.

–Ahora mismo me tienta hacerlo... –respondió ella entre dientes– teniendo en cuenta que estoy medio desnuda y usted está iluminándome con esa potente luz. ¿Podría apagarla?

–Si lo hago, ¿cómo va a ser capaz de ver para bajarse de ahí? –contestó el hombre, que tenía una voz muy masculina y profunda.

–Me las estaba arreglando bien hasta que llegó usted.

–Se refiere a que todavía no se ha roto el cuello. ¿Qué demonios creía que estaba haciendo al subir ahí arriba con este tiempo?

–Parece usted mi madre –espetó Sarah–. No habría subido aquí si hiciera otro tipo de tiempo ya que lo que estoy intentando descubrir es por dónde está colándose el agua. Me parece que ahí arriba puedo ver un...

–En realidad, no quiero saberlo –interrumpió él, exasperado–. Sólo quiero que se acerque muy despacio al borde del tejado.

–¿Está usted loco? –dijo ella, apartándose algunos empapados mechones de pelo de la cara–. ¿Por qué?

–Porque sé que en el borde hay una viga que soportará su peso.

–¡Oh, muchas gracias! Supongo que es de acero reforzado...

–Sarah, simplemente hazlo –contestó el italiano, tuteándola.

Al oír que él la llamaba por su nombre, ella sintió como algo se le revolvía por dentro. Boquiabierta, tardó unos segundos en ser capaz de hablar.

–¿Cómo sé que puedo confiar en usted? –preguntó, malhumorada–. Ni siquiera lo conozco.

–No es el momento para presentaciones minuciosas. Pero me llamo Lorenzo y ahora mismo soy lo único que la separa de una terrible caída.

Aquella voz estaba teniendo un efecto muy inconveniente en Sarah, que se sintió muy irritada.

–No quiero ser grosera, Lorenzo, pero no tienes ningún derecho a decirme lo que dedo hacer. No soy tonta; antes de subir al tejado comprobé que fuera seguro. Las tejas están muy bien colocadas...

Al dar un paso al frente, sintió como una de las tejas se rompía bajo sus pies. Angustiada, gritó. Moviendo los brazos, intentó no perder el equilibrio. Repentinamente tuvo miedo.

–Tranquila –dijo él–. No te ha pasado nada.

–Es muy fácil para ti decirlo; no eres tú el que está a punto de caer por el tejado.

–Eso no va a ocurrir.

–¿Cómo lo sabes?

–Porque no voy a permitir que ocurra. Tienes que escucharme detenidamente y hacer lo que te diga, ¿está bien?

–Está bien –respondió ella, observando como aquel hombre enfocaba con su potente linterna la parte más baja del tejado.

–Acércate con mucho cuidado al borde del tejado y detente cuando yo te lo diga.

Sarah le obedeció. Gimoteó de miedo al sentir como otra teja se rompía bajo sus pies.

–Detente ahí –ordenó Lorenzo–. Ahora, estira los brazos hacia mí. Voy a ayudarte a bajar.

–¡No! ¡No puedes! Peso demasiado. Voy a...

No pudo terminar de protestar ya que sintió que él le abrazaba la cintura con un brazo y la acercaba a su cuerpo. A través de la fina barrera de sus mojadas ropas, notó el calor que desprendía la piel de su rescatador, así como la fortaleza de su musculoso pecho. Instintivamente, lo abrazó por los hombros. Un intenso acaloramiento le recorrió el cuerpo.

–Gracias –murmuró, apresurándose en apartarse de él al tocar algo sólido con los pies.

Se le revolvió el estómago al darse cuenta de que estaba cayendo por el borde de la mesa en la que ambos estaban de pie. Pero Lorenzo volvió a agarrarla y a sujetarla con firmeza.

–Estoy comenzando a pensar que quieres suicidarte –comentó él en tono grave. A continuación la tomó en brazos y, con mucho cuidado, se bajó de la mesa.

–Si ése fuera el caso, podría pensar en maneras más elegantes de terminar con todo. Ahora, por favor, déjame en el suelo.

–Hay mucha gravilla y no tienes zapatos.

–Estoy bien. Puedo arreglármelas. Por favor... –suplicó Sarah, aturdida al darse cuenta de que aquel italiano estaba acercándola a un todoterreno que había aparcado en el jardín–. ¿Dónde me llevas?

–A casa.

–Por favor, detente. ¡Déjame en el suelo!

–Si es lo que realmente quieres... –concedió Lorenzo, suspirando. De inmediato, la dejó en el suelo.

Una irrazonable decepción se apoderó de ella. Se tambaleó ligeramente al sentir que las afiladas piedrecitas del camino se le clavaban en los pies. Hacía mucho frío.

–Es lo que quería –aseguró–. Ha sido muy amable por tu parte ayudarme, pero estaremos bien aquí hasta mañana. Ni siquiera nos conocíamos de antes y somos cinco...

–Tu familia ya está en mi casa, en Castellaccio.

–¿Qué? Pero no pueden, no podemos... abusar de ti. Aquí estaremos bien.

–Es gracioso, pero no ha sido eso lo que ha dicho tu hermana. Ni su amiga... ¿Fenella, verdad? –comentó él, abriendo la puerta del acompañante del vehículo al llegar a éste.

En ese momento una pequeña luz del interior del coche se encendió y Sarah sintió como le daba un vuelco el corazón al ver de perfil la cara de aquel director de cine. Le recordó mucho al hombre que la había besado en el pub aquella noche. Pero sabía que era completamente ridículo. No podía ser. Entró en el vehículo y se apresuró en abrocharse el cinturón de seguridad mientras observaba como él entraba en el coche y se sentaba en el asiento del conductor. Entonces giró la cabeza y miró a través de la ventanilla.

–Mañana a primera hora telefonearé a un constructor local para que venga a echarle un vistazo al tejado y esperanzadoramente podremos arreglarlo –comentó.

–¿Conoces a muchos constructores locales decentes?

–No, pero supongo que cualquier constructor local será mejor que los idiotas que Hugh y Angelica trajeron de Londres. Dios sabe lo que han hecho.

–A mí me parece que han colocado las tejas al revés. Las tejas de los tejados de la Toscana tienen una curvatura especial y parece que las han puesto de tal manera que el agua se cuela entre ellas. Si estoy en lo cierto, tendrán que poner todo el tejado nuevo.

–Oh, Dios, pero la boda es pasado mañana –comentó ella–. Tendré que pensar en algo.

–¿Por qué es tu responsabilidad? –preguntó Lorenzo tras una breve pausa.

–Ya has conocido a Angelica y a mi madre. Son unas inútiles. No podemos esperar a que lleguen Hugh y Guy si queremos arreglar el problema antes de la boda.

–He conocido a Hugh, ¿pero quién es Guy? –quiso saber Lorenzo mientras conducía hacia su propiedad.

–Guy es mi padrastro. El padre de Angelica. Es la clase de persona que lo arregla todo... sobre todo para su hija. Pero creo que poner el tejado nuevo en toda una casa en sólo veinticuatro horas está más allá de su capacidad.

–¿No te llevas bien con él?

–Oh, sí –respondió Sarah, cerrando los ojos por un momento. Repentinamente se sintió agotada–. No podrías no llevarte bien con Guy. Es encantador, ingenioso, extremadamente generoso...

–¿Pero?

Ella se dio cuenta de que el coche se detuvo, pero de que Lorenzo no apagó el motor. Sintiéndose segura dentro del vehículo, recordó la sensación de haber estado en los brazos de aquel hombre, de aquel extraño. De Lorenzo Cavalleri.

Entonces abrió los ojos y agarró el manillar de la puerta.

–Simplemente no es mi padre. Eso es todo –contestó de manera abrupta. A continuación abrió la puerta del coche y salió de éste.

Al salir del vehículo y dirigirse a la puerta del *palazzo*, donde le esperaba Sarah, Lorenzo pensó que el mundo era un pañuelo. Sonrió al mirarla y ver como la lluvia caía sobre ella.

—La puerta no está cerrada con llave. Por favor, pasa.

Pero Sarah no se movió.

—Mira, siento mucho todo esto —dijo al pasar él por su lado y abrir la puerta—. No me parece bien. Ni siquiera te conocemos. Tal vez simplemente debamos marcharnos y...

La luz de la entrada de la vivienda iluminó parte de la oscura y húmeda noche. Lorenzo se apartó a un lado para dejarla entrar, pero vio que ella se echaba para atrás. Parecía muy impresionada, como si se hubiera dado cuenta de la realidad. Decidió agarrarla por la muñeca e impulsarla a entrar en la vivienda.

—No vas a ir a ningún sitio —aseguró—. Esta vez no.

Capítulo 4

SARAH SE apoyó en la puerta cerrada que tenía tras de sí, ajena a la grandiosidad del enorme hall de la vivienda.

–¿Esta vez? ¿Así que lo sabías? Durante todo este rato en el que he estado haciendo el ridículo tú sabías que era yo –dijo, horrorizada–. Podrías habérmelo dicho.

–¿Y si lo hubiera hecho?

–Me habría quedado en el tejado.

Avergonzada, ella cerró los ojos. Pensó en el aspecto que debía haber tenido subida a las tejas. No podía creer que Lorenzo fuera el mismo hombre que la había besado para reírse en la despedida de soltera de su hermana. Era más de lo que podía soportar.

–Exactamente –comentó él con gravedad.

En ese momento los interrumpió su madre.

–¡Oh, aquí estás, cariño! –exclamó Martha, acercándose a ellos con una copa en la mano–. Ven y toma una toalla... estamos todas secándonos delante de una encantadora chimenea al mismo tiempo que entramos en calor con el excelente brandy del *signor* Cavalleri –añadió, mirando a Lorenzo–. Ha sido tan amable.

Sarah apretó los dientes, avergonzada.

–Mamá, por favor –contestó, siguiendo a su pro-

genitora hacia una puerta que había a la derecha–.
Realmente creo que no podemos...

Al entrar en una sala de la casa, se quedó paralizada. La habitación era extremadamente grande y
estaba lujosamente decorada, pero lo que captó su
atención fue lo desordenado que estaba todo. Había
papeles por todas partes; encima del antiguo escritorio de madera, sobre la mesa que había frente a la
chimenea y hasta en el sofá de cuero, donde se encontraban sentadas Angelica, Fenella, Lottie y un
gran perro gris.

–Lottie se ha quedado completamente dormida,
gracias a Dios –continuó Martha, mirando a su
nieta–. ¿No es dulce, *signor* Cavalleri? Realmente
le agradezco que se haya compadecido de nosotras
en este momento de necesidad. Ahora que ya estamos todas aquí, permítame que realice las presentaciones como es debido.

Allí de pie con su húmeda camisa, Sarah se estremeció y emitió una risotada.

–No creo que haya necesidad de ello. Angelica
y el *signor* Cavalleri ya se conocen.

–Oh, no, me parece que no –dijo su hermana,
echándose para atrás su sedoso pelo rubio–. Pero sí
que ha conocido a mi novio, Hugh. Fue usted muy
amable al ir a nuestra casa para ofrecer su consejo
sobre...

Fenella, que estaba sentada junto a Angelica, le
dio a ésta un leve codazo y murmuró algo inaudible
para los demás. Entonces miró a Sarah. A Angelica
se le quedaron los ojos como platos.

–Oh, Dios mío, sí. Usted estaba en el pub aquella noche, ¿no es cierto? En el The Rose and Crown, la tarde de mi despedida de soltera.

Lorenzo asintió con la cabeza.

–Oh, Dios... ¡no puedo creerlo! Vaya coincidencia más increíble, ¿verdad, Fenella?

–Increíble –concedió Fenella, esbozando una sonrisita. Se levantó del sofá con un elegante movimiento y permitió que la larga rebeca de cachemira que llevaba se abriera para mostrar los pantalones cortos y la camiseta que tenía puestos debajo.

–Si hubiéramos tenido la oportunidad de hablar, tal vez habríamos descubierto la coincidencia antes pero, según recuerdo, Sarah te monopolizó. Ambos desaparecisteis muy rápido –comentó, tuteando a Lorenzo.

Sarah tomó una toalla y comenzó a secarse el pelo a toda prisa. Quería evitar agarrar a Fenella por el cuello y estrangularla. Observó como él estrechaba la mano que ella le tendía.

–Según recuerdo yo... –respondió Lorenzo, apartándose de Fenella– tú estabas monopolizando al resto de los varones del local. Estoy seguro de que no supuso ninguna pérdida.

–Es increíble que usted se encontrara en el oscuro y aburrido Oxfordshire –terció Martha–. Por cierto, yo soy Martha, Martha Halliday.

–No tan aburrido, *signora* Halliday –contestó él, que parecía levemente impresionado.

Sarah se percató de que puso cierto énfasis en el apellido de su madre.

–Desde luego que no lo fue la velada que pasé allí –continuó Lorenzo–. ¿Lleva mucho tiempo viviendo en Oxfordshire?

–Desde que cumplí diecinueve años y me enamoré por primera vez. Pero tiene usted razón; no se parece en nada a lo que solía ser. Yo crecí en una zona residencial y fue como si me dejaran en medio de una novela de Thomas Hardy. Salvajemente romántico en teoría, pero la realidad fue muy dura. Por aquella época, el The Rose and Crown era un diminuto local donde se reunía la gente del pueblo, que se servía ella misma y ponía el dinero en una caja. Francis, mi primer marido, pasaba más tiempo en el pub que en casa. Solía sentarse en una mesa que había junto a la chimenea y escribir. Decía que era el único lugar donde estaba lo bastante caliente en invierno para pensar.

–¿Pensar?

–Sí. Sobre todo en poesía. Pero...

–Mamá –dijo Sarah entre dientes–. Son las tres de la madrugada. No creo que sea el momento para charlar de literatura.

Sabía que su madre iba a comenzar a hablar del libro que su padre había escrito basado en Oxfordshire y la Toscana. Al igual que sus poemas, había sido todo un fracaso comercial, pero Martha siempre lo había alabado como si hubiera sido todo un éxito de ventas.

–Lo siento. Desde luego, cariño; tienes razón –concedió su madre, dejando sobre la mesa su copa de brandy vacía–. Ya le hemos molestado bastante, *signor* Cavalleri. Espero que no sea un gran inconveniente que nos quedemos a pasar la noche.

–En absoluto –contestó Lorenzo–. Aunque me temo que no puedo prometer un servicio de cinco estrellas. Ahora mismo estoy aquí solo. Mi ama de llaves dejó el puesto hace algún tiempo y todavía no la he sustituido, por lo que tendrán que ocuparse de ustedes mismas. ¿Han encontrado las habitaciones?

–Oh, sí, gracias –respondió Martha, sonriendo–. Chicas, creo que ahora debemos dejar tranquilo al *signor* Cavalleri.

Al levantarse Angelica y Fenella del sofá y marcharse de la sala tras dar las buenas noches, el perro levantó a su vez la cabeza con tristeza, pero no se movió. Sarah lo miró con desconfianza al plantearse cómo podía tomar en brazos a Lottie sin despertarla...

–Así que tienes una hija –dijo repentinamente Lorenzo, de pie al otro lado del sofá.

–Sí –respondió ella a la defensiva.

Él simplemente asintió con la cabeza y la miró fijamente a los ojos.

Sarah sintió como un intenso acaloramiento se apoderaba de su entrepierna. Deseando que él no se diera cuenta de que se había ruborizado, se acercó a tomar a Lottie en brazos.

–Te ayudaré a acostarla –comentó Lorenzo, acercándose a ellas.

–No, está bien. Puedo hacerlo sola.

–¿Alguna vez aceptas ayuda? –preguntó él con la burla reflejada en la voz.

–Estoy acostumbrada a hacer las cosas sola, eso es todo –respondió Sarah, preguntándose a sí misma cómo iba a ser capaz de agacharse para tomar a su hija sin mostrar la ropa interior. Sobre ésta sólo llevaba la camisa–. El padre de Lottie no me ayudaba mucho que digamos.

–¿Dónde está él ahora?

–Supongo que en la cama con su preciosa novia.

–Ya veo.

–Lo dudo –dijo ella, sentándose junto a su hija en el sofá. Se echó hacia delante para tomarla en brazos desde esa posición.

Ambos se sobresaltaron al encenderse repentinamente la televisión de plasma que había sobre la chimenea. Pudieron ver el estómago desnudo de una mujer. Pero entonces la cámara comenzó a subir para mostrar los firmes pechos de aquella fémina mientras ésta echaba la cabeza para atrás y gemía de placer...

Boquiabierta, Sarah reconoció que era Tia de Luca. Emitió un grito ahogado al sentir la mano de Lorenzo bajo su pantorrilla. Entonces giró la cabeza y vio que él apagaba el televisor con el mando a distancia. Le pareció ver cierta emoción reflejada en su mirada, emoción que desapareció al instante.

Él lanzó entonces el mando sobre la mesa que había delante de la chimenea.

–Te sentaste sobre el mando –comentó.

–Oh, Dios, lo siento –se apresuró a disculparse ella, levantándose.

–No pasa nada –contestó Lorenzo, encogiéndose de hombros con impaciencia.

—No, no me refiero a haberme sentado sobre el estúpido mando a distancia; siento haber sugerido que no sabes cómo es estar solo, que te dejen. Me olvidé... ya sabes... No sé nada acerca de lo que ocurrió, pero Angelica y Fenella estaban hablando antes de tu esposa y...

—Estoy seguro de que estás cansada —interrumpió él con frialdad—. Tal vez te podría indicar en qué dormitorio podéis dormir.

—Claro, desde luego, lo siento —respondió Sarah, preparándose para tomar en brazos a Lottie.

—Permíteme que la tome yo en brazos; tú estás empapada.

—Tú también.

—Sí, pero yo puedo quitarme la camisa —respondió Lorenzo, comenzando a desabrocharse los botones con impaciencia.

No se molestó en desabrochar todos los botones, sino que cuando pudo quitarse la camisa por encima de la cabeza, lo hizo. Entonces tomó en brazos a la pequeña Lottie.

—Por aquí.

Mientras lo seguía por el pasillo y subía tras él las escaleras de la vivienda, Sarah se forzó en centrar la mirada en la cabeza de su hija, que descansaba en el antebrazo del italiano. No quería mirar los anchos hombros de éste, ni la manera en la que se le marcaban los músculos bajo su piel aceitunada ya que no deseaba compararlo con la palidez inglesa de Rupert, a quien incluso ya estaba saliéndole barriga.

Por el contrario, al cuerpo de Lorenzo Cavalleri no le sobraba nada de grasa.

–Aquí es –dijo entonces él, deteniéndose delante de una puerta cerrada.

Sarah, absolutamente absorta en sus pensamientos, chocó contra Lorenzo. Disculpándose, se apresuró a apartarse. Él abrió la puerta del dormitorio y entró en éste, pero ella se quedó en el oscuro pasillo a la espera de que su agitada respiración se calmara. Miró a su alrededor y se dio cuenta de que aquel *palazzo* era impresionante. Entonces cerró los ojos para intentar tranquilizar sus alteradas hormonas. Había pasado mucho tiempo desde que Rupert y ella habían...

–Es toda tuya.

Al oír de nuevo la voz de Lorenzo, abrió los ojos. Tenía a éste justo delante.

–Gracias –ofreció, acercándose a la puerta del dormitorio–. Por todo. Y lo siento.

Al entrar en la habitación le pareció que él respondía algo, pero no logró entenderlo ya que estaba pensando en lo torpe que había sido. A continuación, oyó como se alejaba por el pasillo.

Cuando observó el dormitorio, se quedó muy impresionada. Le pareció haber entrado en el escenario de un cuento de hadas. Todo estaba minuciosamente decorado. Era precioso.

Lottie estaba tumbada en la enorme cama de columnas que había en la estancia. Las colchas y sábanas eran de encaje. Se quitó la húmeda camisa y, justo cuando estaba echando para atrás las sábanas, oyó que llamaban a la puerta.

–¡Un segundo! –contestó, metiéndose bajo las sábanas y tapándose con ellas.

Entonces observó que la puerta se abría. Lorenzo entró en la habitación y se acercó a la cama.

–Pensé que tal vez querrías esto –comentó–. Pero veo que estás arreglándotelas muy bien.

Sarah sujetó las sábanas contra su cuello al estirar la otra mano para tomar lo que él le ofrecía. Era una camiseta gris, gastada y suave.

–Gracias –dijo sin mirarlo a los ojos.

Esperaba que Lorenzo fuera a marcharse de inmediato, pero no lo hizo.

–Así que... –comenzó a decir él– todavía no te has presentado correctamente.

–No tengo que hacerlo. Ya sabes mi nombre.

–¿Ah, sí?

Algo en el tono de voz que utilizó Lorenzo provocó que ella sintiera que le daba un vuelco el corazón. No pudo evitar mirarlo a los ojos.

–Sarah –dijo casi con cautela–. Me llamo Sarah. Me llamaste así cuando estaba en el tejado.

–Sí, pero eso no significa que sepa quién eres.

–Entonces nos encontramos en la misma situación –respondió ella, apartando la vista–. Aparte del hecho de que yo no soy nadie y aparentemente tú eres un famoso director de cine.

–Apenas soy famoso –comentó él de manera desdeñosa–. Y por supuesto que tú eres alguien.

–No lo soy –bromeó Sarah, riéndose.

La pequeña Lottie se movió y suspiró. Se dio la vuelta y continuó durmiendo de espaldas. Sus castaños rizos le cayeron por la cara. Durante un momento, ninguno de los dos se movió ni habló a la espera de que la niña volviera a tranquilizarse. Al mirar a su hija, Sarah sonrió.

–Soy madre, eso es lo que soy. Es todo lo que importa –comentó, levantando la mirada.

La sonrisa que estaba esbozando se borró de sus labios al ver la fría expresión que tenía reflejada en la cara Lorenzo Cavalleri, que se dio media vuelta y se dirigió a la puerta.

–Es muy tarde y estoy entreteniéndote.

–La mayoría de la gente diría que ha sido al revés –se apresuró a contestar ella–. Mira, siento mucho toda esta intrusión. Mi familia es como una pesadilla. Te arrepentirás de tu amabilidad.

Al llegar a la puerta, él se detuvo y se giró para mirarla durante un instante. Esbozó una educada sonrisa. Entonces se marchó, no sin antes cerrar la puerta tras de sí.

Sarah Halliday no tenía idea de lo equivocada que estaba.

Mientras se alejaba por el pasillo, un tenso Lorenzo sintió como la adrenalina le recorría las venas, una adrenalina difícil de controlar.

Ciertamente el mundo era un pañuelo. Le dio gracias a Dios por haberle enviado a la obstinada y esquiva hija de Francis Tate. Aquello era mucho más de lo que jamás podría haber soñado.

Capítulo 5

SARAH levantó la escoba contra la pared y miró a su alrededor. Tras casi una hora de trabajo en la cocina de la casa de su hermana, había logrado quitar la mayor parte del agua del suelo, pero no podía hacer absolutamente nada para arreglar el yeso que estaba cayendo de las paredes ni el estropeado techo.

Tampoco había logrado apaciguar la inquietud que se había apoderado de ella desde la noche anterior. No había podido dormir bien y el poco descanso que había obtenido había estado acompañado por sueños en los que Lorenzo Cavalleri la tomaba en brazos contra su pecho desnudo y la llevaba por innumerables y oscuros pasillos...

Tomó un paño que había en la pila y comenzó a restregar las encimeras como si al hacerlo fuera a lograr acabar con su inquietud. Se dijo a sí misma que echaba de menos a Rupert. Tal vez éste no hubiera sido un padre excelente ni le hubiera mencionado que pretendía casarse con otra mujer, pero siempre había tenido tiempo para mantener relaciones sexuales con ella.

Angustiada, intentó convencerse de que lo que sentía era una gran frustración sexual.

Mientras seguía limpiando, encontró una revista de cotilleo. Estaba a punto de tirarla cuando vio uno de los titulares.

La agridulce alegría de ser mamá de Tia de Luca.

Se quedó paralizada. Miró a su alrededor y decidió leer el artículo, en el que aparecía una fotografía de la sensual actriz.

La legendaria belleza de la señorita De Luca tiene una delicada y luminiscente calidad, calidad mucho más palpable en carne y hueso que en la gran pantalla. Disfruta de una figura increíblemente estilizada que sólo muestra ligeramente el embarazo que la actriz anunció la semana pasada. Al mencionarle su próxima maternidad, sus extraordinarios ojos se empañan. Nos comenta que había querido tener un bebé desde hacía mucho tiempo y que había pensado que su marido también, obviamente haciendo referencia al conocido Lorenzo Cavalleri, del que recientemente se ha divorciado tras cinco años de matrimonio. Asegura que al director le resulta imposible aceptar la idea de tener un niño en su vida, pero que se siente muy afortunada de que Ricardo comparta la alegría que ella siente acerca del milagro que supone ser mamá...

–Ya veo lo duro que trabajas –dijo una voz tras ella.

Sarah se dio la vuelta y agarró con fuerza la revista, la cual escondió tras su espalda con manos temblorosas mientras miraba los negros ojos de Lorenzo Cavalleri. Éste no se había afeitado y el sol matutino que brillaba sobre él le permitió ver las pocas canas que cubrían su cabello. Sintió como le daba un vuelco el corazón.

–Estaba... quiero decir que... estoy... simplemente estoy...

Esbozando una leve sonrisa, Lorenzo se encogió de hombros.

–No hablaba en serio; simplemente bromeaba. Cuando salí de mi casa, tu hermana estaba desayunando tranquilamente, por lo que yo no me sentiría muy culpable por tomarme un descanso en las tareas de limpieza de su casa.

–¿Estaba Lottie con ella? –preguntó Sarah automáticamente, deseando a continuación no haberlo hecho.

Por lo que había comentado Tia de Luca en la revista, él no quería tener alrededor ni a su propio hijo, por lo que no podía imaginarse lo que sentiría hacia los de los demás.

–Sí –respondió Lorenzo con sequedad–. Parece que le gusta mucho Castellaccio.

–Oh, lo siento. Donde vivimos apenas hay espacio para las dos. La pobre está muy emocionada ante la boda de su tía y todo eso de ser dama de honor –comentó Sarah al hacerse una idea del comportamiento de su pequeña. Se apresuró a darse la vuelta y tirar la revista a la papelera. Entonces volvió a tomar el paño y a restregar la encimera–. Voy a terminar de limpiar esto y entonces voy a...

Se quedó paralizada al sentir que él se acercaba a ella y le ponía una mano sobre la suya.

–¿A qué? ¿A limpiar el resto de la casa y a colocar las tejas del tejado antes de comer?

Aturdida, Sarah pensó que debía apartar la mano y alejarse de Lorenzo para que éste no se diera cuenta de que se había ruborizado como una colegiala. Pero no quería hacerlo.

–Bueno, quizá no vaya a hacer todo eso pero, por lo menos, podré lograr que la casa tenga mejor aspecto para la boda.

Incrédulo, él suspiró y apartó la mano. Se echó para atrás y se acarició el pelo.

–*Dio*, Sarah...

Ella comenzó a limpiar de nuevo la encimera.

–Sé que todo esto está todavía hecho un desastre, pero Angelica ni siquiera tiene una fregona. Cuando consiga lo que necesito, todo será más fácil. Y entonces podré...

–No me refería a eso –interrumpió Lorenzo–. ¿Por qué es esto problema tuyo? Es la casa de tu hermana, la boda de tu hermana.

–Sí, pero como yo me encargo del catering, se convierte en mi problema. Hasta que no limpie este lugar, ni siquiera puedo comenzar a trabajar.

–Espera un momento, ¿Qué es exactamente lo que vas a hacer?

–La comida.

–¿Para todos los invitados? *Dio*. ¿Cuánta gente va a venir?

–Sólo treinta personas. Va a ser una ceremonia

sencilla para la familia y los amigos. El mes que viene van a celebrar una gran fiesta en Londres.

–¿No podían contratar a profesionales del catering?

–Yo soy una profesional del catering –aclaró Sarah mientras continuaba limpiando–. Trabajé para una empresa que preparaba comidas y banquetes en la ciudad.

–¿Trabajaste? –preguntó él, frunciendo el ceño–. ¿Ya no lo haces?

–No, no, yo... dejé el trabajo tras un incidente con una tarta en una fiesta de compromiso –explicó ella, riéndose con aire vacilante–. Algunas chicas llevan anillos de compromiso y yo llevo tartas de compromiso. Desde entonces no hemos estado muy bien de dinero, por lo que en vez de comprar un regalo de bodas para mi hermana me ofrecí a preparar el banquete. Realmente debo ponerme en marcha... todavía tengo que ir a comprar los ingredientes.

–Ponte unos zapatos –dijo Lorenzo–. Te vienes conmigo.

–Oh, no, no puedo. No podría molestarte más y, además, no tiene sentido comprar la comida antes de limpiar todo esto. No hay ningún lugar donde colocarla.

–No vamos a ir de compras, todavía, y no vas a seguir limpiando. Voy a llevarte a Castellaccio.

Sarah fue a protestar, como él había previsto que haría, pero no le dio la oportunidad. Se dirigió a la puerta de la cocina, donde se giró para hablarle.

–La cocina del *palazzo* no es perfecta, pero por

lo menos no es probable que la comida se contamine y estropee el estómago de los invitados.

Mientras salía de la casa, oyó como ella lo seguía.

–Está bien. Tú ganas. De nuevo. Iré contigo. Pero primero... ¿puedo subir a tomar ropa para Lottie y para mí? –quiso saber Sarah al llegar al jardín–. No tardaré nada.

Lorenzo la miró y pensó que allí de pie bajo el sol, vestida con unos pantalones vaqueros cortos y la camiseta gris que él mismo le había dejado la noche anterior, parecía muy vulnerable.

–Claro, te esperaré en el coche.

Ella no tardó nada. Se había cambiado la camiseta gris por una camisa rosa de lino que parecía iluminar su pálida piel.

–Siento haberte hecho esperar –se disculpó al entrar en el vehículo, colocando una cesta con ropa entre sus pies. Llevaba en la mano un par de manoletinas rojas de niña, manoletinas que dejó en su rodilla.

–No has tardado en absoluto –contestó Lorenzo con un frío tono de voz mientras arrancaba el coche–. Según mi experiencia, cuando una mujer se cambia de ropa tiene que probarse por lo menos cinco modelitos y tarda más o menos una hora.

–Yo no tengo cinco modelos de ropa, lo que supongo hace que las cosas sean mucho más fáciles –comentó Sarah.

Al tener que cambiar de marcha mientras circulaban en el todoterreno, él rozó con la mano el desnudo muslo de ella, que se apresuró a apartarse.

Durante un momento, ninguno de los dos habló. Entonces Sarah decidió hacerlo.

—Es muy amable por tu parte —dijo animadamente—. Si puedo preparar la comida en tu cocina, mañana por la mañana podré ir a buscarla y...

—¿Nunca dejas de pelear? —preguntó Lorenzo, introduciendo el coche por la entrada para vehículos del *palazzo*.

—¿Pelear contra qué?

Él aparcó el coche en la sombra que daba la vivienda y apagó el motor.

—Contra la lógica, la razón, el sentido común —contestó—. La casa de tu hermana está hecha un desastre y ni siquiera tú puedes arreglarla a tiempo antes de mañana. No he querido simplemente decir que puedes cocinar aquí... sino que la boda debe celebrarse en el *palazzo*.

—No, de ninguna manera. Es imposible. Por favor, ni siquiera se lo menciones a Angelica porque antes de que te des cuenta tendrás toda la casa invadida por los preparativos de la boda y desearás no habernos conocido nunca.

—Creo que no —respondió Lorenzo sin poder evitar esbozar una sonrisa.

—¿Estás... seguro? —quiso saber Sarah que, vacilante, lo miró a la cara, directamente a los ojos.

En ese instante él supo que la tenía exactamente donde quería. Sarah Halliday era una mujer con un enorme sentido de la responsabilidad y sabía que una vez que le hiciera un favor tan grande a su familia, a ella le resultaría difícil decirle que no a cualquier cosa que le pidiera.

Incluidos los derechos de filmografía sobre el libro de su padre...

Capítulo 6

MAAAAAMIIIII!

Sarah estaba realizando una lista en la mesa de la enorme cocina del *palazzo* cuando Lottie entró por las puertas que daban al jardín. Dejó el lápiz sobre la mesa y tomó en brazos a su hija.

–Aquí estás, cariño. Estaba preguntándome dónde habrías ido. La tía Angelica me dijo que la abuela y tú habías salido a explorar.

–Sí. Hemos encontrado la iglesia en la que la tía va a casarse. Hemos conocido al jardinero; se llama Alfredo. Hay un templo con escaleras. También vimos la estatua de un hombre sin ropa y puedes verle el...

–¡Vaya con la abuela! –exclamó Sarah, interrumpiendo a su hija. Le dio un beso en la cabeza–. Sabe cómo hacer una visita guiada.

–Debes venir a verlo. La abuela ha dicho que tienes que verlo. Ha dicho que no es grosero porque es cultura.

–Ya veo. Así que la abuela piensa que no tengo suficiente cultura en mi vida, ¿no es así?

–No –terció Martha, que justo en ese momento

entraba en la cocina–. La abuela piensa que no tienes suficientes hombres desnudos en tu vida. Aunque para serte sincera, seguramente podrías encontrar alguno mejor que la estatua. No es muy impresionante. Estoy segura de que no tendrías que buscar muy lejos para encontrar un espécimen más viril, si es que no lo has hecho ya... –añadió con un pícaro brillo reflejado en sus azules ojos–. ¡Ah, hola, *signor* Cavalleri! Estábamos hablando de usted... ¿no es así, Sarah?

–¿Estábamos haciéndolo? –respondió su hija, ruborizada.

–No, no estabais hablando de él, abuelita –protestó Lottie–. Estabais hablando de la estatua que hemos visto en el jardín del hombre sin ropa. Has dicho que tenía...

Arrepentida, Martha se rió.

–Está bien, cariño. ¡Creo que ya me has metido en bastantes problemas! –comentó, mirando a Lorenzo a continuación–. Estaba a punto de decir lo amable que es usted al hacer todo esto por nosotras. Es mucho más de lo que nadie podría esperar. No sé cómo expresarle lo agradecidas que estamos... Es cierto, ¿verdad, Lottie?

–Sí –contestó la pequeña–. Creemos que tal vez éste sea el lugar más bonito de todo el mundo. La tía Angelica tiene mucha suerte de poder casarse aquí y yo tengo mucha suerte de ser una dama de honor aquí, pero tú eres el que más suerte tienes de todos porque vives aquí.

–Lo recordaré –dijo él, asintiendo con la cabeza.

Pensativa, Lottie se quedó mirándolo.

—¿Vives aquí tú solo?

—Sí —contestó Lorenzo, esbozando una leve sonrisa.

—Pues es una casa muy grande para una persona sola —comentó la niña.

—Lo es —concedió él—. Demasiado grande. Tiene dieciséis dormitorios.

—¿Dieciséis? —repitió Lottie, realmente impresionada—. Pero eso es...

—Suficiente —interrumpió Sarah con firmeza—. No discutas —añadió.

Suavizó sus palabras al darle un beso en la cabeza a la pequeña. A continuación, tomó su lista.

—Bueno, será mejor que me ponga en marcha. ¿Quieres venir conmigo, cariño?

—¿Dónde vas? —quiso saber Lottie, frunciendo el ceño.

—A comprar —respondió Sarah, tomando su cesta de paja. Comprobó que su monedero estuviera dentro—. Tengo que comprar comida para la boda de la tía Angelica.

—Prefiero quedarme aquí, con la abuela —dijo la niña, vacilando—. Pero no me importa ir contigo si vas a sentirte sola.

—¿Y si voy yo? —sugirió Lorenzo, mirando a la pequeña.

—¡Sí! —exclamó Lottie, emocionada.

—No —contradijo su madre al mismo tiempo.

—Tal vez te pierdas —comentó la niña con un lastimero tono de voz. Entonces sonrió a Lorenzo—.

Creo que tú también deberías ir. Mami siempre está diciendo que necesita un hombre agradable que la invite a salir.

Hacía muchísimo calor. Lorenzo la había dejado en una pequeña calle que daba a parar a la *piazza* principal del pueblo, donde se encontraba el mercado. Éste era realmente precioso y los puestos estaban decorados con alegres colores. Mientras andaba entre la gente con la lista en la mano, Sarah se involucró de inmediato en su tarea. Se detuvo en varios puestos para comprobar el estado de los tomates y oler los melones.

Los colores, olores y texturas de los productos la dejaron aturdida. Estaba en Italia. No hablaba muy bien italiano, pero los tenderos eran tan amables que podía tratar con ellos mediante gestos y sonrisas. Compró gran cantidad de productos frescos. En el último puesto al que acudió, el vendedor le regaló un melocotón cuando pagó.

–*Grazie, signor* –ofreció ella.

El hombre contestó algo en un italiano que Sarah no comprendió. No pudo evitar reírse.

–¡No comprendo!

–Ha dicho que es un placer atender a una chica tan guapa que claramente entiende de buena comida –tradujo una agradable voz detrás de ella.

Sarah no se giró, pero sintió que se le apagaba la risa, así como un nudo en el estómago.

Al reconocer a Lorenzo, el tendero sonrió aún

más ampliamente, tras lo que ambos hombres comenzaron a mantener una alegre conversación.

Ella se apartó a un lado y continuó comiéndose el melocotón. Repentinamente se dio cuenta de que Lorenzo y el tendero estaban mirándola. Lorenzo estaba sonriendo ante algo que el hombre había dicho mientras negaba con la cabeza. Entonces la miró fijamente a los ojos y ella sintió como una corriente eléctrica le recorría el cuerpo.

—¿Es un viejo amigo tuyo? —preguntó cuando por fin se alejaron del puesto.

Estaban andando por la plaza mientras se alejaban del mercado. Él llevaba una caja con las compras, caja sobre la que misteriosamente habían sido añadidas unas enormes trufas.

—No, pero al tener un trabajo que hace que aparezca tu fotografía en los periódicos, la gente cree que te conoce.

Sarah se miró los pies. Llevaba unas gastadas sandalias que dejaban ver el descascarillado esmalte de sus uñas.

—¿Qué te ha dicho?

—Me ha preguntado si tú eras la nueva mujer de mi vida.

Ella se puso las gafas de sol que había llevado en la cabeza durante la mañana.

—¡Oh, Dios, qué bochornoso para ti! Lo siento.

—No lo sientas. Cuando le dije que no, me preguntó que por qué no.

—¿Dónde vamos ahora? —preguntó ella, sorprendida.

–A un conocido restaurante que hay aquí, en la *piazza*. Para comer.

–Oh... –contestó Sarah, deteniéndose en seco– deberías habérmelo dicho. Voy a echar un vistazo a las tiendas de alrededor hasta que termines de comer...

Lorenzo tomó la caja de comestibles con un solo brazo y colocó la mano que le quedó libre en la espalda de ella para impulsarla a entrar en el restaurante.

–No, no vas a ir a ningún sitio. Vas a comer conmigo. Después de todo, también tienes que comer –dictaminó, guiándola hacia una apartada mesa del interior del local.

–En realidad, no. No creo que vaya a desmayarme, ¿no te parece? –respondió Sarah, sentándose y tomando la carta. Se cubrió la cara con ella para que él no pudiera ver lo ruborizada que estaba–. Como bien ha dicho el tendero, claramente entiendo de buena comida.

Tras sentarse a su vez, Lorenzo tomó con delicadeza la carta que sujetaba ella y la dejó sobre la mesa. Entonces se acercó a quitarle las gafas de sol.

–Era un cumplido –aclaró en voz baja, mirándola fijamente.

–Claro, esto es Italia. Había olvidado lo diferente que es de la estricta Inglaterra –contestó Sarah seriamente. A continuación, se levantó–. Perdóname un momento.

En el cuarto de baño para señoritas del local, miró con desaliento su reflejo en el espejo. Tenía la cara sonrojada y el sol había provocado que afloraran las pecas que marcaban su nariz. Pero aquello no era nada comparado con el desastroso estado de su pelo. Se quitó la diadema que llevaba y se pasó los dedos entre sus alocados rizos en un intento de domarlos. Entonces se mojó las manos y se humedeció con ellas el cabello. Decidió dejarlo suelto.

Mientras esperaba en la mesa, Lorenzo sirvió vino tinto en dos copas. Justo tras hacerlo, observó que ella volvía a su asiento.

Estaba acostumbrado a que las mujeres lo adularan, a que jugaran complicados juegos destinados a captar su atención y mantener su interés. Pero aquella chica que tenía delante no podía esconder el hecho de que preferiría estar en cualquier otro lugar que en aquel local.

Era alguien que no podía ocultar sus emociones, las cuales siempre quedaban reflejadas en su dulce cara. Y aquello podía facilitarle a él conseguir información acerca de su padre. Simplemente tenía que lograr que se relajara un poco en su compañía...

Al ver que se sentaba de nuevo, le acercó una de las copas de vino. Sarah esbozó una leve sonrisa que hizo obvios los hoyuelos de sus mejillas.

—Oh, Dios, no debería. Esta tarde tengo que cocinar y todavía no he decidido el menú. Beber a la hora de comer es muy mala idea.

—¿Todavía no has decidido el menú del banquete? *Bene*, en ese caso podemos calificar esto como investigación.

—¿Investigación? —repitió ella, desconcertada. Dio un largo sorbo a su vino.

Lorenzo asintió con la cabeza ante el moreno

hombre que estaba sacándole brillo tranquilamente a los vasos detrás de la barra. Gennaro era demasiado discreto para acercarse a ellos sin ser invitado, pero en aquel momento se dirigió a la mesa esbozando una gran sonrisa.

–Sarah, me gustaría que conocieras a Gennaro. Es el propietario del restaurante y experto en planear menús.

Ella sonrió y le tendió la mano al hombre. Gennaro la estrechó, pero al mismo tiempo se inclinó para darle dos besos en las mejillas. Entonces se dirigió a Lorenzo con la aprobación reflejada en sus oscuros ojos.

–*Delizioso* –comentó–. Tu gusto por las mujeres está claramente mejorando.

Lorenzo apartó una silla y le indicó que se sentara junto a ellos.

–*Non e come cio* –respondió, haciéndole saber que estaba equivocado.

–*¿Che?* –dijo Gennaro al sentarse, levantando las manos, desesperado–. Ésta es la primera mujer que traes aquí en diecisiete años que no parece que vaya a pedir una ensalada. ¿Y me dices que estoy equivocado?

–Sarah es cocinera –respondió Lorenzo. Esperó que Gennaro se diera cuenta del tono de advertencia que reflejaba su voz–. Lo que quiero es que nos des tu consejo culinario.

El propietario del restaurante se rió.

–Desde luego. Un placer. Es mi tema de conversación favorito. ¿En qué puedo ayudaros?

–Podrías empezar por traernos un poco de tu *bresaola* y después lo que sea que estés recomendando de segundo.

–Ah, habéis venido en el día oportuno, amigo. Hoy tenemos *porcetta* asada con hierbas. *Fantastico*. Dejádmelo a mí. Voy a traerte la mejor comida de la Toscana, Sarah.

–*Bresaola* –repitió ella mientras Gennaro desaparecía en dirección a la cocina. Con un intenso brillo reflejado en los ojos, le dio otro sorbo al vino–. Es ternera, ¿verdad?

Lorenzo asintió con la cabeza.

–Secada al aire y salada, como el *prosciutto*. Gennaro obtiene la carne de un ganadero de la zona cuya identidad no quiere revelar. Pero creo que tú podrías sonsacarle la información.

–¿Hay escasez de mujeres por aquí o algo parecido?

–No, ¿por qué lo preguntas?

–Porque normalmente los hombres no se desviven por hacer cosas por mí.

–Quizá sea porque normalmente das la impresión de que preferirías morir antes que aceptar ayuda...

–No es eso –protestó Sarah–. Yo...

Dejó de hablar al aparecer Gennaro con varios platos. Al percibir la tensa atmósfera que se respiraba en la mesa, el italiano se apresuró en dejar la comida sobre el mantel.

–*Buono appetito* –les deseó antes de alejarse.

–Lo siento, tienes razón –concedió entonces ella,

mirando brevemente a Lorenzo–. No me gusta aceptar ayuda, pero espero que no creas que es porque soy una desagradecida.

–No creo eso –respondió él, tomando un trozo de pan caliente–. Pero me gustaría saber la razón –añadió, cortando un poco de *bresaola*. Se lo ofreció a Sarah.

Ella aceptó la comida y le dio un bocado.

–¿Está bueno? –quiso saber Lorenzo.

–Mejor que bueno. Delicioso –contestó ella mientras tomaba más comida–. Y sería perfecto como entrada para el banquete de bodas. ¡Qué lugar tan fabuloso! ¿Vienes mucho por aquí?

–No tanto como solía –respondió él.

La verdad era que como estaba solo ya no salía tanto. A Tia le había gustado mucho comer fuera, no tanto por la comida en sí sino por el hecho de ser vista y fotografiada.

–¡Oh, mira! –exclamó Sarah, sorprendida–. Ése eres tú, ¿verdad? En la fotografía.

No dudó en levantarse de la silla y acercarse a la pared para ver más de cerca la fotografía. Lorenzo miró para comprobar a qué fotografía se refería y vio que era una en la que Tia y él estaban sentados a una mesa de la terraza del local.

–Dios –dijo Sarah–. ¡Es tan guapa!

–Sí –concedió Lorenzo, consciente de la dureza de su voz–. Nos realizaron la fotografía el verano pasado mientras rodábamos una película en la zona.

–¿Cómo se llamaba la película?

–*Girando alrededor del sol.*

–No la he visto. Nunca consigo una niñera, por lo que siempre veo las películas con mucho atraso.

En ese momento, él sirvió más vino en ambas copas.

–Todavía no se ha estrenado –explicó–. Se hará en el Festival de Cine de Venecia.

–¿Y tu... Tia... es la protagonista femenina?

–Sí. Y su actual pareja es el protagonista masculino.

Sarah se sentó de nuevo a la mesa. Pensó que todo aquello debía ser muy duro para Lorenzo.

–¿De qué trata la película?

–Se supone que de Galileo –respondió él, esbozando una mueca.

–Fue el que inventó el telescopio, ¿verdad? –comentó ella, sonriendo ante Gennaro al retirarle éste los platos.

–Entre otras cosas. Era un hombre increíble y un amante apasionado.

De nuevo, el propietario del local se acercó a ellos con dos platos en las manos. Dejó los segundos sobre la mesa y se retiró de manera discreta para no romper la intimidad que se había apoderado del ambiente.

–A Lottie no le gustaría –aseguró Sarah, respirando el aroma que desprendía la *porcetta*–. Está obsesionada con el sistema solar, pero no tanto con las relaciones íntimas apasionadas.

–Es una pequeña muy inteligente –dijo Lorenzo.

–Lo es –concedió ella, llevándose a la boca una porción de comida, tras lo que dio un nuevo sorbo al vino–. Creo que debe haberlo heredado de su padre, así como la falta de interés por las relaciones sentimentales.

–¿Cómo es él?

–Inteligente... analítico. Muy ambicioso. No comprendo cómo mantuvimos una relación tan larga.

–¿Cómo os conocisteis?

Sarah se dio cuenta de que Lorenzo no estaba comiendo mucho y se sintió avergonzada de que su plato ya estuviera medio vacío.

–Rupert trabajaba para un banco de inversiones en Londres. Yo preparaba comidas para ellos con mucha frecuencia. Supongo que pensó que yo sería una buena compañera.

–¿Fue amor a primera vista?

–Embarazo en la primera noche. Pobre Rupert. Debió haberse sentido atrapado. No era lo que él quería, pero...

–¿Lo que él quería? ¿Y qué pasaba con lo que tú querías?

–Oh, yo sólo quiero que Lottie esté contenta –se apresuró a contestar Sarah, consciente de que estaba hablando demasiado sobre su vida–. Quiero que tenga una buena vida, que sea una persona equilibrada y capaz de cuidar de sí misma.

–¿Y antes de eso? –quiso saber Lorenzo–. Antes de convertirte en madre. ¿Qué querías tú?

–Casualmente quería venir a Italia, quería vivir aquí y aprender todo acerca de la gastronomía italiana. Pero eso ya da igual. Ahora soy mamá. Aunque no una muy buena.

Tras decir aquello, inexplicablemente sintió que las lágrimas amenazaban sus ojos. Se sobresaltó al tomarle él una mano.

–¿Por qué haces eso? –quiso saber Lorenzo.

–¿El qué? –preguntó ella, susurrando.

–¿Por qué siempre te menosprecias?

–Lo siento –se disculpó Sarah, esbozando una compungida sonrisa.

–¿Y por qué siempre te disculpas?

La calidez que desprendía la mano de él estaba impidiendo que ella pensara con claridad. Un intenso deseo le recorrió la pelvis.

–No lo sé –contestó–. Supongo que será porque me siento culpable.

–¿Por qué tienes que sentirte culpable?

–No sabría por dónde empezar. Por ejemplo, por no ofrecerle a Lottie unas vacaciones en Disneyworld, por no llevar las uñas perfectamente cuidadas como hacen otras madres, por no haber sido capaz de lograr que Rupert me quisiera lo suficiente para quedarse a mi lado, por no darle hermanos a mi pequeña...

–¿Lottie quiere tener hermanos? –preguntó Lorenzo, apretándole la mano.

–Ella nunca ha dicho nada al respecto, pero sé que el resto de mi familia piensa que es algo que está perdiéndose. Y yo sí que creo que debería pasar menos tiempo con adultos y más con niños.

Avergonzada, Sarah se dio cuenta de que en aquel momento era ella la que estaba sujetando con firmeza la mano de su acompañante. Entonces lo soltó y apartó el brazo.

–¿Y tú? ¿Quieres tener más hijos? –quiso saber él.

Ella negó con la cabeza.

–Quiero mucho a Lottie. Y no es que piense que no querría a otro niño; estoy segura de que el amor que puede ofrecer una madre es infinito, pero...

–Continúa –pidió Lorenzo, mirándola con mucha intensidad.

–Pero también duele –admitió Sarah–. La preocupación de si estoy haciéndolo bien, la ansiedad de si ella es feliz o no. La... responsabilidad. No podría hacerlo de nuevo. No quiero. ¿Me convierte eso en alguien horrible?

–No –contestó él, sonriendo–. En absoluto.

Capítulo 7

MIENTRAS regresaban en coche al *palazzo*, Lorenzo miró a Sarah disimuladamente. Ésta estaba mirando por la ventanilla del asiento del acompañante, por lo que lo único que pudo ver fue el reflejo del sol del atardecer sobre su cobrizo cabello.

No estaba seguro de por qué le había preguntando en el restaurante si quería tener más hijos. Se suponía que debía centrarse en su padre, en ella... y no en él mismo. No debía complicar la situación con sus propios problemas.

Parecía que cada vez que lograba acercarse a Sarah, ésta se echaba para atrás. Volvía a camuflar sus sentimientos. Le recordaba a Lupo. Había encontrado al perro en un barrio pobre de Pisa cuando había estado filmando una película. Al pobre animal le habían dado una tremenda paliza y, aunque estaba muerto de hambre, no se atrevía a acercarse a ningún humano para que le diera de comer. Había tardado tres semanas en lograr tocarlo...

Al pasar por las puertas de acceso al *palazzo*, ella se giró hacia él y esbozó una tímida sonrisa.

—Gracias por el día de hoy —ofreció en voz baja—.

Por ayudarme a conseguir la comida y por lograr que el misterioso granjero de Gennaro nos suministre el resto de alimentos. No sé qué habría hecho sin ti. Seguramente habría calentado unas pizzas congeladas.

—No parece que tu hermana y su amiga coman mucho. Tal vez no les hubiera importado.

Sarah se rió. Fue una risa tan inesperada y natural que provocó que Lorenzo también riera. Aparcó el vehículo en un lateral de la vivienda, desde donde pudieron ver que había un grupo de personas sentadas en el jardín. Lottie estaba correteando por la hierba junto a Lupo.

—Han llegado Hugh y Guy —comentó Sarah con una fría voz.

—Estaba delicioso, como siempre. Un triunfo. ¿Cómo va a lograr la comida de mañana superar esto?

—Oh, Guy, eres muy amable —respondió Sarah, tomando el plato vacio de su padrastro—. Era sólo un *risotto* muy simple. Espero que el banquete de mañana sea un poco más memorable.

—¿Qué tal la cocina? ¿Tienes todo lo que necesitas?

—La cocina es maravillosa, increíble. Al igual que el resto del *palazzo*.

Habían cenado en una gran mesa en la *limonaia*, mesa iluminada por velas. Ya había oscurecido. Hugh se echó para atrás en su silla y sonrió a su futura esposa.

–Debo admitir que todo está saliendo bastante bien. Cuando me telefoneaste y me contaste lo que había ocurrido con el tejado, me quedé desolado. Pero has solucionado el problema fantásticamente. Bien hecho, cariño.

Apretando los dientes, Sarah continuó tomando los platos de la cena.

–Oh, en realidad no ha sido nada –dijo Angelica displicentemente–. Por lo que me habías dicho del *signor* Cavalleri... de Lorenzo... pensé que podría ser una persona difícil pero, de hecho, no ha podido ser más amable. Aunque no hay muchos hombres que puedan resistirse a Fen cuando intenta persuadirlos.

–Le pedí que nos acompañara a cenar –terció Fenella–. Pero dijo que tenía que trabajar. Una pena.

Sarah tomó el cuenco de la ensalada y pensó que no podía culpar a Lorenzo por haberse quedado en su despacho en vez de acompañarlos. Ella habría hecho lo mismo. Lottie ya estaba dormida en la lujosa cama de la habitación que estaban ocupando, pero a ella todavía le quedaba mucho trabajo que hacer para el banquete del día siguiente.

Mientras se dirigía hacia la cocina con los platos en las manos, se preguntó por qué siempre le hacía lo mismo su familia, por qué siempre le hacía sentir como si fuera la criada. Angustiada, se preguntó qué estaría pensando Lorenzo de ellos. Aquélla era su casa y no le parecía correcto que sus insensibles parientes parecieran haber tomado posesión de la vivienda.

Su anfitrión era muy amable. Mientras colocaba los platos en la enorme encimera del centro de la cocina, recordó la manera en la que la había hecho sentirse durante la comida. Había parecido interesado en ella, como si fuera importante, incluso deseable...

Lo que era completamente ridículo. No debía confundir la cortesía con el interés.

Miró el *risotto* que estaba cocinando y pensó que debía tener un pequeño detalle con Lorenzo para agradecerle lo amable que había sido.

Con una bandeja en las manos, se dirigió hacia el despacho de él minutos más tarde. Le llevaba pasta y vino. Cuando llegó a la puerta del despacho, oyó la agradable música que provenía de dentro. Llamó torpemente con un codo y entró.

Lorenzo estaba sentado en medio del caos que imperaba en su escritorio. Al sentirla entrar, levantó la mirada. Las facciones de su cara reflejaron sorpresa y enfado. Pero, a continuación, esbozó una impasible expresión.

—Lo siento —se disculpó Sarah—. Pensé...

Él se apresuró en apagar la música con un mando a distancia.

—Pensé que deberías comer algo —continuó ella—. He intentado llamar a la puerta, pero no podía hacerlo con las manos —añadió, mostrándole la bandeja a modo de explicación.

Pero Lorenzo ni siquiera estaba mirándola, sino que estaba ordenando algunos de los papeles que había en el escritorio. Los metió en un cajón junto con el libro que había tenido delante.

–No tenías que haberte molestado –dijo lacónicamente.

–No ha supuesto ningún problema. De todas maneras he tenido que cocinar para ellos, así que... –respondió Sarah, acercándose para dejar la bandeja en el borde del escritorio.

Al ver que parte del vino se había derramado, se apresuró a disculparse.

–Siento que se me haya caído el vino. Voy por más...

–No –espetó él.

Ella se acercó entonces a la puerta para marcharse. Pero justo cuando llegó, Lorenzo habló de nuevo. Hizo un considerable esfuerzo por controlar su tono de voz.

–Gracias por la cena. Tiene un aspecto delicioso.

Sarah contestó algo sin sentido y se apresuró a cerrar la puerta del despacho tras de sí.

Lorenzo se llevó las manos a la cara y suspiró. Maldijo y se dijo a sí mismo que no podía haber manejado peor la situación aunque hubiera querido.

Volvió a poner música, tras lo que abrió el cajón donde había colocado las fotografías y el libro de Francis Tate.

En vez de haber escondido aquello, tal vez debía haberle dicho la verdad a Sarah.

Pero era demasiado pronto y tenía miedo de asustarla. No sabía por qué ella se había negado a darle permiso con anterioridad, pero era consciente

de que si quería rodar una película sobre el libro debía ganarse la confianza de Sarah. Debía disculparse...

Sarah se dijo a sí misma que no debía pensar en
la actitud de Lorenzo, sino que tenía que concentrarse en preparar la crema ya que por lo menos
aquello era algo que se le daba bien.

Desesperada, suspiró profundamente. Hacía mucho calor y había muchos mosquitos en la cocina.
Todo el mundo se había ido a la cama hacía bastante tiempo.

Sudando, recordó la expresión de la cara del italiano cuando había entrado en su despacho; había
reflejado una mezcla de irritación y alarma. Se
quitó el delantal y se secó la humedad de la frente
con éste. Tenía el vestido pegado al cuerpo debido
a que estaba empapado en sudor y le resultaba imposible respirar. No podía soportarlo más. Dejó de
remover la crema durante unos segundos para quitarse la prenda por encima de la cabeza. El alivio
que la embargó fue enorme.

De inmediato, se sintió más calmada, más en control. Volvió a ponerse el delantal ya que de aquella
manera, si se le acercaba alguien, de frente tendría
un aspecto completamente respetable. Pero era muy
improbable que aquello ocurriera ya que eran cerca
de las dos de la madrugada.

La crema ya estaba casi preparada. Iba a utili-
zarla para cocinar una tarta de bodas típicamente

italiana. Continuó removiendo la mezcla sin dejar de mirarla para evitar que se le pasara.

Justo entonces la puerta de la cocina se abrió.

Sintió una gran irritación al ser molestada en aquel momento tan crucial. Levantó la mirada y vio que era Lorenzo, instante en el que recordó que no llevaba puesto el vestido. Se sintió completamente horrorizada.

Se giró y le dio la espalda a los fogones. La enorme encimera que había entre ambos le otorgó cierta protección.

–Deja ahí la bandeja –dijo al ver que él estaba sujetándola en las manos.

–*Grazie*. Estaba delicioso –comentó Lorenzo, dejando la bandeja en la encimera.

–De nada. Como ya te dije, no supuso ningún problema, pero siento haberte molestado.

–No, no lo hiciste. He venido a disculparme por haber sido tan grosero. Cuando estoy trabajando soy muy poco sociable.

Consternada, Sarah emitió un pequeño gritito y retiró la crema del fuego al darse cuenta, demasiado tarde, de que se había pasado.

–¿Qué ocurre?

–La crema se ha cortado –se quejó ella.

Él se acercó a tomar la cacerola de las manos de Sarah para que ésta pudiera dirigirse a la pila a abrir el grifo del agua fría. Una vez que ella dejó correr el agua, se apresuró a tomar de nuevo la cacerola. Al hacerlo, las miradas de ambos se encontraron... así como sus manos en las asas. Lorenzo soltó la cacerola de inmediato y se echó para atrás para permitirle poner la crema bajo el agua. Sin dejar de mirarla a los ojos, se acercó para ayudarla a mantener la cacerola en la posición correcta.

Captaron su atención los pechos de su invitada, que estaban literalmente saliéndosele del sujetador por debajo del delantal.

Acalorada ante el escrutinio al que él estaba sometiéndola, Sarah tuvo que forzarse en concentrarse en lo que estaba haciendo y no en lo que deseaba hacer, que era abrazar estrechamente a Lorenzo y besarlo apasionadamente...

Pero la crema estaba deshaciéndose... al igual que ella.

—Déjalo ya —dijo él, soltando la cacerola. Entonces tomó a Sarah por los brazos y la obligó a girarse.

Al sentir las frías y húmedas manos de Lorenzo sobre su ardiente cuerpo, ella se estremeció. Pareció que aquel estremecimiento también le recorrió el cuerpo a él, que perdió el control. Repentinamente la atrajo hacia sí y la besó. Le acarició la espalda bajo su sensual pelo rizado.

Fue un beso hambriento y apasionado. Sarah se giró para apoyarse en la pila y lo agarró firmemente por los hombros, tras lo que apretó las caderas contra él. Lorenzo sintió como su sexo se ponía erecto. Deseó poseerla en aquel mismo momento, allí mismo...

Como si le hubiera leído el pensamiento, ella apartó los labios de los de él durante un segundo y se impulsó hacia arriba en la pila. Aturdido, sin el calor de los labios de Sarah, Lorenzo se preguntó a sí mismo qué demonios estaba haciendo. Dio un paso atrás.

–No –espetó–. No. Esto es un error.

Había ido a la cocina para disculparse, para ganarse la confianza de ella, no para faltarle al respeto. Y exactamente aquello sería lo que haría si la tomaba allí, de aquella manera.

Se giró y quiso explicarle que lo hacía por ella, para preservar su dignidad. Pero no lo hizo.

–Perdóname –se disculpó con aspereza, saliendo de la cocina sin decir nada más.

Capítulo 8

MAMI. Despiértate. Es hoy.
Al sentir la mano de su pequeña en la mejilla, Sarah se despertó. Estaba muy cansada; parecía como si acabara de acostarse. No había dormido mucho. Cuando finalmente se había
metido en la cama junto a Lottie la noche anterior,
le había costado mucho conciliar el sueño.

–¿Hiciste una tarta? –preguntó la niña–. ¿Tiene
gente pequeña en la parte de arriba que se parece a
la tía Angelica y al tío Hugh? ¿Puedo ponerme ahora
el vestido de dama de honor?

–Lottie, eres como un despertador –gruñó Sarah.
Lo último de lo que quería hablar era de la tarta.
Agarró con los dedos la nariz de su hija–. ¿No tie-
nes un botón para desconectarte?

Encantada, Lottie se rió.

–Lo tengo, pero no puedes tocarlo porque tienes
que levantarte ya. La manilla grande está en el doce
y la pequeña en el nueve.

Sarah se sentó en la cama de inmediato.

–¿Lo ves? –dijo la niña, mostrándole su reloj–.
Es hora de levantarse. ¿Puedo ponerme ya el vestido de dama de honor?

La boda era a las once. Sarah se sintió invadida por el pánico.

–No. Lo que puedes hacer es desayunar a toda prisa y después podrás ponerte el vestido –contestó, levantándose. Se puso los pantalones cortos y la camisa color coral que había llevado el día anterior por la mañana.

Cuando bajaron a la cocina, descubrió que ésta estaba hecha un desastre... aunque ella misma la había dejado muy limpia la noche anterior. Al oír voces provenientes del jardín, salió fuera y se encontró con una improvisada fiesta de desayuno, fiesta en la que había gente que jamás había visto. Supuso que serían viejos amigos del colegio de Hugh y colegas del trabajo.

–Mami, ¿por qué no me has dejado ponerme el vestido? –quiso saber Lottie, tirando de la mano de su madre con impaciencia–. Todo el mundo está muy bien vestido. Me da vergüenza.

Sarah pensó que la pequeña tenía razón. Todos estaban muy arreglados. No había rastro de Angelica, por supuesto, pero Hugh se acercó a ella y le puso una copa de champán en la mano.

–Estábamos preguntándonos cuándo ibas a aparecer –comentó efusivamente–. Hemos tenido que preparar el desayuno nosotros solos, pero finalmente nos las hemos apañado bien.

–¡Qué alivio! –respondió Sarah, forzándose en sonreír–. Sois muy listos –añadió con ironía.

–Jeremy, ésta es Sarah –dijo entonces Hugh, presentándole a un amigo que se había acercado a ellos–. Es la hermana de Angelica, de la que estaba hablándote. ¿Te acuerdas? Es la encargada del banquete, así que es a ella a quien tienes que hablarle de tu regalo de bodas.

–He traído ostras –comentó el joven, orgulloso–. Ciento veinte de las más frescas de Inglaterra. Son las favoritas de Angelica... es una gran sorpresa para ella. Pensé que podrían servirse como entrada del banquete.

–¡Es fantástico! –exclamó Hugh, dándole unas palmaditas en la espalda a su amigo–. ¿No crees, Sarah?

Pero a Sarah no le parecía en absoluto fantástica aquella alteración a su menú. Despeinada y sin haberse siquiera lavado los dientes, había pasado la mañana limpiando la cocina, de nuevo, así como supervisando la manera en la que algunos amigos de Hugh habían colocado las mesas para el banquete en la *limonaia*. Y todavía tenía que resolver el pequeño problema de la tarta...

Angustiada, suspiró profundamente y maldijo. Dos veces.

–¿Cuánto pagarías para que no informe de ello a la policía de las palabrotas?

Rígida, ella se giró y vio a Lorenzo apoyado en el marco de la puerta que daba al jardín.

–¿Cuánto tiempo llevas ahí? –le preguntó.

–El suficiente para saber que no estás teniendo un buen día. ¿No deberías estar preparándote para la boda?

–Parece que no voy a llegar a tiempo para la ceremonia religiosa.

–¿Por qué no?

–Por las ostras –contestó Sarah con amargura, asintiendo con la cabeza ante las cajas que había en la encimera–. Una gran sorpresa. Desafortunadamente no sé qué hacer con ellas pero, sea lo que sea, tardaré un par de horas.

Despacio, él se acercó a ella, que se sintió muy avergonzada.

–¿Y qué pasa con la tarta?

–Un desastre. La crema se pasó demasiado y...

Lorenzo la interrumpió con determinación.

–*Tutto bene*. Déjamelo a mí. Haré que Gennaro envíe otra. Nadie tiene que saberlo.

–No. Gracias.

–¿Dónde está Lottie?

–Arriba. Mi madre está arreglándola para la boda –contestó Sarah, disgustada al no poder estar haciéndolo ella misma.

–Sube a buscarla –dijo Lorenzo.

–No, está bien. Mi madre puede ocuparse de todo, estoy segura.

–Entonces sube y arréglate tú.

–No, de verdad, no puedo –respondió ella, comprobando la hora en su reloj–. En treinta minutos saldrán para la iglesia y, aunque tú te encargaras de la tarta, todavía tengo que decidir qué hacer con las malditas ostras. Supongo que para empezar debería abrirlas.

–No –espetó él, agarrándola por los hombros y

girándola hacia la puerta–. Déjamelo a mí. Las ostras nunca deben abrirse hasta que no estén preparadas para comer. A no ser que quieras que todo el mundo se intoxique con ellas.

–No querría intoxicar a todo el mundo –murmuró Sarah, que ya no podía seguir poniendo más excusas. Se apresuró a subir las escaleras de la vivienda...

–*Ciao, Gennaro. E grazie mille*.

Lorenzo colgó el teléfono y suspiró. El problema estaba resuelto. Gracias a Gennaro, en el banquete nupcial iban a disfrutar de una magnífica tarta. También había acordado utilizar los servicios de dos de los asistentes de cocina del propietario del restaurante, así como los de un par de sus camareros. Todos llegarían al *palazzo* en más o menos una hora.

Al mirar por la ventana, observó que Hugh y sus amigos estaban en el jardín preparándose para una sesión fotográfica alrededor de un Ferrari rojo que había aparecido delante de la casa. Un intenso enfado se apoderó de él. Alquilar aquel tipo de coche no era barato, pero parecía que el dinero no suponía ningún problema para Guy y Hugh... aunque éstos no eran capaces de ayudar a la pobre Sarah. Eran ellos quienes deberían pagar la tarta y el personal que él había contratado, pero sabía que de ninguna manera lo harían.

Parecía que para la egoísta y ociosa familia de

Sarah, ella no suponía otra cosa que un par de manos que les preparaba unas comidas excelentes y que después limpiaba todo.

Estaba a punto de volver a sentarse a su escritorio cuando oyó voces en el pasillo. Angelica debía estar saliendo para la iglesia. Comprobó la hora y se dio cuenta de que sólo habían pasado veinte minutos desde que había convencido a Sarah de que subiera a arreglarse. Seguramente todavía no estaba preparada, lo que suponía que no iba a poder ver a su hija elegantemente vestida mientras acompañaba a la novia.

Tomó la pequeña cámara que guardaba para grabar escenarios que le gustaban y se acercó a la puerta, la cual abrió sólo un poquito. Angelica estaba bajando las escaleras mientras sonreía al fotógrafo que estaba inmortalizando el momento. Fenella iba detrás de ella con un estrecho vestido, seguramente destinado a mostrar la buena figura que tenía. Pero él la ignoró y se centró en la pequeña niña que las acompañaba, cuyos ojos reflejaban una gran emoción bajo la corona de rosas color marfil que llevaba.

Sintió una gran presión en el pecho. Debería haber estado preparado para ello, pero el dolor todavía lo tomaba por sorpresa en algunas ocasiones.

En un momento dado, la pequeña Lottie miró hacia arriba y sonrió. Él siguió su mirada y se dio cuenta de que le había sonreído a su madre, que estaba en el rellano de las escaleras de la planta superior, arropada con una toalla y con el pelo húmedo, mirándola con orgullo.

Pero entonces, al pedir el fotógrafo que la niña se posicionara delante para realizar una fotografía, Sarah dejó de sonreír y una triste expresión se apoderó de su cara. Incluso derramó una lágrima, lágrima que Lorenzo capó con su cámara antes de que ella desapareciera.

Con mucho cuidado, Sarah cerró la puerta de su dormitorio tras de sí y se apoyó en ella. Se llevó las manos a las mejillas para intentar controlar la emoción que la había embargado.

Nunca lloraba ya que con lágrimas no se lograba nada. Pero se había emocionado mucho al ver a su hija, al ver lo guapa que estaba y lo bonito que todo había quedado para la boda.

Se había duchado y lavado el pelo en tiempo récord, por lo que en aquel momento no debía relajarse. Se apresuró a ponerse unas braguitas muy poco sensuales, pero destinadas a camuflar la celulitis. Entonces tomó el vestido que había decidido llevar en la boda y se lo puso. Era de seda lila. Lo había comprado hacía un par de años, cuando Rupert le había prometido llevarla a un partido de polo en Windsor. En aquella época había estado constantemente a dieta. Se había convencido a sí misma de que si permanecía delgada, él se habría dado cuenta de que estaba enamorado de ella. Pero Rupert ni la había amado ni la había llevado al polo.

Mientras se miraba en el espejo, oyó que llamaban a la puerta.

–Adelante.

La puerta se abrió y Lorenzo entró en la habitación. Tenía una copa de champán en la mano.

–Para ti.

–Oh... vaya, gracias –tartamudeó Sarah, aceptando la copa–. Pero no tenías que haber...

–Simplemente he venido a decirte que no tienes que preocuparte ni por la tarta ni por las ostras.

–¿De verdad? –respondió ella. Se le iluminó la cara–. ¿Pero cómo...?

–He telefoneado a Gennaro. Traerá una tarta mientras todos están en la iglesia.

–¿Y las ostras?

–Nunca cedería a ningún miembro de su personal, pero ayer le causaste una gran impresión. Su esposa también va a venir. No es un equipo muy grande, pero ayudarán mucho –comentó Lorenzo, acercándose a la puerta–. Baja cuando estés preparada. Te llevaré a la iglesia.

Capítulo 9

FUE UNA boda preciosa.
Todo el mundo lo dijo tanto en la iglesia como más tarde durante el banquete en la *limonaia*. Sarah estuvo tan ocupada encargándose de supervisar todo que apenas tuvo tiempo de sentarse y comer algo, aunque la ayuda de Gennaro y de sus asistentes fue crucial para que la celebración fuera un éxito.

Ya estaba atardeciendo, pero todavía hacía muchísimo calor. Ella incluso había tenido que subir a quitarse las opresoras braguitas que había llevado durante la ceremonia.

Al acercarse a servirle una taza de café a una de las tías de Hugh, ésta le comentó lo bonito que había quedado todo y lo eficiente que era Angelica. Incluso le preguntó de qué conocía a la radiante novia.

–Soy su hermana –contestó Sarah.

–¿De verdad? Dios mío, no os parecéis en nada. ¿Hermanas? –dijo la mujer, sorprendida.

–Bueno, en realidad somos hermanastras –explicó ella–. De padres diferentes.

En ese momento, un reflejo blanco captó su atención. Lottie estaba correteando por el jardín con su bonito vestido mientras un niño pequeño de pelo oscuro la seguía. Sarah pensó que era su oportunidad de escapar a aquella incómoda conversación.

–Si me disculpa, voy a ver si mi hija...

–Ah, es tu hija, la pequeña dama de honor –la interrumpió la mujer, que no parecía querer quedarse sola–. Es adorable. ¿Está tu marido por aquí?

Justo cuando Sarah iba a contestar, una masculina voz las interrumpió.

–Aquí estás, tesoro. Estaba buscándote –dijo Lorenzo, poniéndole una mano en el hombro.

–¡Oh! –exclamó ella.

–¿Podría perdonarnos, *signora?* –se disculpó él, murmurando.

A continuación, guió a Sarah hacia la puerta de la *limonaia*.

–¿Por qué has hecho eso? –le preguntó ella–. La mujer va a pensar que eres mi marido.

–Oí lo que estaba diciéndote y pensé que necesitabas rescate.

Una vez en el jardín, Sarah apartó el brazo que Lorenzo le había agarrado y se detuvo.

–No tienes que rescatarme todo el tiempo –aseguró en voz baja–. Puedo cuidarme sola.

–Yo creo que no.

–Bueno, pues sí que puedo –respondió ella, enojada–. Siempre he podido. Y lo seguiré haciendo –añadió, entrando en la cocina a continuación.

Lorenzo dio un puñetazo a la pared. No comprendía qué tenía Sarah para alterarlo tanto. No había pretendido decir que ella no podía cuidar de sí misma, sino que siempre se ponía por detrás de todos, por detrás de toda su familia. Y aquello era algo que no le gustaba.

Con los puños doloridos, se apoyó en la pared. Recordó que al día siguiente Sarah se marcharía a Inglaterra y si no le planteaba el tema de la película antes de que lo hiciera, sería una oportunidad perdida.

Mientras observaba a Lottie y al hijo de Alfredo jugar por el jardín, se le ocurrió una idea. Entonces se acercó a ellos...

–Mami, éste es Dino. Es mi nuevo amigo.

Sarah, que estaba a punto de secar una cacerola, se giró para mirar a su hija.

–Hola, Dino. Me alegra mucho conocerte –le dijo al pequeño de pelo oscuro, sonriendo.

–Dino no habla inglés, pero está enseñándome italiano. Luna nueva se dice *luna nuova*. ¿Sabes que esta noche va a haber luna nueva? Tienes que pedir un deseo –explicó Lottie, tomando la mano de su madre. A continuación le dio un tirón–. Vamos, ven con nosotros.

–¡Espera! –protestó Sarah–. Tengo que fregar todas estas cacerolas. ¿No podrías hacerlo vosotros dos por mí? Me gustaría que pidierais... –en ese momento vaciló al venirle a la cabeza pícaras ideas acerca de Lorenzo–. Dios, no lo sé... ¿la paz mundial y un enorme helado de chocolate?

–No funcionará si lo pedimos nosotros –contestó su hija–. Tienes que venir y pedir tu deseo tú misma. Tal vez puedas pedir que las cacerolas se laven solas y así, cuando vuelvas, ya estará todo limpio. Vamos, mami.

Tras insistir en aquello, la pequeña volvió a tirar de la mano de Sarah, que siguió a los dos niños con una mezcla de irritación y diversión. No había nada que detuviera a Lottie cuando se le metía algo en la cabeza. Pero aquella noche ella no estaba de humor. Estaba cansada, acalorada y... hambrienta.

Pero sobre todo, estaba triste. Lorenzo se había portado muy bien con todos ellos y ella se lo había pagado enfadándose con él como una colegiala mimada. Y al día siguiente se marchaban.

Le sorprendió que casi hubiera oscurecido ya. Debía haber estado en la cocina durante más tiempo del que había pensado. El grupo de jazz que había contratado Hugh ya había llegado.

–¡Li e! ¡La luna! ¡Esprimi un desiderio! –exclamó Dino.

–Tienes que cerrar los ojos –dijo Lottie con firmeza–. Voy a girarte tres veces y entonces tienes que pedir un deseo, ¿está bien?

Los niños comenzaron a reírse mientras Sarah sentía como si el suelo diera vueltas bajo sus pies.

–¡Ahora pide tu deseo! –dijo alegremente Lottie–. ¡Abre los ojos y pídelo!

Sarah abrió los ojos. Pero en vez de la luna, vio

que tenía delante el templo del que su hija le había hablado el día anterior. Estaba iluminado por unas bonitas luces doradas que provenían del interior de las cuatro columnas que sostenían el pórtico.

Confusa, divisó una oscura figura apoyada en uno de los pilares, figura que se dirigió hacia la luz. Lorenzo...

Capítulo 10

S ARAH sintió como se le revolucionaba el corazón.

–¿Has pedido un deseo, mami? –le preguntó Lottie, tomándola de nuevo de la mano mientras Dino las seguía.

–No... no lo sé. Tal vez.

–Te hemos preparado una sorpresa –comentó su hija, tirando de ella hacia el templo.

–Lottie, espero que no hayas estado molestando a Lorenzo con...

–Los niños no me han molestado. Ha sido idea mía –terció él desde lo alto de las escaleras que subían al pórtico.

–¿El qué ha sido idea tuya?

Lorenzo comenzó a bajar entonces las escaleras con la mano tendida. Al llegar al suelo, tomó la de Sarah, que se quedó sin aliento.

–La cena –respondió él, guiándola para que subiera las escaleras.

Cuando llegaron arriba, ella se quedó impresionada. Había una mesa de piedra junto a una de las paredes del templo y a cada extremo de ésta unos candelabros con numerosas velas iluminaban el lugar. En el centro había una botella de champán en una cubitera con hielo y en el suelo una cesta de picnic. Miró a Lorenzo a la cara y apartó la mano.

–No sé qué decir –susurró.

–¡Di que te encanta! –gritó Lottie, dando unas palmaditas–. ¡Es como un cuento de hadas!

Dino y ella habían subido las escaleras detrás de su madre.

–Me encanta –dijo entonces Sarah–. De verdad. Pero no sé por qué tú...

Lorenzo la interrumpió al girarse hacia los niños y darles algo que sacó de uno de sus bolsillos.

–*Grazie mille, bambini*. ¿Recordáis lo que os he dicho? Lottie, tú ve corriendo con tu abuela. *Dino, trova il tuo madre, ¿si?*

–¡Sí! –exclamaron los pequeños al unísono, agarrando firmemente las monedas que Lorenzo les había dado. A continuación, se apresuraron a bajar las escaleras del templo.

Sarah los observó hasta que perdió a ambos de vista, tras lo que volvió a mirar a su acompañante, que tenía una casi triste expresión reflejada en la cara.

–No comprendo –comentó.

–Quería disculparme. No quise decir lo que te dije antes... o sí que quise decírtelo, pero no de la manera en la que tú lo interpretaste. No creo en absoluto que seas incapaz de cuidar de ti misma; me refería a que no pones tus propias necesidades por delante de las de los demás.

–No importa –respondió ella–. Estoy bien.

–¿Has comido hoy?

–N... no, pero...

–*Essattamente* –respondió él, levantando la tapa de la cesta–. Cuidas de todo el mundo. Preparas la comida... –añadió, sentándose a la mesa mientras tomaba una caja de la cesta y la ponía sobre la superficie de piedra– limpias sus platos, organizas sus cosas. Pero lo que yo quiero saber es... –en ese momento abrió la caja y sacó una ostra junto con un pequeño cuchillo– ¿quién cuida de ti?

–Ya te lo dije; no necesito que nadie cuide de mí. De verdad. Siempre he sido independiente. Odiaría tener a alguien que me dijera lo que tengo que hacer.

–Siéntate.

Sin pensar, Sarah se acercó y se sentó. Observó como Lorenzo esbozaba una sonrisa.

–Está bien. Lo odiaría la mayor parte del tiempo. Esta noche estoy demasiado cansada para discutir.

Él tomó entonces la botella de champán y la descorchó, tras lo que sirvió dos copas.

–Me alivia saberlo, pero no me sorprende –comentó, acercándole a ella una de las copas–. Hoy no has parado ni un minuto. No debe ser fácil responsabilizarse de todo tú sola.

–Estoy acostumbrada a hacerlo. Como ya te dije, el padre de Lottie no solía estar mucho con nosotras.

–Lo sé, pero creo que has soportado la responsabilidad de muchas cosas desde antes de eso.

Sarah se preguntó a sí misma cómo se había dado cuenta él de aquello. Dio un largo trago al champán y evitó su mirada, temerosa de lo que pudiera ver reflejado en ésta.

Lorenzo abrió la ostra y se la ofreció a ella, que no sabía si aceptarla o no.

–No sé... Puede que te suene ridículo, pero nunca antes he tomado una.

–Tu vida ha sido demasiado formal. Primero el Orgasmo Ruidoso y ahora las ostras. Te faltan muchas cosas por aprender.

Estaban sentados muy cerca el uno del otro. Él no tuvo que acercarse mucho para ofrecerle la ostra en la boca. Sarah abrió los labios tentativamente mientras lo miraba a los ojos.

–Métetela en la boca. Pero no te la tragues. Apriétala con la lengua.

Sin dejar de mirarlo, ella hizo lo que le había dicho. Un intenso y delicioso sabor salado se apoderó de sus papilas gustativas. Al mismo tiempo sintió que la lujuria se apoderaba de su pelvis, en parte por el innegable erótico sabor de la ostra, así como por la calidez que vio reflejada en los ojos de Lorenzo.

–Ahora trágatela –dijo él.

Aquella ostra estaba absolutamente deliciosa.

–¿Te ha gustado?

–Sí... oh, sí...

Lorenzo tomó otra y la abrió.

–Entonces... ¿qué fue lo que te hizo tener un sentido tan acuciado de responsabilidad?

Sorprendida ante aquella pregunta, Sarah dio un sorbo al champán antes de contestar.

–No sé. Mi padre...

Pero entonces dejó de hablar repentinamente. Aquellas dos últimas palabras le hicieron darse cuenta de la realidad. Estaba cansada, tanto física como mentalmente. El día había sido agotador y la combinación del champán, las velas y el calor de la velada estaba aturdiéndola. Si no tenía cuidado, iba a contarle toda la aburrida historia de su vida

Él se llevó una ostra a la boca y disfrutó de su afrodisiaco sabor. Había sabido que aquello iba a ser difícil, pero no había pensado en el tormento que supondría comerse aquel delicioso manjar mientras miraba a los oscuros y dilatados ojos de ella.

–¿Qué pasa con tu padre? –preguntó con lo que esperó resultara indiferencia–. Háblame de él.

–Es una larga historia. Larga y no muy interesante.

–¿Me dejas que sea yo el que lo juzgue?

–Créeme. Los dramas de las familias de otra gente son aburridos. Son simplemente variaciones del mismo tema, ¿no es así?

–¿Y qué temas son ésos?

–Culpa, arrepentimiento, pérdida...

Lorenzo abrió en ese momento otra ostra y se la ofreció a Sarah, que la aceptó gustosa.

–¿Lo querías?

–Sí, lo quería –contestó ella en voz baja con el dolor reflejado en los ojos.

Él puso las ostras vacías en la caja y sirvió más champán.

–¿Dónde encajan entonces la culpa y el arrepentimiento?

–Obviamente no se lo mostré suficiente. Debí haberle dejado claro mi cariño.

–¿Cuántos años tenías cuando murió? –quiso saber Lorenzo, dando un sorbo a su copa.

–Cinco –respondió Sarah.

–Como Lottie.

–Sí.

Con cuidado, él dejó su copa en la mesa y le apartó a ella un rizo que le había caído sobre la cara. Se lo colocó detrás de la oreja.

–Eso es una gran carga para una niña tan pequeña. ¿Qué te hace pensar que podías haber hecho más?

–Mi padre se suicidó.

–*Ah, piccolino* –no pudo evitar contestar Lorenzo. Sintió unas enormes ganas de besarla para consolarla. Pero se contuvo. Debía lograr que Sarah continuara hablando para llegar a un punto en el que pudiera sacar el tema del libro...

–Si hubiera sido más... –continuó ella, vacilante– no sé, más... tal vez él no lo habría hecho. Escribió un libro que era una recopilación del trabajo de toda su vida. Me lo dedicó a mí. La dedicatoria decía que yo había hecho que su vida mereciera la pena... Pero poco después de haberlo escrito debió haber cambiado de idea o tal vez yo dejé de hacer que su vida mereciera la pena.

–No puedes culparte a ti misma. Tu padre era una persona adulta con toda clase de razones que tal vez jamás sepamos o comprendamos para sentirse infeliz. Cuando las cosas se complican tanto, es imposible pensar con claridad ni ser consciente de las consecuencias de tus acciones. Tu padre no comprendía lo que estaba haciendo.

–Ojalá pudiera creer eso –comentó Sarah, mirándolo. Sus ojos reflejaban una gran angustia.

–Es normal estar enfadado.

–No lo es –dijo ella–. Tengo muy pocas cosas de él. Tuve muy poco tiempo a su lado y ahora tengo muy poco para recordarlo. No está bien estropearlo con enfado. Es horrible.

–No, es natural. Completamente natural. Precisamente en eso consta la culpa. No te culpas a ti, sino a él, ¿no es así? –supuso Lorenzo.

–Un poco –concedió Sarah–. Cuando mi madre se casó con Guy, solía desear que él fuera mi padre de verdad. Guy era lo que un padre en toda regla debía ser. Siempre estaba riéndose, nos daba mucho dinero y se refería a Angelica como «princesa». Pero también me culpo a mí misma. Yo no era alegre, rubia y preciosa como mi hermana. Fui una niña muy vergonzosa.

–Eras la hija de tu padre. Estoy seguro de que él te amaba por lo que eras.

–No era suficiente –respondió ella, esbozando una triste sonrisa.

Lorenzo suspiró y se agachó para tomar de la cesta un plato con una generosa porción de tarta.

–Los niños no pueden ser responsables de la felicidad de sus padres. Lo sabes. ¿Es culpa de Lottie que su padre no se quedara junto a vosotras?

–No, no. Eso también es culpa mía... Oh, Dios,

normalmente no soy una compañía muy alegre, aunque tampoco soy tan sosa como hoy. Comamos un poco de la tarta de Gennaro y hablemos de otra cosa –sugirió Sarah, sintiendo como una lágrima le caía por la mejilla.

Antes de poder contenerse, él se acercó a ella y le secó la lágrima con el dedo gordo.

–Vamos a tomar un poco de tarta –concedió–. Pero no vamos a cambiar de asunto hasta que no hayamos aclarado un par de cosas. Lo primero de todo es que no es culpa tuya que el padre de Lottie os abandonara. Ni siquiera es culpa de él, que lo que ha sufrido es una gran pérdida.

Temblorosa, Sarah cerró los ojos durante un momento. Su cara reflejó una intensa expresión de dolor. Con una cuchara, Lorenzo tomó un trozo de tarta y se lo acercó a ella a los labios. Al ver como abría los ojos y la boca, se sintió invadido por un profundo deseo.

–Y segundo... –prosiguió, susurrando– no eres sosa. Eres una de las personas más complicadas e interesantes que he conocido en mucho tiempo.

Entonces se acercó aún más a ella y volvió a tomar tarta con la cuchara. Sarah la aceptó tan obedientemente como un niño. Lo miró a los ojos. Parecía exhausta.

–Sarah... –dijo él en voz baja– bonito nombre.

–No tan bonito como Angelica –respondió ella, esbozando una triste sonrisa.

–Son nombres muy diferentes. ¿El tuyo lo eligió tu padre?

–No, mi madre. También eligió el de Angelica. Le encantan los ángeles.

–*Seraphina*...

–No me queda bien. No le hago honor. Sarah va mejor con mi personalidad.

Lorenzo acercó su hombro a ella para que pudiera reposar la cabeza en éste. Sarah no se resistió y se apoyó en él, que comenzó a acariciarle el pelo. Estuvo haciéndolo durante varios minutos... sin importarle que se hubiera quedado profundamente dormida.

LORENZO se sentó a su escritorio y, sin darse cuenta, comenzó a juguetear con el mini planetario mecánico que había sobre éste. Recordó la noche anterior y como había sentido que en el templo había logrado que el tiempo transcurriera más despacio. Tomó el ejemplar de *El roble y el ciprés* que tenía delante y ojeó las primeras páginas en busca de la dedicatoria.

A Seraphina, que me da esperanza, alegría y una razón para vivir.

Tras leerla, dejó el libro de nuevo en el escritorio y se levantó. Al analizar aquellas palabras, podía comprender por qué Sarah pensaba que le había fallado a su padre de alguna manera.

Se acercó a la ventana y vio a la pequeña Lottie sentaba junto a Dino en el césped. Estaban tirando piedrecitas a un cartón de zumo vacío bajo la atenta mirada de Lupo. Al fijarse más detenidamente, se dio cuenta de que la niña había estado llorando. Tenía la cara y los ojos enrojecidos. En un momento dado, lanzó una piedrecita con mucha fuerza. El cartón volcó para atrás y golpeó el cristal de la ventana del despacho. Dino se levantó y ayudó a su amiga a hacer lo mismo, tras lo que ambos se fueron corriendo.

Esbozando una leve sonrisa, Lorenzo se giró. Puso música y volvió a sentarse a su escritorio.

Antonio Agostino era un conocido compositor al que le había hablado de sus planes respecto a la película sobre el libro de Tate. La melodía que estaba apoderándose de cada rincón de la sala había sido creada por el músico tras haber leído uno de los ejemplares.

Cerró los ojos y se imaginó de nuevo en Oxfordshire, recordó como Sarah había subido por aquella colina al atardecer...

En aquel momento, abrió los ojos abruptamente al oír que llamaban a la puerta.

–*Entrare* –espetó.

Durante un momento no ocurrió nada, pero entonces la puerta se abrió muy despacio. Unos compungidos Lottie y Dino entraron en el despacho seguidos por Lupo.

–Siento haber tirado esa piedra –se disculpó la niña–. *Mi dispace* –añadió, conteniendo las lágrimas.

–*Non importa*. No se ha roto nada –la tranquilizó Lorenzo–. Tu italiano está mejorando mucho. ¿Ha estado enseñándote Dino?

Lottie asintió con la cabeza pero, al mismo tiempo, no pudo evitar romper a llorar.

Él frunció el ceño. Se sintió impotente ante la angustia de la pequeña. No sabía nada de niños.

–¿Qué ocurre? –preguntó.

Dino abrazó protectoramente a su amiga por encima de los hombros.

–No quiero irme –contestó la pequeña–. Odio Londres y odio a las niñas estúpidas de mi clase. Todo lo que hacen es jugar con muñecas y criticarse las unas a las otras. Le he preguntado a mi mami si sabe cuándo podríamos volver aquí y me ha dicho que tal vez nunca lo hagamos. Dino es mi mejor amigo y no sé si jamás volveré a verlo ya que vivimos a miles y miles de kilómetros de distancia...

–Shh... –dijo Lorenzo, mirando su mini planetario–. Venid a ver esto.

–¿Qué es? –preguntó Lottie–. ¿Es eso la luna?

–La gran esfera del centro es el Sol –explicó él–. Esta pequeña de aquí es la Luna y la que hay junto a ella es la Tierra.

–Oh...

–Mirad, aquí está Italia. Nosotros estamos aquí, en la Toscana. Y ahí... –continuó Lorenzo, indicando un poco más arriba– ahí está Londres, ¿lo veis? No está tan lejos como pensáis. No comparado con todo el universo.

Entonces hizo girar la Tierra y observó las expresiones de fascinación que se reflejaron en las caras de los pequeños.

–¿Lottie?

Él levantó la mirada y vio a Sarah en la puerta del despacho. Llevaba el pelo peinado para atrás, una camiseta verde y una minifalda vaquera que mostraba sus largas piernas.

–¿Qué? –respondió la niña, malhumorada. Ni siquiera se giró.

–Tienes que venir a lavarte la cara y las manos –explicó su madre con delicadeza.

–Gracias por enseñarme el planetario –le dijo Lottie a Lorenzo antes de darse la vuelta y pasar con mucha solemnidad junto a su madre.

Dino la siguió como una sombra.

–Lorenzo, sobre anoche... –comenzó a decir Sarah desde la puerta–. Lo siento. Siento haberte aburrido tanto y haberme quedado dormida. No sé qué me ocurrió.

–Supongo que estabas agotada –respondió él–. Trabajaste muy duro durante todo el día. No tienes por qué disculparte.

–Pero no debiste haberme llevado a la cama cuando estaba dormida y... –comentó ella, ruborizada.

–Sí. Fue todo un alivio poder hacer algo por ti sin que discutieras.

–Gracias. Espero que los niños no te hayan molestado mucho.

–En absoluto –aseguró Lorenzo, maravillado ante las piernas de Sarah.

–Eso está bien. Lottie está muy enfadada conmigo.

–Porque le has dicho que no volvería a Italia para ver a Dino.

–Sí, bueno, no me parece bien darles falsas esperanzas a los niños. Y, para serte sincera, creo que no es muy probable que podamos volver. Parece que a Angelica ya no le gusta la casa que compraron. Reformar todo el tejado va a conllevar mucho trabajo, así que no sé si se quedaran con la propiedad. Y, aunque lo hicieran, los billetes de avión son caros, sobre todo durante las vacaciones escolares. Guy pagó los gastos para que viniéramos a la boda, pero lo que normalmente podemos permitirnos es un día de playa en Brighton. No puedo prometerle nada.

—No le gusta mucho el colegio, ¿verdad?

—¿Cómo lo sabes? —preguntó Sarah, sorprendida.

—Por algo que ha dicho. No quiere regresar a Londres.

—Me temo que no tiene otra opción. Sé que es difícil para Lottie, pero prefiero que se disguste ahora a que se haga ilusiones de algo que no va a ocurrir. Es mejor ser realista.

—Quiero ofrecerte una alternativa —dijo él, sentándose a su escritorio.

—¿A qué te refieres?

—Quiero pedirte que te quedes. Tú necesitas un trabajo y yo necesito...

—No —interrumpió ella a la defensiva—. No, no puedes hacer eso.

—¿Hacer qué?

—Rescatarme de nuevo. Sé que estás intentando ayudar, pero...

—Parece que piensas que soy mucho más honorable de lo que en realidad soy —comentó Lorenzo—. Soy yo el que necesita ayuda. No puedo ocuparme de todo el *palazzo* solo; necesito a alguien que se ocupe de la casa. A ti te vendría muy bien el dinero, te gusta Italia y parece que a Lottie le encanta estar aquí. Estoy simplemente sugiriéndote un acuerdo de negocios, durante el tiempo que quieras... hasta que empiece el curso escolar a finales de verano o durante más tiempo.

Sarah se quedó muy impactada ante aquel ofrecimiento.

–Hay un proyecto que estoy intentando realizar –continuó él, tomando un libro de su escritorio, libro que volvió a dejar en su sitio de inmediato–. Voy a tener reuniones con productores y contables, por lo que quiero tener a alguien alrededor que prepare una taza de café decente.

–No sé qué decir. Me has tomado por sorpresa.

–Por supuesto. Piénsalo. Háblalo con Lottie.

–¿Crees que podré razonar con mi hija? –respondió Sarah, riéndose–. Le encantará la idea.

–¿Entonces qué te detiene? –quiso saber Lorenzo, mirándola fijamente–. Aquí tendrás completa libertad para hacer lo que quieras. Como acabo de explicarte, voy a estar completamente inmerso en la creación de un guión, por lo que probablemente no nos veamos mucho.

Ella pensó que el mensaje de él estaba claro; aquello era simplemente una oferta laboral... una oferta que ofrecía una solución a todos sus problemas. Lo único que se interponía para que la aceptara era su orgullo. Pero como casi ni podía permitirse comprarle a su hija un par de zapatos, el orgullo resultaba ser todo un lujo en aquel momento.

–Gracias –dijo con solemnidad–. Si realmente no te importa, me gustaría quedarme.

Capítulo 12

AL PRINCIPIO, Sarah se había sentido un poco extraña al estar en Castellaccio una vez que toda su familia se había marchado. Pero con el paso de los días se había acostumbrado a la tranquilidad del *palazzo* y había disfrutado al observar como Lottie parecía realmente contenta. La pequeña ocupaba su propio dormitorio y pasaba los días junto a Dino, correteando por los jardines de la propiedad. En ocasiones, ella se llevaba a los dos niños al pueblo para comprar alimentos y les invitaba a tomar un helado. O simplemente los dejaba bajo la supervisión de la amable y paciente madre de Dino, Paola, a quien Lottie adoraba.

Según fueron pasando las semanas, pensaba menos y menos en Rupert. Cuando lo hacía, era con desprecio, hasta el punto de preguntarse cómo había creído alguna vez que lo amaba. Durante las noches, en ocasiones se sentaba con Lorenzo a la mesa y charlaban de todo tipo de cosas aunque, por algún acuerdo tácito, su conversación siempre versaba sobre algo impersonal. Él no hablaba de sí mismo y ella no volvió a desnudar su alma como había hecho la noche del templo. Pero, aun así, siempre estaba deseando que llegara la velada.

En ocasiones, Lorenzo no terminaba de trabajar hasta tarde y, con el corazón revolucionado, tras acostar a Lottie, Sarah llamaba a la puerta de su despacho para decirle que la cena estaba preparada. Se habían hecho amigos. Pero ella era consciente de que sentía algo más que amistad hacia su anfitrión...

Una noche, mientras bajaba por las escaleras del *palazzo*, oyó que sonaba el teléfono en la cocina. Normalmente dejaba que Lorenzo respondiera en su despacho, pero sabía que él estaba hablando con alguien por otra línea. Se apresuró a responder.

–Hola –dijo al tomar el auricular.

–Hola, ¿quién es? –preguntó la interlocutora, que tenía un claro acento italiano.

–Oh, este... soy Sarah, el... ama de llaves del *signor* Cavalleri.

–*Bene*, me alegra oírlo. Gracias a Dios que ha entrado en razón y ha contratado a alguien para que cuide el *palazzo*. ¿Podría hablar con él?

Ella agarró el teléfono con fuerza al reconocer aquella bella voz.

–Me temo que ahora mismo está hablando por la otra línea. ¿Es usted la *signora* Cavalleri? Puedo pedirle que le devuelva la llamada cuando...

En ese momento dejó de hablar al ver que Lorenzo estaba de pie en la puerta de la cocina.

–¡Oh! Espere un momento. Está aquí. Ahora se pone.

Él negó con la cabeza. Claramente no quería responder a aquella llamada.

–Lo siento –se disculpó Sarah, murmurando, al acercarse Lorenzo a tomar el teléfono.

–*Ciao* –dijo él al auricular con un tono de voz apagado, dándole la espalda a ella.

Sarah salió al jardín. Se estremeció al darse cuenta de que agosto ya casi había acabado, lo que implicaba que en poco tiempo tendría que tomar importantes decisiones.

Admitió para sí misma que no quería regresar a Inglaterra. En aquel rincón de la Toscana estaba muy cómoda y Lottie parecía realmente feliz por primera vez en su vida.

Al oír como Lorenzo hablaba en italiano por teléfono, pensó que tenía una voz muy sexy. Pero de inmediato se recordó a sí misma que sonaba tan sensual porque estaba hablando con Tia. Todavía estaba loco por ella. Era obvio. Había una palabra de las que estaba diciendo él que sí que entendía. Venecia. La repetía una y otra vez.

Angustiada, pensó que tal vez Tia y Lorenzo estaban planeando darse otra oportunidad y habían pensado en realizar un romántico viaje a aquella ciudad. Comenzó a andar por el jardín y llegó al templo. Despacio, subió las escaleras de éste y se colocó entre dos columnas. Recordó la noche que había pasado junto a Lorenzo en aquel lugar; le preocupaba lo que no recordaba. Él la había llevado a su dormitorio una vez que se había quedado dormida apoyada en su hombro. Se había despertado a la mañana siguiente en su cama sin el vestido que había llevado para la boda pero con ropa interior.

Sólo con el sujetador ya que se había quitado las braguitas horas antes...

–Ahí estás.

Al oír aquella voz, se giró. Lorenzo estaba acercándose al templo con una botella de vino y dos copas en las manos. Parecía angustiado y cansado.

–Tengo que hablar contigo –le dijo mientras subía las escaleras.

–Está bien –contestó ella, deseando haberse lavado el pelo y haberse cambiado de ropa. Las pocas prendas que había llevado consigo para su corta visita inicial de cuatro días estaban dando para mucho, pero estaba muy cansada de ellas.

Él dejó las copas en la mesa de piedra, pero Sarah se sintió reacia a sentarse.

–¿Está Lottie dormida? –quiso saber Lorenzo, sirviendo vino en ambas copas.

–Sí, por fin –contestó ella, aceptando la copa que le ofrecía él–. Estaba muy emocionada por los planes que ha estado haciendo con Dino; quieren dormir en una tienda de campaña una noche. Aparentemente Alfredo ha dicho que se quedará con ellos y que comerán helados y salchichas.

–¿Estás de acuerdo?

–Les dije que te preguntaría a ti. Lo siento; he olvidado mencionarte que quieren acampar aquí, en tu jardín. Lupo está incluido en su lista de invitados.

–Creo que podéis persuadirme, pero es porque tengo un motivo oculto. Tengo que pedirte una cosa a cambio –respondió Lorenzo.

–Está bien –dijo Sarah, temiendo que fuera a pedirle que se marcharan a finales de semana debido a que iba a volver con Tia–. ¿Pero podemos hablarlo en la casa? Es que no me gusta dejar a Lottie sola. Sé que está dormida y que estamos muy cerca, pero si se despierta...

También deseaba regresar a la casa ya que no quería que los bonitos recuerdos que guardaba del templo se estropearan con lo que su jefe fuera a pedirle.

Ambos se dirigieron hacia el *palazzo*, que parecía un paraíso terrenal

–Lottie tenía razón cuando dijo que tu casa es el lugar más encantador del mundo –comentó.

–También tenía razón cuando dijo que es demasiado grande para una sola persona.

Cuando llegaron al jardín que había frente a la cocina de la vivienda, él dejó las copas que había llevado consigo en una de las mesas que había en el césped y Sarah entró a comprobar cómo estaba Lottie. Antes de volver a bajar al jardín, no pudo evitar pasar a su dormitorio y ponerse colorete en las mejillas. En realidad, no supo para qué.

–¿Está todo bien? –le preguntó Lorenzo al verla salir. Estaba sentado en un banco.

–Sí. Está dormida –contestó ella, sentándose a su vez.

Él pensó que podían ser cualquier pareja hablando de su hija, lo que le hizo sentir una extraña sensación en el estómago.

–*Bene* –dijo con brusquedad–. Ahora tengo algo que preguntarte, pero debes prometerme que dirás que no si no es lo que quieres –explicó–. La mujer que me ha telefoneado antes era Tia.

–Lo sé –respondió Sarah con una gran amargura reflejada en la voz.

–Quería recordarme lo de Venecia. Yo no me había olvidado, pero había logrado apartarlo de mi mente... esas celebraciones son realmente aburridas.

–¿Qué tipo de celebraciones?

–Es el Festival de Cine. *Girando alrededor del sol* está nominada y Tia quería asegurarse de que yo estuviera allí para presenciar su triunfo.

–¿Su triunfo?

–Sí, toda la prensa estará centrada en fotografiarla junto a Ricardo y en observar mi reacción al verlos a ellos dos juntos. Le película en sí apenas será nombrada.

–¿Todavía están juntos?

–Sí. Y no hay mucho que yo pueda hacer para lograr centrar la atención de la gente en la película. Pero, sin duda, mucho del morbo de la historia se terminará si aparezco con una nueva acompañante –aseguró Lorenzo, dejando su copa de vino sobre la mesa–. *Dio*, Sarah, no estoy explicándote esto muy bien, ¿verdad?

–¿Estás pidiéndome que vaya contigo?

–Sí. Lo último que quiero hacer es aprovecharme de ti, por lo que estaremos allí durante muy poco tiem...

–Está bien –interrumpió ella, aliviada–. Me encantará acompañarte.

–Ha sido más fácil de lo que pensaba –comentó él con sequedad.

Sarah dio un largo sorbo a su vino y casi se atragantó.

–Bueno, no eres el único que tiene un ex al que quiere fastidiar –dijo cuando por fin pudo hablar–. No va a hacer ningún daño que Rupert me vea en la alfombra roja del Festival de Venecia del brazo de un... importante director de cine italiano.

Aquello era mentira. Rupert no era la razón por la que había accedido a acompañar a Lorenzo. Y casi había dicho de un «sexy» director de cine italiano...

Capítulo 13

NO PUEDO creérmelo. ¿Por qué no me dijiste que tenías un avión privado?

Sarah se detuvo nada más entrar en el pequeño *Citation* jet y se giró para mirar a Lorenzo.

–No es mío. Es alquilado. Pero es la manera más rápida de ir y volver de Venecia.

–Y la más llevadera –comentó ella, riéndose al ver aparecer a un auxiliar de vuelo con una botella de champán en una cubitera.

–¿Le gustaría sentarse, *signorina*? –sugirió el auxiliar–. En pocos minutos despegaremos.

–¿Puedo echar un vistazo primero? ¿Le importa? Nunca había montado en un avión privado. De hecho, sólo he viajado en las líneas regulares en muy pocas ocasiones. Oh, mira... hay una pequeña nevera y una televisión. ¿Para qué sirve este botón?

–Es un sistema de comunicación por satélite, *signorina*.

Incapaz de contener una sonrisa ante la emoción de ella, Lorenzo observó la escena. La dulzura y el entusiasmo de Sarah estaban logrando animarlo levemente.

–Dios, a Lottie y a Dino les encantaría todo esto –comentó ella, girándose hacia él.

–¿Quieres telefonear a casa?

Sarah vaciló y durante una fracción de segundo la alegre expresión de su cara se oscureció. Pero, a continuación, volvió a sonreír y negó con la cabeza.

–¿Para interrumpir su día de camping? Creo que no. Probablemente Lottie ni siquiera se haya dado cuenta todavía de que me he marchado.

–¿Estás bien?

–Sí. Sí, desde luego –contestó ella, sentándose en uno de los asientos de cuero–. Simplemente es extraño, eso es todo. Apenas la he dejado nunca durante una noche. Pero está bien, está muy bien que haya hecho un amigo y que tenga la oportunidad de ser más independiente.

Lorenzo se sentó frente a ella y tomó la botella de champán.

–A pesar de tener que hacer esto, ¿no te arrepientes de tu decisión de haberte quedado?

–No –aseguró Sarah, aceptando la copa de champán que le ofrecía él–. Y acompañarte al Festival no es muy duro.

–Todavía –dijo Lorenzo con gravedad–. Ésta es la parte fácil. Espera a estar delante de los ansiosos periodistas.

–¿Realmente va a ser tan horrible? –quiso saber ella, poniéndose seria.

–Me aseguraré de protegerte de lo peor –contestó él, agarrando con fuerza la copa de champán que tenía en la mano. Se preguntó si no estaría cometiendo un gran y egoísta error.

Observó como Sarah miraba por la ventanilla del

avión al comenzar éste a despegar. Pensando que era muy sensual, se bebió el champán de un solo trago. Cuando le había pedido que se quedara en el *palazzo*, había sido precisamente con aquella intención; había querido que ella se diera cuenta de lo atractiva que era, había querido que dejara de fruncir tanto el ceño y se relajara, que se sintiera especial. Pero, al mismo tiempo, se había prometido a sí mismo guardar las distancias. Aunque estaba costándole mucho cumplir su promesa...

Nada podría haber preparado a Sarah para el hotel en el que iban a alojarse.

–La mayoría de la gente que va al Festival se aloja en el Lido, pero yo prefiero huir de la atención de la prensa cuanto puedo –comentó Lorenzo al ayudarla a bajar del *vaporetto*–. Este hotel es mucho más discreto.

Mientras se registraban en recepción, ella miró a su alrededor, completamente cautivada por la grandeza y el lujo del lugar. Había algunos cuadros realmente impresionantes.

–¿Preparada? –preguntó él al terminar de hablar con el recepcionista.

–¿A qué hora es la proyección? –quiso saber Sarah, siguiéndolo por el hall.

–A las siete –contestó Lorenzo al entrar en uno de los ascensores.

–Oh, pero para eso falta mucho –sorprendida, ella comprobó la hora en su reloj–. Sólo son las doce. Eso significa que tengo bastante tiempo para visitar la ciudad.

Divertido, él la miró al abrirse las puertas del ascensor tras detenerse éste.

–Me temo que no –respondió mientras salía al pasillo y se dirigía a una de las habitaciones.

–Oh, ¿hay algo que tengamos que hacer primero? –preguntó Sarah, andando tras él.

Lorenzo se detuvo frente a un enorme conjunto de puertas dobles. Introdujo una de las tarjetas que le habían dado en recepción por la ranura que había a un lado.

–Nosotros no, sólo tú –contestó al abrir la suite–. Bienvenida al mundo de las celebridades.

Ella se quedó boquiabierta. Entraron en el hall de una impresionante sala con unos enormes ventanales desde los que se divisaba el Gran Canal. El suelo era de mármol. Pero lo que más llamó su atención fueron los tres soportes metálicos de ropa que había en el centro de la habitación. Había dos elegantes mujeres junto a los ventanales. Al verlos entrar, dejaron de charlar entre ellas y se acercaron a analizarla con la mirada.

–Sarah, éstas son Natalia y Cristina. Son estilistas. Estos vestidos han sido cedidos por algunos diseñadores. Ellas te ayudarán a elegir algo que te guste para ponerte esta noche.

Ansiosa, Sarah miró los elegantes vestidos que tenía delante y pensó en el vestido lila de su maleta, el mismo que había llevado a la boda de Angelica y que era lo único medianamente decente que había tenido para ponerse aquella noche. Se sintió muy avergonzada.

–Es... está bien –contestó, tartamudeando–. Es estupendo.

–La esteticista llegará en un par de horas, cuando hayas decidido qué ponerte. Las maquilladoras y peluqueras llegarán durante la tarde.

–¿Pero cómo voy a elegir qué ponerme?

–Por eso han venido Natalia y Cristina –explicó Lorenzo, dirigiéndose hacia la puerta.

–¿Dónde vas? –le preguntó Sarah, intentando controlar el pánico que había comenzado a sentir.

–A varias reuniones. Lo siento, pero es una oportunidad estupenda ya que todo el mundo de la industria está en la ciudad. Volveré a buscarte a las seis –contestó él antes de marcharse.

Tres horas después, mientras estaba tumbada en la cama con una almohada en la boca, Sarah se preguntó por qué las mujeres inteligentes se sometían a aquel tipo de tortura voluntariamente.

Gimió para contener un grito al tirar la esteticista de una banda de cera de su espinilla. Haber estado en ropa interior delante de Natalia y Cristina había sido terrible, aunque peor todavía había sido cuando le habían depilado las cejas... debido al gran dolor que había sentido.

–Las piernas ya están –susurró la joven esteticista–. Ahora le depilaré las ingles.

–¡No! –gritó Sarah, sentándose en la cama y arropándose con el albornoz.

–Está bien –contestó la muchacha, impactada ante aquella actitud–. ¿Le hago las uñas?

Al final, Sarah tuvo que admitir que había parte de verdad en aquello que la gente decía acerca de que para estar bella había que sufrir. Cuando estuvo preparada para ponerse la ropa interior que las estilistas habían elegido para ella, no había nada en su cuerpo que la avergonzara. Al verse en los numerosos espejos de la sala, ni siquiera reconocía su reflejo. Natalia y Cristina la ayudaron a ponerse el vestido que todas habían considerado el mejor; era de un raso color frambuesa precioso. Tenía un estilo imperio que le quedaba muy bien y resaltaba su escote. Las sandalias color guinda que habían elegido para combinar con el vestido eran muy bonitas.

Pero lo que más satisfecha la dejó de todo fue la sesión de peluquería. Las dos peluqueras le lavaron, masajearon y alisaron el pelo, que adquirió el aspecto de una bonita melena sedosa.

–*Bella. Se Bella* –comentó Natalia, satisfecha al comprobar el resultado final.

Contenta, Sarah pensó que nunca antes se había sentido tan sofisticada y guapa.

Entonces alguien llamó a la puerta de la suite. Natalia y Cristina se apresuraron a darle los últimos retoques al vestido antes de retirarse con el resto de las chicas a otra estancia.

A continuación la puerta se abrió y Lorenzo apareció delante de Sarah, que se quedó sin aliento.

Él estaba elegantemente vestido con un traje y camisa negros. Tenía un aspecto impresionantemente atractivo. La miró de arriba abajo y ella pudo ver un atisbo de decepción reflejado en su mirada.

–Estás muy guapa –comentó él ásperamente, forzándose en sonreír–. De verdad. Muy guapa.

–¿Nos vamos? –preguntó Sarah, tomando su bolso de fiesta. Algo había muerto en su interior.

LORENZO la siguió por el pasillo, incapaz de quitarle la mirada de encima. Había sido sincero; vestida y maquillada de aquella manera, Sarah estaba sensacional. Pero no la reconocía. Había pasado de ser una hermosa y fresca rosa de jardín a una perfecta pero fría rosa comprada en una lujosa floristería. Y prefería la primera.

Cuando llegaron al ascensor, ella entró primero y presionó el botón para bajar a la planta principal del hotel.

–Te han dejado muy bien las uñas –comentó él al ver la excelente manicura que le habían realizado–. Las tienes como siempre habías querido –añadió al recordar lo que ella le había confiado el día que habían comido en el local de Gennaro.

–Lo sé. Por lo menos ahora soy una mujer de verdad. Ojalá Lottie pudiera verme.

Lorenzo pensó que Sarah siempre había sido una mujer de verdad, sobre todo cuando tenía el pelo alborotado e iba vestida con su gastada camiseta y minifalda vaquera.

La góndola taxi que había solicitado estaba esperando en la entrada del hotel. Ayudó a entrar en la barca a su acompañante.

—Hueles muy bien —dijo al entrar tras ella y percibir el aroma que desprendía.

—¿De verdad? —respondió Sarah, sorprendida—. Intentaron echarme mucho perfume, pero les dije que no. Deben ser los productos para el pelo o algo así.

Pero Lorenzo sabía que no era nada de aquello, sino que era ella, era su piel.

Estaba oscureciendo y corría una agradable brisa que alborotó el suntuoso pelo de Sarah.

—Oh, casi me olvidaba. Tomé esto mientras volvía al hotel —dijo él, sacando una cajita de su bolsillo. A continuación, se la entregó a ella.

Boquiabierta, a Sarah le encantó la delicada gargantilla de diamantes que sacó de la cajita.

—¡Lorenzo... es increíble! Es la cosa más bonita que jamás he visto. ¿Estás seguro de que no hay ningún problema en que me la ponga?

—Si te gusta, póntela.

—Me encanta. Natalia me dijo que no habían tenido tiempo de organizar el préstamo de ninguna joya. ¿Lo has podido resolver tú en tan poco tiempo? Según parece, es un poco complicado.

—No te preocupes —contestó él—. Todo está controlado —añadió, no confesándole que la había comprado.

Mientras había regresado al hotel de su entrevista con el actor inglés al que le había ofrecido el papel protagonista de la película sobre el libro de

Francis Tate, había estado muy emocionado. Damian King parecía muy entusiasmado con el proyecto.

Animado por el éxito de la reunión, había entrado en una joyería y había comprado la bonita gargantilla de diamantes con una luna colgando en el centro.

—Por favor, ¿puedes ponérmela?

Al echarle el pelo a un lado y ver la sensual nuca de Sarah, Lorenzo se sintió invadido por un intenso deseo. Cada vez le estaba resultando más difícil ignorar las ansias que sentía por ella. Aunque al principio había estado interesado en Sarah debido a su afán por obtener los derechos de filmación sobre el libro de su padre, tenía que reconocer que en algún momento entre la cocina y el templo, las ostras y la tarta, ella le había llegado a interesar como mujer. Y mucho.

—Ya está —dijo cuando le abrochó la gargantilla, apartando las manos apresuradamente.

—Oh, Lorenzo, es exquisita. Eres tan inteligente... Nunca antes había tenido en las manos algo tan perfecto como esto. Dios, a Lottie le encantaría. Ya no me importa tanto que vayan a fotografiarme; por lo menos, así ella la verá. Gracias.

—De nada —respondió él, girando la cabeza y mirando el canal. Quería apartar la mirada de la bella piel de Sarah, de su glorioso escote—. Ya casi hemos llegado.

Delante de ellos, las luces de los flashes de las cámaras de los fotógrafos iluminaban el atardecer.

–En el muelle está esperándonos un coche.

–Oh –dijo ella, confundida–. ¿Está muy lejos el recinto? Pensaba que sólo íbamos ahí...

–Así es, pero las celebridades no van andando a ningún sitio.

Sarah pensó que todo aquello era como un sueño en el que nada tenía sentido y ocurrían cosas extravagantes. Tras bajarse de la barca, se montaron en el coche. Se dio cuenta de que Lorenzo estaba muy tenso y supuso que sería porque en pocos minutos se encontraría cara a cara con la mujer que amaba, que iría acompañada de otro hombre.

Sintió el impulso de cubrirle la mano con la suya y decirle que lo comprendía, pero el vehículo se detuvo delante de un edificio blanco profusamente iluminado. Durante un momento no ocurrió nada, pero entonces alguien abrió la puerta de Lorenzo desde el exterior. Antes de salir, él se giró hacia ella con una expresión de hastío reflejada en la cara.

–Lo siento –le dijo.

Cuando Sarah salió a su vez del coche con piernas temblorosas, el ruido que la rodeó le impresionó mucho. La gente allí congregada estaba gritando. Llamaban a Lorenzo, a Tia y a Ricardo. Los flashes de las cámaras la aturdieron, tanto que deseó taparse la cara con las manos. Pero Lorenzo la tomó del brazo y ella pudo refugiarse en su fortaleza.

–Mira –le murmuró él al oído–. Ahí arriba. En el cielo.

Sarah miró hacia arriba y vio que la luna brillaba con fuerza sobre ellos.

–La luna también está brillando sobre Lottie en este momento –continuó diciendo Lorenzo–. Va a decirle lo bella que estás. Y lo bien que te han dejado las uñas.

Ella se rió y se sintió muy emocionada. Con la cabeza en alto y los dedos entrelazados con los de él, permitió que la guiara hacia la entrada del recinto. Lorenzo estaba muy rígido, muy erguido. Aparentemente impasible ante la muchedumbre que los rodeaba.

Cuando por fin entraron en el recinto donde se celebraba el Festival, repentinamente estuvieron detrás de Tia y Ricardo, que estaban posando para una fotografía.

Nada habría podido preparar a Sarah para lo impresionante que era Tia en carne y hueso. Ni todo el maquillaje que llevaba puesto, ni la cara ropa que le habían prestado podía convertirla en alguien comparable a la mujer que tenía delante. La actriz italiana era sencillamente muy guapa... y estaba muy embarazada.

Sintió que Lorenzo le apretaba la mano con fuerza, incluso le hizo daño. Pero peor aún fue el momento que siguió ya que repentinamente él le soltó la mano.

–*Ciao*, Lorenzo –saludó Tia con una empalagosa y lasciva voz.

–Tia, Ricardo –contestó él con una gran formalidad.

Sarah se dio cuenta de que todas las cámaras que

había a su alrededor se centraron en ellos e intentó que la angustia que estaba sintiendo no se le reflejara en la cara.

–¿No vas a presentarnos? –preguntó Tia, sonriendo ante Lorenzo para hacerlo a continuación ante ella.

–Sarah, ésta es Tia, mi ex mujer. Y él es Ricardo Marcello.

–¿Sarah? –repitió Tia–. ¿No hemos hablado tú y yo por teléfono? ¿No eres el ama de llaves de Lorenzo? ¡Qué encantador! Eres muy guapa... ¿lo estás pasando bien? Todo esto es muy emocionante, ¿verdad?

–Yo lo describiría como irreal –contestó Sarah en voz baja.

Tia se rió y echó la cabeza para atrás. Los flashes de las cámaras la iluminaron como a una obra de arte.

–Me temo que para nosotros es demasiado real, aunque a Lorenzo nunca le gustó, ¿no es cierto, *mio caro*? Ah, creo que requieren nuestra presencia ahí delante para tomar unas fotografías. Estoy segura de que no les importará si tú también vienes, Sarah.

Mientras posaban para las cámaras, Sarah pensó que su sonrisa era demasiado forzada. Aunque Lorenzo estaba abrazándola por la espalda, sintió como si éste estuviera a miles de kilómetros de distancia.

–¿Vas a asistir mañana a la rueda de prensa? –preguntó Tia cuando por fin entraron en la sala de proyecciones.

–No –respondió Lorenzo lacónicamente.

–Mira, Lorenzo, antes o después vas a tener que

enfrentarte a la prensa. Sé que te harán preguntas difíciles, pero si nosotros...

–No tiene nada que ver contigo, Tia –respondió él con frialdad–. Sarah tiene una hija pequeña y tenemos que regresar con ella.

Durante un segundo, Tia se puso muy rígida.

–*Ipocrita* –espetó. Los rasgos de su hermosa cara casi se tornaron feos.

Las luces ya se habían apagado, pero el público continuaba aplaudiendo. Lorenzo apretó los dientes al comenzar la gente a acercarse a él por detrás para darle unas palmaditas en la espalda a modo de felicitación. Tia se giró con los ojos llorosos y saludó a todos los allí congregados.

Junto a él estaba sentada Sarah. Durante las dos horas de proyección de la película, había estado muy alterado al tenerla al lado; había parecido un jovencito enamorado.

Cuando los aplausos comenzaron a apagarse, desesperado por marcharse, la agarró de la mano.

–Venga, vámonos de aquí.

Antes de que ella pudiera contestar, Tia interrumpió.

–Vais a venir a la fiesta en el Excelsior, ¿verdad?

–No –respondió él con gravedad, guiando a Sarah hacia la salida–. Bien –dijo al llegar al vestíbulo, donde esperaba la prensa–. Levanta la cabeza, sonríe y anda rápido. El coche está esperándonos al final de las escaleras. Todos supondrán que tenemos un lugar muy importante al que ir.

–¿Lo tenemos?

–Sí –aseguró Lorenzo, mirándola brevemente–. Tenemos que alejarnos de aquí.

En cuanto salieron, la noche se iluminó con los flashes de las cámaras de los fotógrafos. Sintió como ella se estremecía de frío, ya que la temperatura había bajado considerablemente. Cuando llegaron al final de la escalinata, maldijo en voz baja.

–El coche no ha llegado todavía.

–¿Qué hacemos ahora? –quiso saber Sarah, aturdida por los gritos de la muchedumbre.

–Esperaremos; llegará en un segundo.

–¡Sarah! ¡Aquí, Sarah! –gritó uno de los periodistas.

Enfurecido, a él le llamó mucho la atención que los tiburones de la prensa hubieran tardado sólo dos horas en averiguar el nombre de su acompañante.

Al ver que ella estaba a punto de girarse para responder instintivamente a su nombre, la detuvo. La agarró con firmeza y la besó.

La muchedumbre bramó y los flashes de las cámaras parecieron explotar sobre ellos. Guiado por un instinto de protección, Lorenzo le cubrió la cara con las manos para evitar que las cámaras registraran una buena imagen de su rostro. Sarah estaba besándolo de manera vacilante y delicada, pero al mismo tiempo con una discreta ferocidad que lo dejó sin aliento.

Tras un largo momento, y haciendo un enorme esfuerzo, se separó de ella. Lo hizo justo en el instante en el que el coche llegaba para buscarlos.

Capítulo 15

LO SIENTO –se disculpó Lorenzo al entrar en el vehículo y cerrar la puerta tras ellos–. No debería haber hecho eso.

–No pasa nada –contestó Sarah, angustiada. Se llevó los dedos a los labios.

–No quería que te pusieran en un aprieto. Jamás pensé que averiguarían tan rápido quién eres y lo último que quiero es que te hagan la vida imposible. Nunca debería haberte expuesto a nada parecido –comentó él, sinceramente arrepentido.

Cuando el coche se detuvo al finalizar su corto trayecto, ninguno de los dos se movió.

–Ya te lo he dicho varias veces –dijo ella en voz baja–. No necesito que me protejan.

Justo cuando Lorenzo iba a responder, la puerta del vehículo se abrió y ambos se bajaron de éste para dirigirse a la góndola taxi que los llevaría por el canal.

–Ha refrescado mucho –observó él, poniéndole su chaqueta por encima de los hombros a Sarah mientras el taxi los llevaba a su destino.

–No, de verdad, estoy bien. No...

–Sarah, *per piacere*, ¿vas a permitirme hacer algo por ti alguna vez?

–Lo siento –se disculpó ella, arropándose con la chaqueta.

No pudo evitar pensar en el beso que Lorenzo le había dado. Había sido maravilloso sentirlo tan cerca, sentir sus manos acariciándole la cara. Aunque seguramente había estado pensando en Tia. Ello explicaría la fiera y contenida pasión que había sentido en su boca.

Cuando llegaron al hotel, el área de recepción estaba muy tranquila. Mientras esperaban al ascensor, se quitó la chaqueta de los hombros y se la devolvió a él.

–Gracias por dejármela –ofreció–. Me siento como Cenicienta... ahora tengo que devolver todo lo que me han prestado y regresar a mi trabajo de ama de llaves.

Lorenzo no sonrió y ambos entraron en el ascensor al abrirse las puertas de éste.

–La película ha sido espectacular –se apresuró en decir Sarah para romper la tensión que se había apoderado del momento–. Lo siento; debería habértelo dicho antes.

–Yo he odiado cada segundo de la proyección.

–Es comprensible –susurró ella–. Verla debe ser muy difícil para ti.

–Absolutamente terrible –aseguró él entre dientes.

Al llegar a su planta y abrirse las puertas del ascensor, Sarah se apresuró a salir al pasillo y dirigirse a la suite. Pero no tenía con qué abrir, por lo que tuvo que esperar junto a las puertas. Cuando

Lorenzo se acercó, le tomó la barbilla y le levantó la cara para que lo mirara.

–Pero no por Tia... –comentó– por si acaso es lo que piensas. Ella no me importa en absoluto. No odio la película por eso.

–¿Entonces por qué? –quiso saber Sarah, impresionada.

–Porque es predecible, es basura de Hollywood, por eso la odio. No quiero volver a tener un éxito de taquilla tan grande basado en una película como ésa.

–Pero yo pensé... pensé que seguías enamorado de Tia.

–No. *Dio santo*, no. Estaba deseando divorciarme de ella.

En ese momento las puertas del ascensor se abrieron y un grupo de personas salió de éste. Lorenzo le soltó entonces la barbilla y se apresuró a introducir la tarjeta para abrir la suite. Sarah entró a toda prisa y, temblorosa, se dirigió a él sobre su hombro.

–¿Te gustaría pasar a tomar un café?

–No –contestó Lorenzo, entrando en la suite y cerrando las puertas tras de sí. Se dirigió al minibar–. Necesito algo más fuerte.

Aliviada, ella se sentó junto a uno de los ventanales y se quitó las sandalias. Cuando levantó la mirada, vio que él estaba delante de ella con dos copas de brandy en las manos.

Aceptó una de las copas sin poder dejar de pensar en lo que le había dicho; que no amaba a Tia.

–¿Qué fue lo que te dijo Tia justo antes de que empezara la película? –no pudo evitar preguntar.

–Me llamó hipócrita.

–¿Por qué?

–No importa –respondió Lorenzo con frialdad.

–Tenía que ver conmigo, ¿verdad? –insistió Sarah–. Con Lottie y conmigo.

Él se acercó a mirar por el ventanal. El perfil de su cara reflejaba mucha arrogancia.

–Obviamente asumió que éramos pareja, que estamos juntos.

–¿Y por qué te convertiría eso en un hipócrita? Estás divorciado.

–Porque tienes una hija –explicó Lorenzo, dando un sorbo a su brandy–. Yo la dejé porque no estaba preparado para ser el padre del hijo de Ricardo Marcello.

–Pensaba que ella te había dejado a ti por Ricardo... y que el bebé era tuyo.

–Tia es muy lista. No ha dicho que el bebé sea mío, pero ha dejado abiertas todas las posibilidades. Fui yo quien pidió el divorcio y ahora ella quiere volver conmigo. Creo que está dándose cuenta de lo mucho que le gustaba estar casada con un director... ya que le otorgaba cierto estatus en la industria. Además, no hay espacio para dos egos tan grandes como el de Ricardo y el suyo en una relación.

–¿Volverías con ella? –se forzó en preguntar Sarah–. ¿Si el bebé fuera tuyo?

–No es mío.

Algo en la manera en la que Lorenzo dijo aquello provocó que ella dejara su copa sobre la mesa y se levantara. De pie tras él, pudo ver la seria expresión de su cara reflejada en el ventanal.

–¿Cómo puedes saberlo?

Lorenzo se bebió todo el brandy que le quedaba en la copa antes de contestar.

–Porque no puedo tener hijos. Soy estéril. Completamente. Sería un milagro si fuera mío.

Ante la imposibilidad de decir algo que ayudara a reparar el dolor de él, Sarah simplemente le puso las manos en los hombros y apoyó la cara en su espalda. Durante un momento, Lorenzo no se movió, pero entonces ella sintió como le acariciaba una mano. Estuvieron en aquella postura durante varios minutos hasta que muy delicadamente, casi a regañadientes, él la giró para tenerla delante y poder mirarla a los ojos.

Conmovida, Sarah le tomó la cara con las manos y lo besó en los labios.

–Sarah, he intentado resistirme a esto durante mucho tiempo, pero creo que ya no puedo seguir controlándome... –dijo Lorenzo tras disfrutar de aquel dulce beso.

–Gracias a Dios –respondió ella, tomándole el lóbulo de la oreja con los labios–. Creo que moriría si lo hicieras.

Invadido por el deseo, él giró la cabeza para capturarle la boca con la suya. Sarah pudo sentir como unas intensas llamaradas se apoderaban de su cuerpo. Se dejó llevar por aquel fuego y se apoyó en Lorenzo, que estaba besándola con un increíble fervor. Aturdida, comenzó a desabotonarle la camisa...

Pero él no quiso esperar y le subió el vestido hasta la pantorrilla para poder tomarla en brazos y llevarla al dormitorio de la suite. Ella lo abrazó con las piernas por la cintura. Al llegar a la habitación, Lorenzo la dejó sobre la cama, pero Sarah no lo soltó, por lo que tuvo que echarse sobre ella, que comenzó a desabrocharle el pantalón mientras lo besaba de nuevo con desesperación. Finalmente él tuvo que ayudarla a bajar la cremallera del pantalón y su erección la presionó en la entrepierna...

Con el deseo reflejado en la mirada, Sarah observó como Lorenzo le bajaba las braguitas de seda que llevaba puestas y sintió como la penetraba con un dedo. Al verse invadida por una exquisita sensación, se arqueó sobre su mano.

Él fue incapaz de seguir conteniéndose y sustituyó el dedo por su sexo en un rápido y certero movimiento. Tuvo que hacer un enorme esfuerzo para no estallar dentro de ella al sentir como su pegajoso calor lo envolvía... Pero, al mirarla a la cara y ver la pasión que reflejaban sus ojos, no pudo continuar controlándose. Al apretarlo convulsivamente los músculos internos de Sarah, la acompañó a la cima del placer...

–Oh, Dios, Lorenzo –dijo Sarah con una gran ansiedad reflejada en la voz.

–¿Qué? –respondió él, apartándole un mechón de pelo de la mejilla–. ¿Qué ocurre?

–El vestido –explicó ella, susurrando. Vacilante, se levantó de la cama–. ¿Cómo puedo haberme olvidado del vestido? Seguro que cuesta una fortu...

–Shh... –contestó Lorenzo, levantándose a su vez. Se acercó a Sarah para abrazarla.

–Pero mañana por la mañana tenemos que devolverlo al diseñador. ¡Oh, soy tan estúpida!

–No hay que devolver el vestido a ninguna parte, así como tampoco la gargantilla. Aunque sería mucho mejor si te los quitas ahora...

–¡Lorenzo, no! –exclamó ella, horrorizada–. No podría quedármelos. Ni te lo plantees.

–Bueno, no creo que el diseñador quiera que se lo devuelvas en tal estado –comentó él, bajándole la cremallera de la espalda y, a continuación, el vestido cayó al suelo. Entonces la giró para que lo mirara–. La gargantilla la compré en una joyería, por lo que no tiene sentido discutir.

Sarah no llevaba sujetador y Lorenzo echó la cabeza para atrás para disfrutar de su hermoso cuerpo.

–*Seraphina*...

Pero ella se tapó sus preciosos y voluminosos pechos con las manos.

–No, por favor... –le pidió él, tomándole la cara con las manos–. Sarah, eres exquisita.

–No lo soy.

–Lo eres –insistió Lorenzo, tomándola en brazos para llevarla al cuarto de baño, donde abrió el grifo del agua caliente de la ducha–. Aunque tengo que admitir que te prefiero sin maquillar y con tu glorioso pelo en su estado natural.

Entonces la metió en la ducha y entró en ésta tras ella. Evitó que continuara protestando al darle un apasionado beso. Cuando finalmente cerró el grifo, Sarah tenía la cara limpia de todo rastro de maquillaje y el cabello empapado. De inmediato, tomó una toalla para arroparla.

—Ya no soy Seraphina —comentó ella, esbozando una triste sonrisa—. Vuelvo a ser Sarah.

—Siempre eres Seraphina —aseguró él, secándole la cara con la toalla—. Eres hermosa.

A continuación, la llevó de nuevo al dormitorio. Tenía toda la noche por delante para demostrarle lo bella que era, para adorar su exquisito cuerpo.

Capítulo 16

AL DESPERTARSE, Sarah sintió la mano de Lorenzo sobre su muslo. Las piernas de ambos estaban entrelazadas y pensó que todavía estaba durmiendo, que seguía soñando. Pero entonces abrió los ojos y vio claramente el dormitorio de la suite iluminado por la grisácea luz de la madrugada, así como los restos de la cena que habían pedido en algún momento de la noche.

–*Buongiorno, bella* –dijo él, dándole un beso en los labios.

Ella se apoyó en un codo para poder mirarlo bien. Lorenzo parecía realmente relajado. Contenta, le acarició el pecho y se sentó sobre él a continuación.

–Creo que te debo un Orgasmo Ruidoso –murmuró antes de dirigir la boca a su sexo...

Sentada en el balcón con vistas al canal, Sarah estaba arropada con la colcha de raso de la cama. Todavía no se había quitado la gargantilla de diamantes. Estaba disfrutando de una taza de té.

–Pareces una desvergonzada duquesa del siglo XVIII tras una noche de pasión con Casanova —comentó Lorenzo, sentado a su lado.

—Me siento como una de ellas. Pero Casanova se habría sentido muy decepcionado al descubrir que tiene un serio competidor para el título de mejor amante del mundo. Quizá te hubiera retado en duelo.

—Tal y como me siento ahora mismo, habría aceptado —contestó él.

Tia siempre le había hecho sentir que su infertilidad era una flaqueza, la había utilizado como excusa para coquetear con otros hombres, para besarlos y acostarse con ellos.

La noche anterior se había sentido tan emocionado que casi le había hablado a Sarah de la película que quería rodar sobre el libro de su padre, pero finalmente no quiso romper la magia del momento. Aunque sabía que tendría que hacerlo pronto ya que aquella misma semana tenía una reunión con varios productores cinematográficos en Londres. Quería rodar la película por él, pero también por ella, para que cambiara la visión que tenía de su padre y así quizá también cambiara la percepción que tenía de sí misma.

—Vamos, duquesa —dijo, levantándose y tendiéndole una mano.

Sarah se dejó ayudar pero, al levantarse, la colcha que estaba arropándola cayó al suelo. Se quedó completamente desnuda delante de él.

—¿Dónde vamos?

—La respuesta más atractiva a esa pregunta sería

que a la cama –respondió Lorenzo–. Pero no hay tiempo. Tú quieres regresar junto a Lottie y yo quiero enseñarte parte de Venecia antes de marcharnos.

–Estoy segura de que Lottie está pasándoselo estupendamente. No tenemos que apresurar nuestro regreso... –aseguró Sarah, acariciándole el pecho.

Con mucha delicadeza, él le apartó las manos. Entonces la abrazó estrechamente.

–Cuando regresemos al *palazzo* todavía podremos seguir disfrutando de esto –aclaró, dándole un beso en la cabeza–. El miércoles tengo que ir a Londres, pero cuando vuelva tendremos todo el tiempo del mundo.

Ella se apartó y se odió a sí misma por el repentino sentimiento de desolación que la invadió al pensar en tener que dejar aquel encantador escenario y volver a la realidad.

–¿Vas a ir a Londres?

–Sí –contestó Lorenzo, agachándose para tomar la colcha y volver a cubrirla con ella–. Durante un par de días. Regresaré para el cumpleaños de Lottie el domingo.

–Oh, Dios, ¿te lo ha comentado?

–Sólo cincuenta veces. Le he prometido una fiesta especial.

–¡Lorenzo, no! No tienes que...

–Quiero hacerlo –interrumpió él con calma–. De todas maneras, ya es demasiado tarde. Todo está organizado. Desearía no tener que ir a Londres, pero tengo que hacerlo. Tengo una reunión sobre el pro-

yecto cinematográfico que estoy intentando realizar. Es muy importante.

Al llegar a Castellaccio, Sarah sintió que su felicidad se apagaba ligeramente. Estaba desesperada
por ver a Lottie, pero cuanto más se acercaban al
palazzo, más distanciada se sentía de todo lo ocurrido en Venecia.

Lorenzo estaba a su lado. Conducía con gran
destreza el vehículo en el que se habían montado en
el aeropuerto. Incluso llevaba una mano apoyada en
su rodilla. Pero parecía distante. Aunque le había
dicho que las cosas no cambiarían cuando llegaran
a la Toscana, ella sentía que no podrían continuar
con lo que habían dejado en Venecia. Había vuelto
a ser madre y ama de llaves. Ya no era una sofisticada mujer con ropa de diseño.

Pero todas sus preocupaciones pasaron a un segundo plano en cuanto llegaron al *palazzo* y vio que
los niños, junto con Lupo, estaban esperándolos. En
cuanto Lorenzo detuvo el coche, se bajó de éste y
abrazó a Lottie.

–¿Lo has pasado bien? –le preguntó a la pequeña.

De inmediato, Paola salió de la vivienda. Estaba
secándose las manos en un paño.

–Oh, sí –contestó Lottie–. Comimos perritos calientes y *gelato*. Alfredo tocó la guitarra y me en-
señó una canción italiana y nos quedamos despier-
tos hasta muy tarde y había luna llena. Era enorme

y por eso no oscureció por completo y el jardín parecía plateado y Lupo durmió en nuestra tienda...

En ese momento, la pequeña hizo una pausa para tomar aire.

–Lo he pasado mejor que nunca –continuó–. ¿Y tú?

–También lo he pasado muy bien –respondió Sarah, mirando a Lorenzo fugazmente.

Paola y Alfredo se quedaron a cenar. Sarah preparó un guiso muy sencillo de *tagliatelle* con pesto y todos se sentaron en el jardín hasta que oscureció. Los niños estaban muy cansados.

Cuando el matrimonio finalmente se marchó, Lorenzo tomó en brazos a la pequeña Lottie para subirla a su dormitorio. Sarah subió tras ellos un momento después y se quedó en la puerta de la habitación mientras observaba como él acostaba a la niña con mucha delicadeza. Entonces entró para darle las buenas noches a su hija. Al salir del dormitorio, una vez a solas con Lorenzo, permitió que éste la guiara a su habitación, donde se desnudaron mutuamente...

Exhausta, cuando terminaron de hacer el amor, se echó en los brazos de su amante. Mientras escuchaba los latidos de su corazón, fue consciente de que se había enamorado de él. No había pretendido que ocurriera, pero tampoco había podido evitarlo. Se llevó una mano a la boca para evitar despertarlo con su llanto... con su llanto de felicidad.

Durante los siguientes días, a Sarah le pareció estar viviendo un sueño. Hacía el amor con Lorenzo

temprano por la mañana, de madrugada y al ano-
checer, cuando Lottie se quedaba dormida.

El miércoles se despertó pronto y se giró en la
cama para poder mirarlo a la cara mientras él dormía. Se preguntó con qué estaría soñando. A los pocos instantes, Lorenzo abrió los ojos.

—Estaba soñando contigo —comentó, abrazándola
contra su pecho.

Hubo algo muy intenso en la manera en la que
hicieron el amor aquella mañana, algo que la con-
movió profundamente.

Él no permitió que lo acompañara al aeropuerto,
por lo que se despidieron en el jardín del *palazzo*.
Tras colocar las maletas en el coche, Lorenzo le dio
un abrazo a Lottie.

—*Arrivederci, tesoro. A presto.*

—*A presto, Lorenzo* —contestó la niña—. ¿Por qué
tienes que marcharte?

—Porque tengo que trabajar. Y porque tengo que
concretar ciertos detalles sobre la fiesta de cumpleaños de una personita.

Lottie se echó en sus brazos y él le acarició el cabello con ternura.

—Cuida de Lupo por mí. Y de tu *mama*.

Sarah tuvo que contenerse para no romper a llorar al ver a su pequeña entre los fuertes brazos de
Lorenzo. Tras unos segundos, él se apartó de la niña
y le tomó la mano a ella. Desde que habían vuelto
de Venecia, había imperado entre ellos una especie
de acuerdo tácito para mantener en secreto su relación y que Lottie no sospechara nada. Pero en aquel

momento, le apretó con fuerza la mano y la miró fijamente a los ojos.

–*Mi mancheri.*

–¿Por qué no puedo hablar italiano tan bien como Lottie? –respondió Sarah, riéndose.

–Te echaré de menos. Pero volveré pronto –comentó él, emocionado. A continuación se acercó a su boca y no pudo evitar besarla con pasión antes de subir al coche y alejarse a toda velocidad.

El *palazzo* parecía realmente vacío sin Lorenzo... aunque éste sólo llevaba fuera unas horas. Sarah sentía como si el tiempo se hubiera detenido. Mientras estaba haciendo la colada oyó que el teléfono sonaba y se apresuró en contestar en el despacho de Lorenzo.

–¿Dígame?

–Oh, hola –dijo una voz al otro lado de la línea telefónica. Era una mujer inglesa. Parecía sorprendida–. Estaba preparada para tener que intentar expresarme en italiano, pero usted es inglesa, ¿no es así?

–Sí –contestó Sarah.

–Estupendo. Eso facilita las cosas. ¿Es la asistente personal del señor Cavalleri?

–Trabajo para el señor Cavalleri, pero me temo que ahora mismo no está en casa.

–No, ya lo sé –dijo la chica–. Soy Lisa, la asistente de Jim Sheldon. Jim tiene una reunión esta misma tarde con el señor Cavalleri, por lo que ha salido para comprobar algunas localizaciones. Pero acaba de telefonear para decir que se ha perdido. El señor Cavalleri no contesta a su teléfono, por lo que supongo que todavía estará en el avión. Jim está en Oxfordshire sintiéndose muy angustiado. Simplemente me preguntaba si usted podría indicarme la dirección adecuada que debe seguir.

–Oh –susurró Sarah–. Oxfordshire. Está bien. Haré lo que pueda. ¿Dónde se dirige exactamente?

–Bueno... le indiqué cómo ir al pueblo, pero aparentemente ahora está buscando un pub. El señor Cavalleri dijo que era importante en el libro...

Sarah se sentó repentinamente en la silla del escritorio de Lorenzo. Sintió que le faltaba el aire.

–¿Qué libro?

–Oh, lo siento –se disculpó Lisa, que parecía sorprendida–. Jim no ha hablado de otra cosa durante semanas, por lo que asumí que el señor Cavalleri habría hecho lo mismo. *El roble y*...

–... *el ciprés* –terminó Sarah por ella con la voz quebrada.

–Ése es. Jim está muy emocionado, sobre todo desde que Damian King va a participar en el proyecto. Ahora simplemente tenemos que desear que el señor Cavalleri consiga todos los permisos legales. Bueno, a lo que íbamos, ¿sabe cómo se llama el pub?

–The Rose and Crown –contestó Sarah, forzándose en no mostrar su desesperación–. Está junto a la calle principal, cerca de Lower Prior, en la avenida que va a Stokehampton.

–Oh, estupendo. Muchísimas gracias. Voy a telefonearlo ahora mismo...

Sarah no continuó escuchando. El teléfono se le cayó al hombro. Aturdida, comprendió todo.

Comprendió por qué Lorenzo se había interesado tanto en ella, por qué le había pedido que se quedara en el *palazzo*, por qué la había llevado a Venecia y le había comprado la gargantilla... y por qué la había seducido. Seguramente había sido él quien le había solicitado los derechos sobre el libro. Y obviamente había decidido hacer lo que fuera para lograr obtenerlos.

Angustiada, colgó el teléfono. Entonces abrió el cajón del escritorio y sacó numerosos documentos. Entre éstos se encontraban diversas fotografías de los campos por los que ella había corrido de pequeña, del pub donde Lorenzo la había besado aquella tarde, del río al que su padre la había llevado a pescar truchas y en el que se había quitado la vida.

No tuvo que seguir buscando. Todo estaba claro. Tenía la evidencia ante sus ojos. Aturdida, guardó de nuevo los documentos y fotografías en el cajón. Comenzó a llorar. Cuando por fin se tranquilizó, tomó el teléfono para reservar dos billetes de avión para Inglaterra, tras lo que tomó un folio en blanco y comenzó a escribir. *Querido Lorenzo*...

Capítulo 17

FELIZ CUMPLEAÑOS, cariño! ¡Has cambiado mucho ahora que ya tienes seis años!

Lottie apartó la cara y el beso que su abuela iba a darle en la mejilla finalmente se posó en su oreja. Sarah miró a su madre y se encogió de hombros a modo de disculpa.

—Corre a buscar al abuelo en la otra habitación para ver qué te ha comprado —le dijo entonces Martha a su nieta, abrazándola estrechamente.

Lottie no dijo nada, pero se dirigió con desgana a ver a Guy.

—Disculpa el comportamiento de Lottie. No es nada personal contra ti. Me odia a mí —aclaró Sarah cuando estuvieron a solas.

—Oh, cariño... no te odia, pero es comprensible que esté disgustada. Estaba tan contenta en Castellaccio, quería tanto a Dino, a Lupo y a Lorenzo...

—Sí, bueno... ése es el problema con el amor, ¿no es así? Te hace feliz durante cinco segundos y después todo marcha horriblemente mal. Tal vez sea bueno que Lottie aprenda esa lección siendo pequeña. El amor duele. Es una enseñanza muy útil.

–Sarah, ¿qué ocurrió? –preguntó Martha, acercándose a su hija en la cocina del piso de ésta–. Pensaba que tú también estabas contenta allí.

–Y lo estaba. Estaba más contenta de lo que jamás pensé que pudiera estar.

–Entonces, ¿qué marchó mal?

–Todo fue un engaño. Pensé que a Lorenzo le gustaba yo, por mí misma.

–¿Y qué te hace pensar ahora que no era así?

–Todo marchó estupendamente hasta el momento en el que descubrí que estaba utilizándome para que le otorgara los derechos de filmación sobre el libro de papá. Fingió muy bien que se preocupaba por mí. Supo quiénes éramos desde que tú te presentaste la primera noche.

–Oh, Sarah...

–Ya ves, no podía quedarme. Sé que fue muy cobarde marcharme sin hablar con él, pero habría sido demasiado humillante y doloroso enfrentarlo y decirle que lo sabía todo.

–¿Sabe ya que te has marchado? ¿Has tenido noticias suyas? –quiso saber Martha.

–No. Lorenzo no se ha puesto en contacto conmigo. Ayer me telefoneó un tal Jim de una compañía cinematográfica. Es amigo de Lorenzo. Fue muy amable y me dijo que su querido amigo italiano había organizado una fiesta de cumpleaños para Lottie y que deseaba que pudiéramos seguir asistiendo a pesar de lo que había ocurrido –explicó Sarah con sarcasmo.

–Lorenzo se puso en contacto con nosotros la semana pasada para hablar de la fiesta de cumpleaños –confesó Martha.

En ese momento la puerta de la cocina se abrió y apareció Guy con Lottie a su espalda.

–¿Ha visto alguien a la niña del cumpleaños? –preguntó él, fingiendo no saber dónde estaba–. Si no me equivoco, deberíamos marcharnos en unos minutos para ver su sorpresa de cumpleaños secreta. Si no la encontramos, va a perdérsela.

–¡Estoy aquí! –exclamó la pequeña, recuperando parte de su alegría. Pero cuando su madre la miró a la cara, apartó la vista.

Lorenzo se llevó una mano al bolsillo de su chaqueta, donde guardaba la carta que le había escrito Sarah.

Los derechos de filmación sobre el libro son tuyos. Parece que eres capaz de transformar material no muy prometedor en algo especial, por lo que sé que tratarás la historia con respeto y ternura. Estoy segura de ello ya que es la manera en la que me has tratado a mí, aunque nunca fuiste sincero acerca de los motivos por los que lo hiciste.

Hizo un gesto de dolor e intentó controlar la desesperación que estaba destrozándolo por dentro. No quería tener aquellos derechos simplemente en un trozo de papel. Quería tenerlos moralmente, emocionalmente... No podía rodar la película a no ser que ella estuviera con él.

La quería a su lado.

Mientras se dirigían desde el aparcamiento de los estudios de cine a un edificio que parecía un almacén, Sarah observó como Martha y Guy llevaban de la mano a Lottie y la hacían reír al balancearla.

Una alegre muchacha los recibió a la entrada del edificio.

–Hola, soy Lisa. Voy a enseñaros los estudios.

Al hablar la chica, Sarah reconoció la voz. Era la asistente personal de Jim Sheldon. Horrorizada, se giró y se vio reflejada en el cristal de una ventana. Tenía un aspecto terrible.

Cuando se dio la vuelta, descubrió que todo el grupo había desaparecido por una pequeña puerta. Cansinamente los siguió y entró en una sala oscura y grande. Repentinamente las luces se encendieron.

–¡Sorpresa! –gritó alguien con voz de niño.

La cara de Lottie reflejó una inmensa alegría al reconocer la pequeña figura que había aparecido de entre las sombras.

–¡Dino!

Inmensamente alegres, los pequeños se abrazaron y comenzaron a bailar juntos. Con la mirada empañada debido a las lágrimas, Sarah observó la escena. Cuando por fin Lottie y Dino se soltaron el uno al otro, Paola y Alfredo se acercaron a besar a la pequeña en las mejillas. También estaban Hugh,

Angelica y Fenella. Todos se acercaron a Lottie para darle regalos. La niña parecía realmente contenta y no dejaba de mirar a Dino como si no pudiera realmente creer que éste estuviera allí.

Sarah se apoyó en la pared, aturdida debido al esfuerzo que estaba haciendo para mantenerse entera.

–Bueno, ahora que ya estamos todos, vamos a realizar un viaje. Un viaje especial de cumpleaños –dijo Lisa, captando la atención del grupo–. ¿Podéis adivinar dónde...?

Las luces se apagaron y comenzaron a aparecer estrellas por todas partes, en las paredes, en el techo.

–¡La luna! –exclamó Lottie al aparecer la luminiscente órbita en la pantalla que tenían delante.

Sarah observó como ambos niños se miraban entre sí y se tomaban de las manos para pedir un deseo ante la luna nueva reflejada en la pantalla. Entonces la luna comenzó a crecer. Parecía como si fuera de verdad, como si estuvieran en medio del universo. Reconoció algunas escenas de la película de Galileo, lo que le hizo recordar dolorosamente a Lorenzo.

Cuando finalmente terminó la escena del universo, vio que en la pantalla aparecía la pequeña Lottie vestida de dama de honor bajando las escaleras en el *palazzo* el día de la boda de su tía. Y entonces, la que apareció en la pantalla fue ella. Una imagen en blanco y negro de ella arropada en una toalla con el pelo húmedo

Angustiada, se llevó las manos a la cara. Se sintió paralizada, horrorizada al ser consciente de que todos estaban mirándola. Deseó que la escena terminara, pero no lo hizo. La cámara incluso había captado las lágrimas que brillaron en sus ojos al lanzarle un beso a su hija. Y muchos más momentos. La había grabado andando por el jardín con su vestido lila, descalza y con el pelo suelto. Bajando las escaleras del *palazzo* mientras decía algo y sonreía. Saliendo del coche con las manos llenas de bolsas de la compra y con las llaves en la boca. También había fotografías. De ella hablando con Lottie, de ella riéndose con una copa de vino en la mano y otra en la que estaba haciendo pompas con el juego de burbujas de su hija.

De ella en Venecia. Una fotografía que había tomado la prensa en la que aparecía saliendo del coche con Lorenzo al llegar al Festival. Y numerosas fotografías más de la misma noche.

Aquello era como una carta de amor en imágenes.

A su alrededor, todos estaban muy quietos mientras miraban con asombro la pantalla.

–¿Puedes verlo? ¿Lo comprendes?

Al oír la voz de Lorenzo junto a ella, gritó. Entonces sintió que la tomaba de las manos.

–Eres bella, Sarah, eres muy bella... ¿puedes verlo? –le preguntó él en voz baja.

–Oh, Dios, Lorenzo...

–Shh... permite que me disculpe. Deja que te explique, por favor. Sobre la película.

El resto del grupo seguía mirando la pantalla, ajeno a lo que estaba ocurriendo.

Ella no pudo contenerse y comenzó a llorar.

–No tienes que hacerlo –susurró.

–Sí que tengo que hacerlo –insistió él sin soltarle las manos–. Desde antes de conocerte ya quería rodar la película, desde hace años. Era un sueño...

–¿Por qué no me lo dijiste? –preguntó Sarah, apoyando la cabeza en su pecho para disimular un sollozo.

–Al principio no lo hice ya que quería encontrar la mejor manera de pedírtelo. Pero según fue pasando el tiempo comencé a sentir mucho miedo de no acertar, de fallarte. Quería mostrarte lo genial que era tu padre con la esperanza de que te ayudara a ver lo genial que eres tú...

Con delicadeza, tras decir aquello, Lorenzo tomó la cara de ella entre sus manos y la levantó para que lo mirara. No le importó tener los ojos llenos de lágrimas.

–Eres una persona estupenda –aseguró–. Logras que las cosas tengan sentido y me inspiras. No me importa si jamás vuelvo a hacer otra película... siempre y cuando tú estés junto a mí y pueda decirte cada día lo bella que eres y lo mucho que te amo –añadió, besándola a continuación.

Cuando las luces de la sala se encendieron, Martha y Paola se secaron las lágrimas que caían por sus mejillas y se sonrieron la una a la otra. Lottie, emocionada, buscó a su madre con la mirada.

–¡Lorenzo! ¡Oh, Lorenzo! –exclamó al verlo junto a su progenitora.

Él se apartó de Sarah justo a tiempo para poder

tomar en brazos a la pequeña, que emocionada se acercó a saludarlo.

–¡Cuando vi la luna nueva fue esto lo que deseé! –gritó la niña–. Deseé que vinieras tú. Y Lupo. ¿Lo has traído?

–No. Pensé que lo había planeado todo bien, pero tú has pensado en algo que se me ha olvidado –contestó Lorenzo, dándole un beso en la mejilla. No pudo evitar hundir la cabeza en su pelo–. ¿Hay alguna otra cosa que desees que pueda ofrecerte en compensación?

–¿Un nuevo papi? Y vivir junto a Dino para siempre...

Lorenzo se rió y abrazó a Sarah para tenerlas a las dos junto a él. Entonces miró a los ojos a la mujer que amaba.

–¿Qué contestas a eso? –le preguntó con la esperanza reflejada en la voz.

–Que sí –respondió ella, llorando y sonriendo al mismo tiempo–. Oh, sí, por favor –añadió antes de besarlo.

Epílogo

F UE OPINIÓN *unánime que la esposa del director cinematográfico Lorenzo Cavalleri, premiado como mejor director del año por su película* El roble y el ciprés, *eclipsó a muchas estrellas de Hollywood con su reluciente aspecto natural...*

Sonriendo, Lorenzo volvió a echarse sobre la almohada. Acarició la desnuda espalda de Sarah mientras continuaba leyendo el artículo del periódico.

—*Sarah Cavalleri iba impresionantemente vestida con un bonito traje de noche azul marino de Valentino y la gargantilla de diamantes que ha lucido en todas sus apariciones públicas. El pelo rizado de la inglesa de treinta y un años caía libre sobre sus hombros mientras se dirigía de la mano de su marido a entrar en el Festival. Los expertos han especulado que el brillo de su piel tiene más que ver con la dieta y el ejercicio que con ningún tipo de maquillaje...*

—¡Oh, Dios! —exclamó ella, hundiendo la cara en el edredón.

Él se rió.

–La aparentemente natural belleza de Sarah ha sido catalogada como la precursora del comienzo de una corriente en contra de la extrema perfección.

En ese momento, Lorenzo le dio un beso en su desnudo hombro. El sol primaveral se colaba por la ventana de la habitación de la suite en la que estaban alojados. El traje azul oscuro que había llevado Sarah la noche anterior estaba en el suelo, junto con la camisa blanca y corbata de él.

–Eres famosa, tesoro –comentó Lorenzo.

–Famosa por estar tan ocupada dejándome seducir por mi talentoso y multimillonario marido que no pude maquillarme antes de la ceremonia.

–No, eres famosa por ser bella. Y tienen razón acerca del ejercicio. ¿Eres consciente de que van a lloverte ofertas de editores de revistas para que compartas con ellos tus secretos de belleza?

–El problema es que ninguno de ellos es apropiado para ser publicado. ¿Qué más dice?

–Nada importante –respondió él, besándole la barbilla. El periódico se resbaló de sus dedos.

Sarah lo agarró antes de que cayera al suelo.

–Uh, uh, no tan deprisa –dijo con la voz ronca–. Quiero leer donde explican lo brillante que eres.

Ella se incorporó y empezó a leer.

–Al llevarse el premio más prestigioso del Festival, Lorenzo Cavalleri homenajeó a Francis Tate, autor del libro en el que está basada la película y difunto padre de su esposa. Le dio las gracias en público por haberle regalado al mundo un libro ex-

traordinariamente bello y por haberle dado a él una esposa e hija increíblemente bellas. Fue uno de los discursos más emotivos de la velada.

A Sarah se le quebró la voz y tuvo que dejar de leer unos segundos.

–Fue... maravilloso –comentó después de aclararse la voz, acariciándole el pelo a su marido con infinita delicadeza.

–No pretendí que fuera tan corto –admitió Lorenzo, tomándole la mano. Le dio un beso en la palma–. Había otra gente a quien debía haberle dado las gracias. Sobre todo a ti.

–No tienes que agradecerme nada.

–Tengo que darte las gracias por... todo. Si hubiera comenzado a hacerlo, habría tardado toda la noche –aseguró él.

–Por lo que yo recuerdo, estuviste toda la noche haciéndolo –dijo Sarah, pícara.

–Hmm –murmuró Lorenzo, abrazándola estrechamente antes de besarla con pasión...

BIANCA™

INDIA
GREY

AQUELLA ÚLTIMA NOCHE

Prólogo

UNA BRUMA ocasionada por el calor flotaba por encima del asfalto. El aire resultaba pesado, irrespirable por el olor a neumáticos calientes y a gasolina de alto octanaje. La parrilla de salida vibraba con la presencia de multitud de periodistas que blandían micrófonos y cámaras, la de los componentes de los equipos ataviados con monos con los colores de su equipo y la de las chicas de publicidad, que portaban banderas y casi nada de ropa.

Cristiano tomó su casco y sus guantes y salió de la sombra del *box* de su escudería para enfrentarse al tórrido sol de la Costa Azul. El rugido que salía de las gradas se redobló con su presencia y los periodistas se abalanzaron sobre él con los micrófonos extendidos. Cristiano mantuvo la cabeza baja.

Su cuerpo se sentía relajado y pesado al mismo tiempo por el recuerdo del placer de la noche anterior. No era infrecuente que él quemara la adrenalina y la testosterona de la sesión de clasificación en los brazos de una de las bellezas que revoloteaban a su alrededor la noche antes de una carrera. El sexo era una buena manera de aliviar la tensión física y mental que experimentaba el fin de semana en el que se celebraba un Gran Premio.

Sin embargo, lo de la noche anterior no había sido sólo sexo.

–*Ciao*, Cristiano. Te agradezco mucho que hayas venido a reunirte con nosotros.

Silvio Girardi, el jefe de la escudería Campano, dio un paso al frente y golpeó amistosamente el hombro del Cristiano.

–Sin embargo, ¿por qué no te quedaste media hora más en la cama para asegurarte de que estabas bien descansado para la carrera? –añadió Silvio.

Cristiano dio un trago de agua y sonrió.

–Si me hubiera quedado media hora más en la cama, lo último que hubiera hecho habría sido descansar.

Silvio hizo un gesto de exasperación con las manos.

–Espero que la camarera con la que estuvieras anoche sepa que debe ser discreta. Nuestros nuevos patrocinadores nos han dejado muy claro que no quieren escándalo de ningún tipo. Clearspring es una marca de agua, no de bourbon. Estilo de vida saludable, natural, recomendada para niños... *comprendo*? ¿Te reuniste ayer con el tipo del departamento de marketing?

–No se trataba de un hombre.

–¿Cómo? Dijeron que iban a mandar al director de marketing, un tal Dominic no-sé-cómo. ¿Me estás diciendo que Dominic no es nombre de hombre en Inglaterra?

–Su esposa se puso de parto inesperadamente. Enviaron a su ayudante.

–¿Se trataba de una chica?

–Sí –respondió Cristiano con una leve sonrisa en los labios–. De una chica.

Sí. Efectivamente, Kate Edwards era una chica.

–Bueno –dijo Silvio lanzando un suspiro de desagrado–. Espero que fueras amable con ella. Necesito el dinero. Te pagan mucho dinero sólo por aparecer y sentarte en un coche que me cuesta una millonada construir para ti. Piénsalo. ¿Es justo? –añadió. Estaba andando alrededor del coche verde esmeralda que iba adornado con el logotipo de Clearspring–. Ahora, ha llegado el momento de que te pongas a trabajar y demuestres lo que puede hacer esta belleza. Estás en *pole*. No puedes perder.

Tras darle a Cristiano otra palmada en la espalda, se dirigió a hablar con los mecánicos y con los ingenieros. Cristiano se dio la vuelta y examinó la multitud para buscar una cabeza rubia entre todas las demás.

Unos esbeltos brazos le rodearon el cuello. Se vio envuelto por un perfume muy familiar.

–Buena suerte –le dijo al oído su asistente personal.

Cristiano trató de controlar su irritación y se apartó un poco para mirar por encima del hombro.

–Gracias, Suki.

«¿Dónde está Kate?».

–¿Cómo te fue ayer con la entrevista que tuviste con la chica de Clearspring? Espero que no durara demasiado tiempo. Parecía demasiado... seria –añadió Suki, con un cierto aire de desprecio.

–Estuvo bien –replicó. Por lo que a él se refería, habría podido durar mucho más–. ¿La has visto?

Suki alzó una ceja, oscura y perfectamente arqueada.

–¿Hoy? ¿Y por qué la iba yo a ver? ¿Acaso está aquí?

–Sí –respondió Cristiano sin dejar de examinar la multitud que los rodeaba.

Suki se encogió de hombros.

–Bueno, si la veo le diré que le mandas saludos –repuso ella fríamente–, pero que creo que ya es hora de que te metas en el coche.

Durante un instante, Cristiano la miró como si no la viera, como si nada de lo que ella dijera tuviera significado para él. Entonces, sacudió la cabeza.

–Lo sé.

Se dio la vuelta mesándose el cabello con las manos y apretando los dientes con fuerza. Tenía una fuerte necesidad de marcharse de allí, de arrancarse el mono de carreras y seguir andando hasta que la encontrara.

Vio que un equipo de televisión se acercaba a él. Sintió una profunda desesperación. Los segundos pasaban, oía cómo los espectadores gritaban su nombre. Era demasiado tarde.

Justo en ese instante, la vio.

Estaba de pie en medio de la multitud de gente que ocupaba el *box* de la escudería. Estaba mirando a su alrededor. En aquel instante, su rostro se dirigía en la dirección opuesta y quedaba oscurecido por una cortina de cabello rubio oscuro, pero las largas piernas enfundadas en los vaqueros que llevaba puestos resultaban inconfundibles.

Cristiano sonrió y se dirigió hacia ella, preguntándose cómo era posible que no la hubiera visto antes. Era muy diferente a las mujeres que solían rondar las pistas. Se había fijado en ella en cuanto entró en *boxes* el día anterior después de la sesión de clasificación precisamente por lo distinta que era. Llevaba un traje gris, el cabello recogido y, en ese momento, a Cristiano le había recordado la típica imagen de empollona de la clase. La que siempre llevaba el uniforme impecable, la que había hecho los deberes a tiempo y a la que las monjas ponían siempre como ejemplo.

En vez de ser un inútil. Como él.

–Oh...

En ese momento, ella se volvió. Separó los labios con un gesto de sorpresa y alivio cuando él le tomo la mano y tiró de ella hacia las sombras de los talleres de las escuderías.

Kate sintió que una oleada de calor explotaba dentro de ella, extendiéndose hasta las mejillas y hacia la entrepierna.

–No podía encontrarte –dijo ella bajando la cabeza e inclinándola hacia el torso de él mientras Cristiano tiraba de ella hacia su cuerpo.

–Estoy aquí.

–Estaba empezando a pensar que me lo había imaginado todo –susurró ella temiendo sonar necesitada o desesperada. Se echó a reír, aunque sintió que se le rompía la voz–. O que todo había sido un sueño.

–¿Qué parte es la que quisieras que te asegurara que fue real? –le preguntó él. Bajó la cabeza, susurrándole contra el cabello. Su voz profunda y el sensual acento italiano con el que hablaba le provocaba escalofríos de gozo por la espalda–. ¿Lo de la piscina o lo del dormitorio? ¿Tal vez lo del suelo de esta mañana?

–Shh... Alguien podría oírte...

–¿Acaso importaría eso?

–Bueno, yo no suelo comportarme así... Sólo nos conocemos desde ayer. Y yo vine a entrevistarte...

–Y pensar que yo siempre había odiado las entrevistas –murmuró él–. Habría accedido a hacer muchas más si supiera que todas iban a ser tan divertidas.

Kate frunció el ceño.

–Yo apenas te conozco.

Cristiano le agarró la barbilla entre los dedos y la obligó a levantar la cabeza para que a ella no le quedara más remedio que mirar aquellos ojos oscuros como el chocolate. Unos ojos famosos, familiares para ella por la televisión y las entrevistas, por las innumerables fotografías que había de él en la oficina, por el póster que su hermano pequeño tenía colgado de la pared...

–Después de anoche, me conoces mejor que nadie.

El tono de su voz era irónico, pero los rasgos de pirata de su rostro, con los altos y afilados pómulos, la bien delineada boca, se quedaron de repente sin expresión. Sacudió la cabeza lentamente y se mesó el oscuro cabello.

–*Gesu*, Kate. Yo jamás... jamás he desnudado mi alma de esa manera.

–Yo tampoco.

La voz de Kate era un susurro. Su mente repasó las últimas extraordinarias doce horas. Había habido sexo, por supuesto, y había sido... mágico. Sin embargo, también habían hablado. Su corazón se contrajo dolorosamente y el aliento se alojó en la garganta mientras recordaba cómo él había estado entre sus brazos y cómo, con voz casi inexpresiva, le había hablado de su pasado, de las dificultades que había experimentado en el colegio y que lo habían empujado a buscar el éxito a toda costa. Cristiano, por su parte, había visto más allá de la fachada de profesionalidad que ella con tanto esfuerzo había construido para ocultar el secreto vacío de pena y terror que se ocultaba debajo. Él le había dicho que una vida vivida con miedo no era vida en absoluto y le había mostrado cómo apartar la ansiedad y vivir el momento.

Desde el exterior de los *boxes,* el ruido de la multitud parecía acrecentarse con el calor, apretándose contra las frágiles paredes del mundo privado que los dos compartían. Cristiano se apartó de ella. Su expresión, una vez más, no comunicaba nada.

–Tengo que irme.

Kate asintió rápidamente y dio un paso atrás, desesperada por no parecer necesitada.

–Lo sé, pero recuerda. No tienes que demostrar nada, Cristiano –dijo ella, consiguiendo esbozar una sonrisa–. Conduce con cuidado.

Durante un instante, ella vio una expresión de dolor en sus ojos, que desapareció inmediatamente. Cristiano comenzó a ponerse los guantes y le dedicó la sonrisa triste y burlona que la volvía loca.

–Tesoro, estamos en el Gran Premio de Mónaco. La idea no es conducir con cuidado.

Ella se echó a reír y apartó el pánico que se apoderó de ella.

–Tienes razón...

Kate decidió que no iba a volver a ser la mujer que había sido hasta entonces. Cristiano le había enseñado a vivir el momento, a agarrar con fuerza la felicidad y a no dejarse llevar por el miedo. Incluso así, mientras él se daba la vuelta para irse, tuvo que armarse de valor para mantener la sonrisa en los labios y no dejar que él se diera cuenta de lo aterrorizada que estaba.

Cristiano estaba ya en la puerta del taller. Al verlo, los espectadores habían empezado a aclamar su nombre. Él se volvió y la miró durante un instante con ojos oscuros y opacos.

–Esto no se ha terminado, ¿sabes? Anoche fue sólo el principio –dijo él con una suave sonrisa–. Espérame.

Con eso, se marchó. Salió a grandes zancadas al exterior con los hombros muy rectos. De nuevo, volvía a ser un desconocido.

El clic que hacía el arnés al ajustarse era la señal que Cristiano utilizaba mentalmente para desconectar del mundo exterior. Desde ese momento, no había nada más que la pista, el coche y la carrera.

Él era el primero de la parrilla. El circuito de Mónaco era muy estrecho, lo que hacía que resultara casi imposible adelantar. Las primeras vueltas pasaron sin novedad. En la cuarta, al llegar al Grand Hotel con más de medio segundo de distancia entre él y sus competidores, Cristiano cambió de marcha suavemente, permitiendo que su mente se distrajera un instante de la pista. Silvio había hecho un trabajo excelente. El coche funcionaba a la perfección. Las condiciones eran ideales. La carrera era suya, otra victoria que añadir a su impresionante trayectoria.

«No tienes que demostrar nada».

Se hizo una total oscuridad al entrar en el túnel. La suave voz de su cabeza resultaba tan real que, durante un instante, fue como si ella estuviera en el coche a su lado. Casi podía oler el fresco aroma que emanaba de su piel. Su concentración falló y parpadeó con fuerza. Se sentía mareado por el deseo...

La boca del túnel lo esperaba. Cuando salió, el sol le cayó sobre los ojos. Sintió el sabor de la piel de ella sobre los labios, el eco de sus palabras en los oídos. De repente, tuvo la extraña sensación de que todo tenía sentido. La barrera que había delante de él estaba demasiado cerca, se estaba acercando demasiado deprisa, pero casi le resultó irreal porque, en aquel mismo instante, lo supo...

Entonces, se produjo una explosión. Dolor, fuego, oscuridad...

Nada.

Capítulo 1

Cuatro años más tarde

Clearspring Water, tal y como al departamento de marketing le gustaba señalar, se alimentaba de un antiguo manantial que nacía en el verde corazón de los Yorkshire Dales. Sin embargo, sus oficinas estaban situadas en un horrendo edificio de los años sesenta construido en un polígono industrial en las afueras de una gris ciudad de Yorkshire.

En las mejores circunstancias, resultaba bastante deprimente, pero en el primer lunes del mes de enero, adornado con ajadas decoraciones navideñas que nadie se había molestado en retirar, lo era aún más. De pie en la minúscula cocina, mientras esperaba a que hirviera la tetera, Kate miraba el calendario que había en la pared.

Año nuevo, calendario nuevo. Un juego nuevo de fotografías de Campano, el equipo de Fórmula 1.

Se dio la vuelta para no ver el calendario y recordó la resolución que había tomado para el año nuevo. «Este año voy a dejar de esperar, voy a dejar de pensar en los tal vez y los ojalás, voy a dejar de obsesionarme sobre lo que no tengo y voy a disfrutar al máximo de lo que sí tengo, un precioso, feliz y saludable hijo de tres años».

Sintió un hormigueo en los dedos. No iba a mirar.

No iba a pasar las páginas del calendario para buscar la foto de Cristiano Maresca como si fuera una adolescente obsesionada.

Tal y como lo había hecho el año pasado. Y el anterior.

Cristiano Maresca no había participado en ninguna carrera desde el accidente que había estado a punto de costarle la vida en Mónaco, pero su prestigio como personaje famoso y seductor nato se había incrementado. Se mostraba más distante que nunca, pero los periódicos y revistas no dejaban de reproducir fotografías suyas en las que aparecía con un aspecto delgado y amenazador, además de especulaciones sobre el porqué se había mantenido alejado del circuito.

¿Por qué tardaba tanto en hervir el agua?

Sacó unas tazas y metió una bolsa de té de hierbas en la que decía «El jefe» y una cucharada de café en la de «Preferiría estar en Tenerife». Entonces, lanzó una mirada furtiva al calendario. La fotografía de enero resultaba bastante inocua. Mostraba dos coches, el uno junto al otro. La mano, como si tuviera vida propia, comenzó a levantar la página para ver la fotografía del siguiente mes.

–Julio.

La voz que resonó a sus espaldas la sobresaltó. Apartó la mano justo cuando Lisa, del departamento de Diseño, asomaba la cabeza por la puerta.

–No finjas que no estabas buscando a Maresca –dijo con una sonrisa–. Todas lo hemos hecho. Es el mes de julio. ¡Menudo verano!

La tetera terminó por fin de hervir y Lisa desapareció. Con cierta tristeza, Kate vertió el agua en las dos tazas y siguió el mismo camino, aunque terminó dirigiéndose hacia el despacho de Dominic.

–¿Qué diablos es eso? –le preguntó Dominic mirando con cierta sospecha la taza mientras ella la colocaba sobre su escritorio–. ¡Oh, Dios! ¡Es una conspiración! ¿No me irás a decir que Lizzie te ha contado esta horrible decisión que ha tomado para el año nuevo?

–Yo también te deseo Feliz Año Nuevo –replicó Kate levantando una ceja. Entonces, se dirigió de nuevo a la puerta–. Por cierto, de nada.

–Espera... Lo siento –suspiró Dominic–. Una semana entera en compañía de mi suegra parece haber sacado mi lado más petulante. Voy a volver a intentarlo a ver si me sale algo más parecido a un ser humano civilizado que se alegra de volver al trabajo al principio de un excitante año nuevo –añadió, señalando la butaca que había al otro lado del escritorio–. Siéntate y dime cómo han sido tus Navidades. Supongo que no te viste enterrada por una avalancha de rosa como nosotros, ¿verdad?

Kate se sentó. Dominic tenía una hija, Ruby, que era nueve meses mayor que su hijo Alexander. La niña era la mejor amiga del pequeño y a veces su peor enemiga. Entre los dos, parecían empeñados en demostrarle a cualquier psicólogo infantil que los roles de género no vienen programados desde el nacimiento.

–No, en nuestro caso han sido todo coches –dijo Kate un poco triste–. Con mucho, el favorito de Alexander es el Alfa Romeo o el que fuera el que vosotros le regalasteis. Incluso se acuesta con él. Muchas gracias.

–De nada. Es un Spider, que no te enteras de nada. Un Alfa Romeo Spider. Alexander tiene razón. Es uno de los coches más especiales que se han fabricado nunca. Si pudiera, yo también me acostaría con uno.

–¿Lo sabe Lizzie?

–Estoy seguro de que no le sorprendería –dijo Dominic dejando la taza sobre la mesa con un gesto de asco–. Un Alfa Romeo Spider jamás me haría seguir un programa para eliminar toxinas.

–Te lo mereces. No deberías haberte corrido tantas juergas durante las navidades.

Dominic se reclinó en la silla.

–Sí, bueno. Ya sabes cómo es este trabajo. Clientes con los que alternar, fiestas de empleados que organizar... aunque alguna que otra empleada no se molestara en aparecer.

Kate hizo un gesto de enojo con la mirada.

–Ya hemos hablado de esto antes. No pude conseguir una canguro, ¿de acuerdo?

–Tu madre volvió a salir de juerga, ¿no?

La imposibilidad de aquella imagen hizo que Kate sonriera brevemente muy a su pesar.

–No puedo pedírselo todo el tiempo. Ya tiene que cuidar a Alexander cuando yo estoy trabajando. Además, no puedo permitirme pagarla.

–Ella no lo aceptaría aunque pudieras. Ya sabes que le encanta tener al niño. Después de lo de Will, le ha salvado la vida...

–Lo sé, lo sé... Tener al niño con ella le hace recordar tiempos más felices, cuando tanto Will como mi padre estaban vivos. Sin embargo, no me gusta depender de ella demasiado. Yo me metí solita en esta situación y, en la medida de lo posible, tengo que ocuparme de ella yo sola.

Dominic dio otro sorbo a la infusión con muy poco entusiasmo.

–No lo hiciste tú sola –comentó él secamente–, a menos que fueras como la Inmaculada Concepción.

Kate tenía que reconocer que aquella noche había sido bastante perfecta, aunque no tenía nadie con quien compararla, ni antes ni después. Además, dado que no había podido salir ni una noche sin Alexander desde hacía más de seis meses, no parecía muy probable que la situación fuera a cambiar. Tenía que comprarse ropa bonita y salir con Lisa y las demás chicas la próxima vez que la invitaran. Si no se habían cansado de hacerlo.

—¡Eh! —exclamó Dominic, con voz algo molesta—. ¿Has escuchado al menos una palabra de lo que te he dicho?

—Lo siento —musitó ella centrando su atención en Dominic—. Inmaculada Concepción. Hacerlo yo sola.

Dominic suspiró. Se inclinó hacia delante y apoyó los codos sobre el escritorio para frotarse el rostro con las manos.

—De eso se trata precisamente. No te metiste en esta situación tú sola y no deberías hacerte cargo de ella en solitario. Lo de ser padres es algo muy duro. Precisamente por eso hacen falta dos personas para hacer un bebé.

Kate sintió que el alma se le caía a los pies al darse cuenta de que Dominic quería dirigir aquella conversación en una dirección muy concreta, una dirección que Kate no quería en modo alguno tomar.

—Lo hago lo mejor que puedo —dijo a la defensiva—. Sé que la situación no es la ideal, créeme, pero estoy haciendo todo lo que...

—No estoy diciendo que no sea así —la interrumpió Dominic—. Eres una madre fantástica.

Kate dejó su taza sobre el escritorio cuidadosamente. El corazón le había empezado a latir un poco más rápido.

—¿Pero?

—Hace cuatro años, Kate, y sigues esperando... Esperas que un piloto de Fórmula 1 italiano, alto y apuesto, venga a buscarte para tomarte entre sus brazos...

Kate se levantó inmediatamente con una radiante sonrisa.

—Bueno, ya se ha terminado el descanso para tomar un café. Me encantaría quedarme para seguir hablando contigo, pero tengo un montón de trabajo que hacer, así que si no te...

—Lo siento, lo siento —dijo Dominic, que se había levantado también—. No estoy tratando muy bien el asunto, ¿verdad? Lizzie y yo estamos muy preocupados por ti, eso es todo. La fiesta de Navidad fue la última de las celebraciones a la que no fuiste y parece que te has quedado estancada en el mismo sitio durante demasiado tiempo.

—¿De qué sitio estás hablando?

—Sigues esperando a un hombre que no crees que se vaya a presentar nunca, pero no puedes evitar seguir esperando.

Kate giró la cabeza para que Dominic no viera el gesto de dolor que se le había reflejado en el rostro al recordar las palabras de Cristiano.

«Esto no se ha terminado, ¿sabes? Anoche fue sólo el principio. Espérame».

—Ah, bueno —dijo ella con amargura—. Ahí es donde te equivocas. He tomado precisamente esa decisión para el Año Nuevo.

—También la tomaste el año pasado. El problema es que no vas a poder hacerlo mientras el asunto esté sin resolver. Necesitas cerrarlo, saber de una vez por todas que todo ha terminado entre vosotros. No creo que eso vaya a ocurrir hasta que le digas que tiene un hijo.

—Otra vez no, Dominic. Eso ya lo he intentado, ¿te acuerdas? —susurró ella. Volvió a tomar asiento y se miró las manos—. Dos veces.

—Lo sé, cielo, pero no puedes estar segura de que el

mensaje llegara a su destino. Le enviaste una carta, pero las cartas se pierden... o caen en las manos equivocadas. Creo que por el bien de Alexander tienes que volver a intentarlo de un modo que no deje lugar a dudas.

Kate entrelazó los dedos, retorciéndoselos hasta que los nudillos se le quedaron blancos bajo la piel.

–No quiero cazarlo –afirmó–. No quiero obligarlo a reconocerme a mí o a Alexander.

–Pero es su responsabilidad.

Dominic pronunció aquellas palabras con un tono de exasperación, aunque trataba por todos los medios de ocultarlo. Este hecho fortaleció la determinación de Kate.

–No me importa –dijo con firmeza–. No necesito la ayuda de Cristiano. Alexander y yo estamos muy bien solos. Al principio, el hecho de descubrir que estaba embarazada fue una sorpresa muy desagradable, sobre todo después del accidente y de todo lo demás, pero me alegro mucho de que ocurriera. Quiero a Alexander más de lo que hubiera creído posible –añadió tragando a continuación el nudo que se le había hecho en la garganta–. Sé que sería mejor si Alexander tuviera un padre, tanto para él como para mí, pero sólo si el padre lo deseara.

Dominic se volvió y vertió lo que le quedaba de infusión en la maceta de una yuca.

–No sabes que no sea así.

–Bueno, yo creo que sí –replicó Kate, con una seca carcajada–. Cuando lo entrevisté, me dijo que no quería tener hijos. Por eso, no me sorprendió mucho que no respondiera mis cartas. Además, no debes olvidar que también traté de verlo. Estuve durante dos días en la puerta del hospital, con todos los periodistas y las admiradoras mientras trataba de no vomitar cada cinco minutos.

–Él no estaba bien –afirmó Dominic–. Estuvo en coma durante diez días. Esa clase de heridas necesitan mucha recuperación.

Kate se encogió de dolor. La imagen de Cristiano inconsciente en la cama del hospital la había acompañado cada minuto del día durante aquellas terribles semanas.

–Lo sé, pero entonces ya estaba fuera de Cuidados Intensivos y, según los periódicos, se ha recuperado por completo. Si hubiera querido ponerse en contacto conmigo, ya lo habría hecho.

–¿Y qué lugar ocupa Alex en todo esto? –quiso saber Dominic–. Un día, va a querer saber quién es su padre. Ahora sólo tiene tres años y ya le obsesionan los coches y la velocidad. Tarde o temprano...

Kate suspiró y dejó la taza sobre la mesa.

–¿Y qué quieres que haga, Dominic? Lo he intentado. Le escribí. Fui a verlo y no pude pasar los controles de seguridad. ¿Qué más puedo hacer?

Dominic abrió un cajón de su escritorio y sacó un enorme sobre plateado. Lo deslizó sobre el escritorio hacia ella.

–Ir a verlo otra vez.

–¿Qué es eso? –preguntó Kate alternando la mirada entre el sobre y el rostro de Dominic. El corazón había empezado a latirle incómodamente en el pecho.

–Una invitación para una fiesta en el Casino de Montecarlo en la que se va a presentar el equipo Campano para la nueva temporada.

Kate abrió de par en par los azules ojos e interrogó con ellos a Dominic.

–¿Y vas a ir?

–No. Voy a enviar a Lisa y a Ian. Y a ti.

Kate se puso de pie y sacudió la cabeza vehementemente.

–No. No puedes. No puedo. ¿Y Alexander? No puedo dejarlo...

Dominic se había imaginado ya que aquella sería su principal objeción y estaba preparado.

–Se puede venir con nosotros. Ya sabes que Ruby y él llevan mucho tiempo dando la lata de que quieren dormir juntos en casa.

–Pero yo... jamás he dejado que duerma en otro sitio.

–Estará perfectamente. Igual que Ruby estuvo bien cuando se quedó contigo la noche que Lizzie y yo nos fuimos a celebrar nuestro aniversario. Lo vas a hacer por él, Kate. Ésta es tu oportunidad de conseguir algunas respuestas.

–No, no puedo...

Kate sacudió la cabeza y se llevó la mano a la garganta. Tenía los ojos abiertos de par en par por el miedo. Dominic sintió que la culpabilidad se apoderaba de él. Kate había perdido a su padre en un accidente de coche cuando tan sólo tenía seis años y había aprendido muy pronto que la vida era muy frágil y que la felicidad y la seguridad eran algo precario, una lección que la vida había querido remachar brutalmente quince años después, cuando su hermano estrelló el coche que conducía contra un árbol y falleció en el acto. Dominic conoció a Kate unos pocos meses después, cuando la entrevistó para el puesto de su asistente en Clearspring. Un año después, tuvo que viajar a Mónaco en su lugar cuando Ruby decidió nacer antes de lo previsto. Desgraciadamente, lo que había parecido la oportunidad de oro para Kate, había tenido unas consecuencias desastrosas. Aquel viaje le había enseñado el riesgo que se corría cuando se quería alcanzar la felicidad. Dominic se sentía culpable por todo lo ocurrido y también muy responsable de Alexander y de ella. Unas noches antes, mientras se tomaban juntos una botella de vino sentados en el sofá, Lizzie y él habían decidido que la fiesta Campano podría ser la oportunidad perfecta para romper el ciclo de una vez por todas.

—¿Qué es lo peor que podría ocurrir? —le preguntó Dominic.

—Ni siquiera sé cómo empezar a responderte eso. ¿Y si ni siquiera se acuerda de mí? ¿Y si lo malinterpreté completamente y para él sólo fui otra aventura de una noche, anónima y sin significado alguno? ¿Y si está allí, rodeado de hermosas mujeres y me ignora completamente?

—En ese caso, él se lo pierde —suspiró Dominic—. Entonces, sabrás que no se merece tu corazón ni el tiempo que te has pasado esperándolo y, por fin, podrás seguir con tu vida.

—¿Y Alexander?

—Mira. Yo te sugiero esto —dijo Dominic. Se puso de pie y se metió las manos en los bolsillos—. Creo que deberías escribirle a Cristiano una carta que contuviera los hechos básicos sobre el nacimiento de Alexander y el nombre de tu abogado para que él pudiera ponerse en contacto contigo. Si él no te reconoce en la fiesta, se la podrás dejar a uno de sus empleados y podrás volver a casa sabiendo que esta vez has hecho todo lo que podías hacer.

—Lo tienes todo muy pensado, ¿verdad?

—No he pensado en otra cosa desde que llegó esa maldita invitación.

—No tengo nada que ponerme...

—Pues cómprate algo. Yo cuidaré a los niños durante el fin de semana para que Lizzie y tú podáis iros de tiendas en Leeds.

–No puedo permitírmelo –protestó Kate débilmente–. Soy una madre soltera, ¿recuerdas?

Dominic volvió a meter la mano en el cajón y sacó su chequera. Entonces, comenzó a escribir. Rasgó un cheque y se lo entregó a Kate con una sonrisa.

–Llévate esto y cómprate algo maravilloso. Tal vez pronto dejarás de serlo.

–Va a ser una fiesta fantástica.

La doctora Francine Fournier levantó la vista de la invitación que tenía en la mano y frunció el ceño.

–Siento de verdad no poder estar presente, pero, desgraciadamente, esta noche es...

–Por favor, no tiene necesidad de explicar nada –dijo Cristiano mientras se levantaba de la silla y avanzaba unos pasos sobre la gruesa moqueta de la consulta de la doctora Fournier antes de volverse a mirarla con una triste sonrisa–. Creo que los dos sabemos que tan sólo es un gran espectáculo. Si pudiera evitarlo, yo tampoco iría.

En el exterior, el crepúsculo de aquel día de febrero caía sobre Niza. La pesada lluvia hacía relucir las aceras. En el interior, la elegante decoración de la estancia hacía que no pareciera una consulta médica, a excepción de la pantalla iluminada en la que se podían examinar las imágenes tomadas del cerebro de Cristino.

La doctora Fournier suspiró y dejó la invitación en una de las carpetas que tenía abiertas sobre su escritorio.

–No se trata de tan sólo un espectáculo, Cristiano. Simplemente, tal vez sea algo prematuro.

–¿Prematuro? –repitió Cristiano mientras se metía las manos en los bolsillos y se acercaba a la pantalla ilu-

minada, como si pudiera comprender algo en las imágenes de su cerebro que allí se mostraban–. ¿Cómo de
prematuro? ¿Un año? ¿Una década? ¿Una vida entera?
Porque, por lo que usted acaba de decirme, jamás voy
a poder volver a participar en una carrera.

Francine Fournier tenía cuarenta y ocho años y llevaba seis años felizmente casada con su segundo esposo. Era una de las especialistas en neurología más
respetadas de toda Europa, pero, a pesar de todo, aún
tenía que resistirse a la atracción que sentía al mirar a
Cristiano Maresca.

–Yo no he dicho eso.

La luz de la pantalla enfatizaba la palidez de Cristiano y las líneas de tensión que se reflejaban alrededor
de una boca increíblemente sensual. Sin embargo, ninguna de las dos cosas tenía efecto alguno sobre su ex-
traordinaria belleza.

–Con tantas palabras no –dijo él–, pero no si no puede
descubrir qué es lo que me pasa y descubrir cómo arreglarlo, eso es más o menos lo que significa.

–No es tan sencillo, Cristiano. La buena noticia es
que tienes un cerebro en perfecto estado. Los resultados
del TAC demuestran que te has recuperado perfectamente del accidente. Todas las estadísticas son excelentes y demuestran que tanto tus reflejos como tu capacidad de respuesta superan a los de un hombre de tu edad
en perfecto estado. Las pruebas han sido muy exhaus-
tivas y puedo afirmar categóricamente que no hay causa
fisiológica para los síntomas que estás teniendo.

–¿Acaso está sugiriendo que todo es producto de mi
imaginación? –preguntó Cristiano con una sonora carcajada.

–El cerebro es un órgano muy complejo. Resulta fácil ver los daños físicos, pero los daños psicológicos son

más difíciles de evaluar. Las palpitaciones y los *flashbacks* que estás sufriendo mientras conduces son síntomas muy reales, pero no puedo identificarlos específicamente o tratar su causa. Creo que están directamente relacionados con tu pérdida de memoria. En sí mismo, eso no es un problema, pero porque tu subconsciente ha bloqueado ciertos recuerdos del accidente, no has podido procesarlos ni seguir adelante con tu vida.

−¿Y los de antes del accidente? −le espetó Cristiano−. ¿Por qué tampoco me acuerdo de eso?

−Amnesia. Es bastante frecuente. Muchas personas experimentan cierto grado de pérdida de memoria después de un golpe en la cabeza. El periodo de tiempo que no se recuerde es significativo. El hecho de que tú sólo tengas un vacío de veinticuatro horas es una buena señal.

Cristiano soltó una brusca carcajada.

−¿Sí? ¿Y cuándo las voy a recuperar?

−Resulta imposible decirlo. No hay garantías. La memoria se recupera cuando debe recuperarse.

Cristiano lanzó una maldición en italiano.

−No puedo esperar ese tiempo. El campeonato de Fórmula 1 empieza dentro de seis semanas. Suki ha invitado a todos los periodistas deportivos y a todos los patrocinadores del planeta para el ridículo evento de esta noche, que tiene como objetivo celebrar mi regreso al circuito. Silvio ha vuelto a ser un hombre religioso gracias a mi milagrosa recuperación.

−¿Has hablado con todas las personas con las que estuviste aquella noche? En ocasiones, sólo hace falta un estímulo en concreto para conseguir que regrese la memoria...

−Estaba solo −dijo Cristiano tras sacudir la cabeza con impaciencia−. Lo último que recuerdo es meterme en el coche. Después, nada. Suki me ha dicho que hice una entrevista con alguien de Clearspring Water, pero eso no me pudo llevar demasiado tiempo. Después de eso, debí de marcharme a casa.

—No tienes que olvidar que tienes suerte de haber sobrevivido, Cristiano.

Él levantó la cabeza y miró a la doctora con una expresión de infinita desesperación en el rostro.

—Si no puedo volver a competir, sería mejor que no lo hubiera hecho.

—¿Cuánto fue la última vez que te tomaste unas vacaciones?

—Jamás he sido de las personas a las que les gusta relajarse —respondió él encogiéndose de hombros.

—Tal vez deberías intentarlo. Físicamente te has sometido a un gran esfuerzo, por lo que tal vez vaya siendo hora de que te concedas un descanso. Deberías tomarte un tiempo para pensar.

—No, gracias.

Cristiano llevaba toda su vida intentando no pensar. Escaparse de la introspección había sido siempre una de las fuerzas que lo empujaban en todo lo que hacía.

La doctora Fournier se encogió de hombros.

—Es lo mejor que podrías hacer para recuperar la memoria. Desde que saliste del hospital, no has dejado de presionarte, casi como si quisieras demostrarte que no sólo no estás tan en forma como antes del accidente, sino mucho más fuerte, mejor. Lo has conseguido, Cristiano. Enhorabuena. Físicamente, estás estupendamente. Sin embargo, mentalmente...

—Gracias, doctora. No necesita recordarme mis deficiencias en ese sentido.

—El hecho de que necesites tiempo para superar un trauma como el que has tenido no es una deficiencia y no te digo esto como médico, sino como amiga. Tengo una casa en los Alpes, cerca de Courchevel. Está bastante aislada, pero un ama de llaves la mantiene equipada con lo esencial y el esquí es fantástico –dijo ella. Abrió el cajón superior y sacó un juego de llaves–. Es tuya durante todo el tiempo que quieras.

Porque se había quedado sin opciones, porque estaba desesperado y porque aquella era la única esperanza que le quedaba en un horizonte cada vez más oscuro, Cristiano extendió la mano y las aceptó.

–Ve, Cristiano –le dijo ella con voz grave–. Ve pronto.

Capítulo 2

AY, DIOS mío... No te vas a creer quién acaba de llegar.

Kate levantó la cabeza y estuvo a punto de clavarse en el ojo la varilla del rímel cuando el grito de excitación de Lisa hizo saltar sus tensos nervios.

–Dímelo.

Lisa ya se había preparado para la fiesta. Se había puesto un vestido plateado que se le ceñía al cuerpo como una segunda piel y que mostraba su magnífica figura a la perfección. Estaba asomada por una de las ventanas que, desde el hotel en el que se alojaban, daban al Gran Casino de Mónaco, que estaba iluminado elegantemente como si fuera un crucero de lujo. Los invitados a la fiesta de Campano estaban llegando en una constante procesión de vehículos caros y relucientes que se detenían frente a la famosa entrada del casino para dejar bajar a sus ocupantes.

–No... no... Espera un momento, no es –dijo Lisa muy desilusionada–. Creí que era Maresca, pero no es... Es demasiado bajo.

Kate vio cómo sus propios ojos la miraban desde el espejo, adornados por un maquillaje poco frecuente en ella, con un gesto de terror. Sólo con oír su nombre, las manos le habían empezado a temblar de tal manera que le resultaba casi imposible aplicarse el rímel. ¿Cómo había podido pensar que podría seguir adelante con aquel plan tan descabellado?

Lisa se apartó de la ventana y tomó el vodka con tónica que se había preparado con el contenido del minibar. Dio un sorbo y estuvo a punto de escupirlo cuando Kate se dio la vuelta.

–¡Madre mía! ¡Estás espectacular! –exclamó–. ¿Quién habría pensado que te pudieras poner tan guapa, señorita Edwards? –añadió. Comenzó a dar vueltas alrededor para luego detenerse frente a ella con una expresión de admiración en el rostro–. El vestido es fabuloso y, además, ¿dónde escondías ese tipazo?

–El vestido me lo eligió Lizzie –musitó tirando del escote hacia arriba–. Te aseguro que yo jamás hubiera escogido algo tan descocado. Es demasiado, ¿verdad?

Tras hacerle la pregunta, se dio cuenta de que, dado que Lisa llevaba un vestido también bastante provocativo, su idea de lo que era «demasiado» podría no ser demasiado sensata.

–Por supuesto que no –dijo Lisa mientras miraba a Kate y absorbía todos los detalles del vestido de raso azul oscuro, cuyo escote iba recogido en la nuca. Además, entre los senos, llevaba un broche del que salían los pliegues del vuelo de la falda–. Qué calladito te lo tenías. ¿Sabes?, siempre me pareció que, tras esa imagen de mujer corriente que llevas al trabajo, podría haber mucho más de lo que parecía.

Kate se inclinó para ponerse los zapatos de un tacón imposible que Lizzie le había hecho comprar.

–Te aseguro que eso no es cierto. Soy una de las personas más aburridas y sencillas del mundo. En serio.

Lisa se dirigió al espejo para comprobar su maquillaje.

–Me quedé muy sorprendida cuando me enteré de

que ibas a venir a este viaje, dado que ni siquiera trabajas ya en nada de lo que se refiere a Campano. Supongo que es porque viniste la otra vez, cuando hiciste la entrevista a Maresca, ¿no?

Kate sintió náuseas.

—Sí, supongo que sí. Ahora, ¿qué tenemos que llevar? ¿Invitación, llave del hotel, dinero...?

—Aparentemente, va a haber póquer y ruleta... Igual que en las películas de James Bond. Siempre me ha apetecido probar todo eso. ¿Y tú? ¿Vas a realizar alguna apuesta fuerte esta noche?

Kate sintió que el pánico se apoderaba de ella. Tuvo que agarrarse a la cama.

—Sí.

Afortunadamente, en aquel momento alguien llamó a la puerta, por lo que no tuvo que dar más explicaciones. Lisa tomó el minúsculo bolso plateado y fue a abrir.

—Debe de ser Ian. Dije que me reuniría con él en el bar a las siete y media y ya son las ocho menos cuarto. Debe de haber venido para ver por qué nos estamos entreteniendo. ¡Ya voy! —exclamó, cuando volvieron a llamar.

—Ve tú —dijo Kate—. Estoy lista, pero quiero llamar a Alexander para desearle buenas noches. Por favor, id los dos delante. Yo me reuniré con vosotros cuando haya terminado.

—Está bien —repuso Lisa—. Te veremos allí, a menos que Cristiano Maresca me eche el ojo encima y me lleve a un rincón oscuro para seducirme antes de que tú llegues...

La puerta se cerró. Kate suspiró y se sentó en la cama. Entonces, cerró los ojos.

Silencio, por fin.

Desde que llegaron se reunieron en el aeropuerto de Leeds, Lisa no había dejado de hablar ni un minuto, lo que había estado a punto de volver loca a Kate, aunque también le había proporcionado una distracción muy útil para sus propios temores.

Con mano temblorosa, tomó el teléfono deseando escuchar la voz de Alexander. Tal vez así recordaría la razón por la que estaba haciendo aquello y evitaría que hiciera las maletas y se marchara inmediatamente al aeropuerto.

Delante del espejo, Cristiano dejó caer la corbata sobre el pecho y lanzó una maldición. Por muchas cenas de gala a las que hubiera asistido a lo largo de los años, no le resultaba nada fácil. Era como si aquella prenda ridícula estuviera decidida a dejarlo en evidencia y descubrir que era un postor, un muchacho de un barrio bajo de Nápoles. El muchacho que siempre llevaba prendas de segunda mano, que no podía escribir una línea en un cuaderno sin que se le corriera la tinta o sin torcerse. El muchacho que nunca valdría para nada.

Maldita sea...

En silencio, maldijo a Suki por haber organizado aquella absurda e inapropiada fiesta. Se maldijo también a sí mismo por haber aceptado la idea.

Se apartó del espejo y respiró profundamente. Más o menos, todo lo que había conseguido en los últimos veinte años había sido el resultado de la necesidad de escapar de su pasado. Nunca había deseado mirar hacia un futuro demasiado lejano. No había razón. Su futuro siempre había parecido deslumbrante y seguro, por lo que se había dedicado a vivir el momento, a poner todas sus energías en aprovechar al máximo el presente.

Muerte o gloria. En eso se había basado siempre su vida. O seguía ganando o moría en medio de una bola de fuego. La lucha en la que se veía sumido en aquellos momentos nunca había sido una posibilidad para él.

Se arrancó la corbata y la arrojó sobre la cama. Entonces, se dirigió hacia el armario, que era el único mueble, junto con la cama, que adornaba el enorme dormitorio. Se había comprado aquella mansión en las colinas de Montecarlo hacía ya seis años, pero jamás había tenido oportunidad de amueblarla adecuadamente. Antes del accidente, había estado demasiado ocupado. Después...

Con un gesto de rabia abrió la puerta del armario y sacó una maleta de piel que lo había acompañado por todo el mundo. Desde el accidente, había sido como si él estuviera esperando a que las mil piezas de un rompecabezas encajaran de nuevo antes de poder seguir con su vida. Desgraciadamente, resultaba evidente que eso no iba a ocurrir porque faltaban algunas piezas.

«Tal vez haya llegado el momento de darse un descanso, de que te tomes un tiempo para pensar. Es lo mejor que puedes hacer...».

La voz de la doctora Fournier resonó en el interior de su cabeza mientras sacaba ropa y la metía en la maleta. Estaba acostumbrado a viajar con poco equipaje y a hacer rápidamente las maletas, por lo que sólo le llevó un par de minutos reunir todas las cosas que necesitaba y echar encima las llaves que la doctora Fournier le había dado. Se iba a marchar en cuanto pudiera de aquella maldita fiesta y se iría inmediatamente a Courchevel.

Mientras cerraba la maleta, se permitió esbozar una débil sonrisa. Por una vez en su vida, iba a hacer lo que le habían dicho. Tenía la intención de derrotar a la amnesia y empezar de nuevo a ganar. Costara lo que costara.

–Buenas noches, mamá.

–Buenas noches, cariño. Que duermas bien... Te volveré a llamar por la...

Se escuchó un suave clic y un tono muy alto que le indicó a Kate que Alexander ya había colgado. No le preocupaba el niño porque sabía que estaba en buenas manos. Además, sabía que con Ruby se lo estaría pasando muy bien.

Era ella.

Estuvo escuchando unos segundos antes de apretar el botón del teléfono y de meterlo en el bolso negro que iba a llevar a la fiesta. Se miró al espejo y vio que su rostro tenía un aspecto muy pálido. Por el contrario, sus ojos tenían un brillo casi febril. Llevaba el cabello rubio suelto sobre los hombros.

Se aplicó cuidadosamente el lápiz de labios rojo que Lizzie le había hecho comprar y dio un paso atrás para mirarse. Dios, había pasado de una palidez fantasmal a casi vampírica. Tomó un pañuelo de papel y se lo quitó a pesar de que Lizzie le había dicho que debía hacerse notar todo lo posible para sobresalir del resto y así maximizar sus posibilidades de que Cristiano Maresca se fijara en ella.

Sin embargo, tan maquillada no sería ella. Además, la última vez él se había fijado en ella a pesar del recatado traje gris, del hecho de que no llevara maquillaje ni zapatos de tacón de vértigo. Cristiano la había visto a ella, a la verdadera Kate, e incluso le había hablado, contándole muchas cosas sobre sí mismo, sobre su pasado, cosas que hicieron que a ella se le rompiera el corazón.

«*Gesu*, Kate. Yo jamás... jamás he desnudado mi alma de esa manera».

Con ese pensamiento en la cabeza, abrió la puerta y salió al pasillo. Por eso se había pasado cuatro años esperándolo. Porque cuando Cristiano pronunció aquellas palabras fue como si entre ellos se forjara un vínculo muy fuerte, que iba más allá de lo físico. Antes de conocerlo, Kate había tenido muchos prejuicios sobre él, pero Cristiano se había encargado de hacerlos todos pedazos y permitir que ella viera la verdad.

Kate entró en el ascensor tratando de no mirarse en el espejo. Aquella noche, no debía hacerse esperanzas. Aquella noche tenía muchas cosas que perder, sin añadir también su dignidad y su compostura.

–*Bonsoir, mademoiselle* –dijo el joven portero haciéndose a un lado con un gesto elegante–. ¿Quiere que le pida un taxi?

–No, gracias –murmuró mirando hacia el casino–. Sólo voy allí.

–¿A la fiesta de Campano? Bien, *mademoiselle*. Que lo pase bien.

Mientras bajaba los escalones del hotel, Kate pensó que aquello era bastante improbable. Además, no había ido hasta Montecarlo para divertirse, sino para zanjar un asunto pendiente en su vida.

La fiesta en el casino ya había empezado. Los fotógrafos se habían dispersado dado que seguramente los invitados más célebres habían llegado ya. Tan sólo quedaban unos pocos curiosos merodeando cerca de la puerta.

Kate avanzó por la plaza levantándose la falda del vestido para que éste no le arrastrara por el suelo. Sentía una extraña sensación en el estómago. Aquél no era su mundo ni quería que lo fuera. Por mucho que renegara de Hartley Bridge y el hecho de que su única tienda cerrara durante una hora a mediodía, aquél era su sitio. Allí se sentía segura.

Los escalofríos que se apoderaron de ella no tenían nada que ver con el frío. En la parte alta de Montecarlo, más allá de las luces y el ruido, allí donde casi no se distinguían ya las colinas del oscuro cielo, estaba la mansión en la que, en una cálida tarde de mayo, había cambiado su vida entera de un modo que jamás hubiera imaginado.

Levantó la barbilla. Dominic tenía razón. Había llegado el momento de hacerse con el control de la situación. Solían ocurrirle cosas que le recordaban una y otra vez lo precaria, lo frágil y efímera que era la vida. Iba siendo hora de que se hiciera con las riendas de su vida y se enfrentara a sus temores.

Se colocó su bolso de fiesta sobre el pecho como si fuera un escudo. Subió las escaleras del casino y entró en su dorado y opulento interior.

–Bueno, ¿qué te parece? ¿Te gusta?

Tras entregarle una copa de champán, Suki se colocó al lado de Cristiano en la galería desde la que él observaba la escena que se desarrollaba bajo sus pies.

La fiesta estaba en pleno apogeo. El imponente salón estaba lleno de invitados, algunos de los cuales Cristiano conocía bien del mundo de las carreras de Fórmula 1 y otros a los que sólo conocía por las revistas del corazón. A los pies de la amplia escalera que bajaba desde la galería, se había colocado una plataforma sobre la que cuatro bellezas tocaban violines eléctricos mientras se paseaban entre dos coches.

El coche de la escudería Campano para aquella temporada iba a ser presentado al público aquella noche. De diseño e ingeniería perfectas, relucía bajo la luz de los focos como si fuera una esmeralda. Su diseño aerodinámico recordaba al de un depredador.

Sin embargo, era el otro coche el que más captaba la atención de la gente. El obsceno montón de chatarra que había estado a punto de convertirse en el ataúd de Cristiano.

—Es irrelevante si me gusta o no —replicó él apartando la mirada del vehículo—. Todos parecen fascinados.

—Se alegran de que vuelvas, eso es todo —dijo Suki levantando las manos para colocarle, innecesariamente, la corbata—. Eres un héroe. Todo el mundo recuerda el accidente, pero ver el coche aquí hace que todo el mundo comprenda lo sorprendente que es que hayas vuelto.

La desesperación estuvo a punto de asfixiar a Cristiano, con la ayuda del perfume que Suki llevaba. Todo el mundo se acordaba del accidente menos él.

Se tomó un trago de champán. A Silvio le había costado una fortuna, pero a él le sabía como el ácido de la batería.

—Aún no he vuelto.

—Pero volverás —ronroneó Suki deslizándole una uña pintada de un rojo profundo sobre la solapa de la chaqueta—. Fuiste campeón del mundo en tres ocasiones. Sólo necesitas un par de carreras, un par de victorias. Sé que debe de ser duro, pero...

Cristiano se apartó de ella con una expresión de disgusto y se mesó el cabello con las manos. Aparte de la doctora Fournier, Suki era la única persona que sabía que había perdido la memoria, aunque desconocía los *flashbacks,* los ataques de pánico y las palpitaciones que se apoderaban de él cuando conducía.

–Tú no sabes ni siquiera la mitad.

Silvio se movía entre los invitados, sonriendo mientras estrechaba las manos de los hombres y besaba a las mujeres. No tardaría en empezar su discurso. Después, los invitados se dispersarían en los salones contiguos para sentarse a jugar al póquer y a la ruleta. Todos estaban deseando celebrar el regreso de Cristiano apostando con el dinero de la escudería Campano.

–Estoy aquí para ayudarte... ya lo sabes –susurró Suki–. Si hay algo que...

–Las veinticuatro horas antes del accidente –le interrumpió él–. Recuérdamelas. ¿Qué ocurrió?

Ella se tensó y, de repente, su perfecto rostro maquillado se puso tan duro e inexpresivo como una máscara veneciana.

–Ya te lo he dicho todo. No hay nada más.

–Dímelo otra vez –musitó él sin dejar de mirar el coche en el que había estado a punto de perder la vida.

–Tú ocupabas la *pole* –dijo ella con impaciencia–. Una chica de Clearspring Water vino a entrevistarte. Yo la llevé a la sala de prensa para que te esperara mientras tú ibas a darte una ducha y a descansar. Uno de los amigos de Silvio iba a celebrar una fiesta en un yate, por lo que la mayoría de nosotros nos habíamos marchado del circuito a las seis. Supongo que tú debiste de terminar tu entrevista con esa chica a las siete y que te marcharías a casa poco después.

–¿Y la mañana siguiente?

–La rutina normal de un día de carreras. Tú llegaste a la pista...

–Según los periódicos, falté a la presentación de los pilotos.

–Tal vez llegaras un poco tarde –dijo Suki encogiéndose de hombros–. Cuatro años es mucho tiempo. No recuerdo exactamente lo que ocurrió aquel día. Nada pareció importar comparado con lo que ocurrió después.

—¿Estaba solo?

—¿Cuando llegaste? Por supuesto. ¿Por qué no lo ibas a estar?

Cristiano le dedicó una gélida sonrisa.

—Porque la noche antes de una carrera no solía estarlo.

De aquello parecía haber pasado mucho tiempo. Parecía otra vida, cuando Cristiano conducía muy rápido, ganaba carreras y seducía mujeres; todo con la misma arrogancia y falta de esfuerzo.

—Como te he dicho, yo estaba en la fiesta. No te vi marchar.

—Esa chica de Clearspring...

Cristiano se interrumpió. Se agarró con fuerza a la barandilla cuando su mirada inquieta se prendió en un lugar de la planta de abajo. En alguien, mejor dicho. No tardó en perder la persona que le había llamado la atención, lo que llevó a recorrer desesperadamente los rostros de los invitados, tratando de localizar el que le había provocado la sensación de una bombilla que se encendía en el interior de la cabeza.

Suki lanzó una carcajada de incredulidad.

—Venga ya, por favor... Esa mujer no era en absoluto tu tipo —dijo, con desprecio—. Apareció vestida con un traje gris más propio de una bibliotecaria... ¿Te lo imaginas? ¿En Mónaco? ¿En mayo? Estoy hablando de una persona del montón, verdaderamente aburrida, la clase de chica que cree que lo más divertido que se puede hacer en la cama es leer un libro.

Cristiano había dejado de escuchar.

Estaba observando a una mujer que iba ataviada con un vestido de raso azul. Ella acababa de entrar por la puerta y se dirigía, como el resto de los invitados, hacia el escenario. Lo interesante de todo aquello era que Cristiano no estaba seguro de por qué la estaba observando.

Otra luz pareció encendérsele en el interior de la cabeza.

En una sala repleta de las mujeres más hermosas del mundo, ella debería haber resultado invisible, pero, de repente, a Cristiano le resultaba imposible mirar a ninguna otra. Era esbelta, ligera, aunque el corte del vestido acentuaba unos senos que parecían sorprendentemente rotundos. Llevaba el cabello rubio suelto, sin adorno alguno, y parecía tensa, como si estuviera conteniéndose para no darse la vuelta y salir corriendo. Su rostro tenía un aspecto pálido, sin expresión.

–¿Quién es?

–Supongo que no te refieres a la que llevaba el Dolce & Gabbana rojo, porque si no sabes quién es, entonces...

–No. Me refiero a la del vestido azul.

–Ah –replicó Suki reflejando todo el desdén posible en aquella única sílaba–. No tengo ni idea, lo que significa que probablemente no sea nadie. La novia de uno de los mecánicos o de los técnicos menos importantes. Me resulta vagamente familiar, pero no se me ocurre dónde la he visto antes.

Cristiano no respondió. La mujer estaba justamente debajo. Al contemplarla desde tan cerca, sintió como si el cerebro se le partiera en dos con un trueno. Sólo era consciente del dolor que le atenazaba los brazos. Entonces, se dio cuenta de que estaba agarrando la barandilla con tanta fuerza que tenía los dedos blancos, como si estuviera tratando de no saltar por encima de la barandilla para llegar hasta la chica del vestido azul.

Ella se había detenido a poca distancia de la plataforma. Estaba de espaldas a Cristiano, pero él sintió que el cuerpo se le tensaba, se le endurecía al recorrerle con la mirada la piel desnuda, que era del color delicado del marfil.

De repente, ella se dio la vuelta. Bajó la cabeza y se deslizó entre los invitados. El cabello le cubría el rostro, pero, cuando pasaba por debajo de la galería en la que Cristiano se encontraba, se lo apartó. Él pudo ver la expresión de angustia en estado puro que ella tenía en el rostro.

Cristiano no se lo pensó. No lo dudó. Le entregó a Suki su copa de champán y empezó a bajar la escalera antes de que ella pudiera abrir la boca.

–¡Cristiano! –exclamó ella con sorpresa e indignación–. Cristiano, ¿adónde...?

Pero él ya se había marchado.

Capítulo 3

AQUEL coche parecía sacado de la más terrible de las pesadillas. El hecho de encontrárselo así, incomprensiblemente colocado en medio de la opulencia del gran salón del casino como si se tratara de un obsceno trofeo, hizo que Kate se sintiera a punto de desmayarse.

Tenía que marcharse, alejarse de las personas que la rodeaban y que trataban de acercarse a aquel montón de hierros retorcidos. Miró desesperadamente a su alrededor y ahogó un gemido de pánico. Mirara donde mirara, parecía estar rodeada de personas que tomaban champán y que se reían como si nada. Ella se sentía en medio de un circo grotesco hasta que, milagrosamente, vio las puertas de salida. Bajó la cabeza y apretó el paso.

El vestíbulo estaba vacío. El aire fresco del exterior le abanicaba las acaloradas mejillas. Los tacones de sus zapatos resonaban en el suelo de mármol mientras se dirigía a la salida esperando que ni Lisa ni Ian la hubieran visto para que no trataran de seguirla para convencerla de que volviera a entrar.

–Espere.

Oh, Dios, incluso había empezado a escuchar voces... Ecos del pasado, tal y como le ocurría tan frecuentemente en sus sueños. En cualquier momento, se despertaría y se encontraría mirando al techo de su pequeño dormitorio de Hartley Bridge. Sólo esperaba despertarse antes de la parte en la que tenía que ver cómo el coche que él conducía se estrellaba contra la barrera. Volcaba. Estallaba en llamas...

—¡Espere!

Kate sintió que unos fuertes dedos le agarraban la muñeca y la obligaban a darse la vuelta.

No pudo seguir respirando.

Él estaba a pocos centímetros de ella, con el rostro más oscuro, más duro, más hermoso y más perfecto de lo que recordaba. Kate separó los labios para hablar, pero no pudo hacerlo.

Entonces, la boca de él se posó sobre la de ella. Cristiano le agarró con fuerza los hombros y la besó. Ella le devolvió el beso con todo el dolor, la soledad y el anhelo de los últimos cuatro años. Oleadas de incredulidad y de alegría apenas contenida le recorrieron todo el cuerpo. Se sentía aliviada, feliz, mientras sus bocas se devoraban con avidez y las lenguas bailaban y se entrelazaban con puro gozo.

En la distancia, Kate era consciente de la música, que parecía haber alcanzado el clímax, y de los aplausos que se produjeron a continuación. De repente, el volumen se hizo mayor cuando la puerta se abrió a sus espaldas.

—¿Cristiano?

La voz sonó aguda e impaciente. Él levantó la cabeza y se apartó de ella. El mundo real ocupó de nuevo su lugar. La soltó inmediatamente.

Kate dio un paso atrás y se llevó las manos a la boca, que le vibraba, para cubrir la sonrisa incrédula que era incapaz de suprimir. Una hermosa mujer de aspecto exótico, a la que recordaba como asistente personal de Cristiano y a la que había visto entrando y saliendo del hospital, estaba en la puerta. Unos ojos rasgados, como de gato, observaron a Kate antes de centrarse de nuevo en Cristiano.

–Silvio está a punto de pronunciar su discurso.

–*Va bene* –respondió él secamente–. Estaré allí dentro de un minuto.

La chica lo observó durante un instante, como si quisiera decir algo más, pero entonces se dio la vuelta y desapareció tras cerrar de nuevo la puerta.

Kate temblaba por la sorpresa que le había producido el beso y por una salvaje anticipación ante el hecho de que el momento que llevaba tantos años esperando hubiera llegado por fin.

Él estaba allí.

Le recorrió con la mirada, como si estuviera tratando de convencerse de lo que estaba viendo. Siempre lo había visto con el mono de carreras o con vaqueros y camisetas, pero el traje negro a medida añadía una nueva dimensión al atractivo sexual de su físico, haciendo que sus hombros parecieran más anchos y más fuertes y sus caderas más estrechas. Tal vez lo fueran, dado que parecía haber perdido peso desde el accidente. Este hecho hizo que quisiera abrazarlo y...

Lentamente, él se volvió a mirarla.

–*Mi dispiace.* No debería haberlo hecho.

–No importa –dijo ella conteniéndose para no abrazarlo.

Él sonrió.

–Claro que importa. Me temo que la he confundido con otra persona. Le ruego que me perdone...

El miedo se apoderó de ella. Sintió que la sonrisa se le helaba en los labios. Tuvo que girar ligeramente la cabeza para que él no pudiera ver la desolación y la humillación que sentía.

–Kate. Me llamo Kate... –susurró.

Tenía que marcharse. Inmediatamente. Antes de que todo lo que había imaginado como lo peor que pudiera ocurrirle palideciera en comparación.

Él asintió ligeramente y dio un paso hacia atrás en dirección a las puertas.

—Kate. Perdóneme por ser tan... impulsivo. Ha sido un placer conocerla.

Kate se sintió como si le hubieran dado un puñetazo en el estómago. Todo había sido un error. Había pensado que él la había reconocido. Que la recordaba, pero tan sólo había sido un... error.

Cristiano se dio la vuelta y se dirigió hacia la puerta. En menos de un segundo, él abriría la puerta y regresaría al salón. Ella se quedaría sola. El momento habría pasado.

—En realidad... ya nos conocemos. Trabajo para Clearspring Water. Te entrevisté... en una ocasión.

Con eso, Kate se recogió la falda y dio unos pasos hacia atrás.

Entonces, él se detuvo. Durante un instante, permaneció absolutamente inmóvil. Después, se volvió para mirarla.

—Kate Edwards —dijo él con voz suave—. Tú me entrevistaste la noche antes del Gran Premio de Mónaco hace cuatro años.

—Sí —respondió ella —Cristiano sabía quién era ella, pero la observaba de una manera que Kate no era capaz de interpretar, pero que, ciertamente, no era ni amor, ni felicidad ni excitación. Por el contrario, el corazón de Kate latía con fuerza—. Me alegro de que te hayas recuperado y de que vayas a volver a la competición. Ha sido muy agradable volver a verte.

Kate ya estaba casi en la puerta. Sentía el frescor de la noche contra la espalda. Entonces, se dio la vuelta y se marchó rápidamente hacia el hotel que estaba al otro lado de la plaza. No se detuvo hasta que llegó a la puerta.

Fue entonces cuando recordó la carta que llevaba en el bolso.

Afortunadamente, el discurso de Silvio fue muy corto. Mientras todos los presentes aplaudían, Cristiano rodeó la plataforma y se dirigió hacia el lugar en el que estaba Suki.

—Me acosté con ella, ¿verdad?

—¿Con quién? —replicó Suki. Lo miraba como si no supiera de qué le estaba él hablando.

—Con Kate Edwards. De Clearspring Water. Me acosté con ella la noche antes del accidente. ¿Por qué no me lo dijiste?

Suki apartó la mirada y se encogió de hombros.

—¿Acaso importa? Tú te acostabas con todo el mundo.

Cristiano levantó una mano para mesarse el cabello y lanzó una maldición. Entonces, se dio la vuelta y se marchó.

«Excepto conmigo», quiso gritarle Suki observando cómo la gente se apartaba para dejarle pasar. «Con todas menos conmigo».

La adrenalina se apoderó de Cristiano mientras bajaba los escalones del casino. Sabía que Silvio estaría buscándole para que se colocara delante de los dos coches mientras las cámaras de cientos de fotógrafos inmortalizaban el instante, pero no le importaba.

No le importaba nada más que encontrar a Kate Edwards. Había visto que ella se dirigía al Hotel de París, el que había al otro lado de la plaza, tras abandonar el casino.

Decidió seguir sus pasos. Cuando llegó al hotel, saludó al portero con un gesto de la cabeza. Mientras éste se apresuraba a abrirle la puerta tras darse cuenta de quién era, Cristiano no dejaba de pensar en las palabras de Suki. «Venga ya, por favor... Esa mujer no era en absoluto tu tipo... Estoy hablando de una persona del montón, verdaderamente aburrida».

Al menos sobre lo primero, Suki no se había equivocado. Kate Edwards era efectivamente muy diferente a la clase de mujeres con las que él solía acostarse y, sin embargo, tenía algo que lo atraía irremediablemente y que no le dejaba duda alguna sobre el hecho de que se hubiera acostado con ella. Ni de que la experiencia hubiera sido memorable.

La recepcionista levantó la mirada del ordenador cuando él se acercó al mostrador. Al ver de quién se trataba, se alteró visiblemente.

–¿Me puede decir en qué habitación está Kate Edwards?

La mujer lo observaba boquiabierta, por lo que tardó un segundo en contestar.

–Perdóneme, señor Maresca, pero no debería contestarle a eso.

–Estoy seguro de que la señorita Edwards no estaría de acuerdo con eso –dijo. Entonces, bajó la voz y la miró directamente a los ojos–. Se lo ruego.

La recepcionista se sonrojó y comenzó a teclear en el ordenador. Cristiano sintió una profunda satisfacción, dado que no había flirteado con nadie desde hacía mucho tiempo, pero, al menos, esto demostraba que era capaz de hacerlo. Sólo esperaba que Kate Edwards cayera igual de fácilmente porque ella era la única que podía ayudarle a recuperar aquellas horas. Se había acostado con ella hacía cuatro años. ¿Recuperaría la memoria si volvía a acostarse con ella?

Todo había terminado. Después de cuatro años de esperar, de soñar, de desear, todo había terminado.

Con mano temblorosa, Kate recogió todos los cosméticos que había utilizado y los guardó en su bolsa de maquillaje. «¡Qué desperdicio de dinero!», pensó, ahogando un sollozo. Sin embargo, ¿qué era el dinero comparado con tres años de su vida?

Sacó su maleta y la colocó sobre la cama. No tenía intención alguna de desperdiciar un segundo más en un hombre que ni siquiera se acordaba de haberse acostado con ella. Sólo era un playboy superficial, con los ojos oscuros como la noche y el corazón de piedra.

Respiró profundamente para tranquilizarse. Los ojos y la garganta le ardían con las lágrimas que aún no podía derramar, no mientras la humillación y la amargura resultaban tan dolorosas.

Al pasar delante del espejo para dirigirse al armario, captó su imagen y vio que tenía el maquillaje corrido y los labios rojos e hinchados. Se detuvo y se llevó la mano a la boca mientras recordaba el beso que los dos habían compartido.

¿Cómo podía haber sido tan estúpida, no sólo aquella noche por haberle devuelto el beso, sino durante los últimos cuatro años? Tantas noches esperándolo, añorándolo. La soledad de las visitas al hospital, cuando el resto de las madres embarazadas iban acompañadas de sus esposos mientras que ella estaba sola. El orgullo de los padres con sus hijos recién nacidos en brazos... Tantas y tantas ocasiones en las que había deseado la presencia de Cristiano, en las que había recordado sus besos, sus caricias o el sonido de su voz. «Esto no se ha terminado, ¿sabes? Anoche fue sólo el principio. Espérame».

Efectivamente, Kate había esperado. Había esperado y había creído que era el accidente lo que le había mantenido apartado de ella. ¡Qué ridículos resultaban todos aquellos pensamientos! Se había pasado cuatro años añorando a un hombre que no existía. Al menos, aquella noche había comprendido por fin que Cristiano Maresca no era la clase de hombre que deseaba como padre para su hijo. Se alegró de no haberle dado la carta. Alexander estaba mucho mejor sin él en su vida. Cristiano no se merecía conocer a Alexander. Hacía falta mucho más que una noche de sexo apasionado para convertirse en padre, mucho más que genes y cromosomas. Hacía falta amor, generosidad, dedicación, paciencia... Cristiano Maresca no tenía ninguna de esas cualidades.

Abrió la puerta del armario. De repente, se dio cuenta de que estaba temblando violentamente, por lo que sacó un jersey que su madre le había regalado por Navidad y se lo puso encima del vestido. A continuación, comenzó a recoger sus cosas y las metió en la maleta de la que hacía muy poco que las había sacado.

Se sobresaltó cuando escuchó que alguien llamaba a la puerta. Debía de ser alguien de recepción para llevarle información sobre el cambio del vuelo de vuelta. Fue corriendo a abrir la puerta con la esperanza de que le hubiera encontrado un asiento en un vuelo aquella misma noche.

Cuando abrió la puerta, se dio cuenta de su error. No era ningún empleado el hotel, sino Cristiano Maresca.

–¿Qué estás haciendo aquí? –preguntó ella. La respiración se le había acelerado.

–Quiero hablar contigo –replicó él. Por el contrario, parecía muy tranquilo.

–¿De verdad? –replicó ella, con una amarga carcajada–. No era eso lo que me pareció en el casino.

–Nos interrumpieron. Pensaba que ibas a esperar.

–Y lo hice –repuso Kate. Se dio la vuelta y entró rápidamente en la habitación, desesperada por poner más espacio entre ellos–. La última vez. Esperé la última vez, ¿te acuerdas?

–¿Cómo dices?

Algo en el tono de la voz de Cristiano hizo que ella se volviera para mirarlo. Vio que avanzaba hacia ella y que los ojos le ardían con una intensidad que resultaba casi aterradora.

–Olvídalo –musitó ella. Entró en el cuarto de baño para recoger las cosas que tenía allí–. No importa.

Tras recoger su bolsa de aseo, volvió a salir del cuarto de baño, pero se chocó con él en la puerta. Antes de que pudiera apartarse, él le agarró por los hombros y la miró con una extraña sonrisa en los labios.

–En realidad, importa mucho. ¿Qué estás haciendo? –quiso saber él al ver la bolsa de aseo que ella llevaba en las manos.

–Hago la maleta. Me marcho a casa.

Sin soltarla de los hombros, Cristiano bajó la mirada y la examinó de arriba abajo.

–Es una pena –dijo con voz muy grave–. Me habría gustado conocerte mejor –añadió. Levantó una mano y le apartó un mechón de cabello de la mejilla–. ¿Podría convencerte para que te quedaras?

El deseo recorrió el cuerpo de Kate como si fuera un relámpago. Durante todo aquel tiempo había llevado en su recuerdo el aroma de la piel de Cristiano y por fin podía volver a olerlo. Los ojos con los que tan a menudo había soñado la miraban fijamente en aquel mismo instante. Sin embargo, su expresión era muy diferente. La mirada era oscura. Dura. Fría.

–No –le espetó ella. Con un rápido movimiento se apartó y se dirigió al otro lado de la habitación–. No quiero ser una muesca más en el cabecero de tu cama, otra mujer anónima en tu lista de aventuras de una noche –añadió mientras guardaba la bolsa de aseo en la maleta–. Supongo que si tienes en cuenta aquella noche de hace cuatro años, sería técnicamente una aventura de dos noches, pero también me convertiría a mí en doblemente estúpida por tropezar en la misma piedra dos veces...

Alguien llamó de nuevo a la puerta. Kate se apresuró a abrirla. Entonces, se dio cuenta de que había guardado toda su ropa en la maleta sin quitarse el vestido de noche, que aún llevaba puesto bajo el jersey. ¿Qué tenía Cristiano Maresca que le impedía pensar?

–Buenas noches, *mademoiselle*.

Era el encargado de recepción. Kate sintió una extraña mezcla de alivio y pánico en su interior al pensar que iba a marcharse muy pronto de allí. Que iba a alejarse de Cristiano para siempre.

–Ha pedido usted que le reserváramos billete en el primer avión que saliera en dirección a Leeds, ¿verdad?

–Así es. Iré a por mi...

–*Pardonez-moi, mademoiselle*, pero me temo que soy portador de malas noticias. Debido a la espesa niebla que hay sobre Leeds esta noche, muchos vuelos han sido cancelados y los que no lo han sido están siendo desviados a Heathrow. Me temo que no hay ningún asiento disponible en ningún vuelo con destino al Reino Unido en estos momentos.

–Eso es imposible. Debe de haber alguna línea aérea que...

–Me temo que no, *mademoiselle*. Lo he comprobado con todas las compañías aéreas. Por supuesto, si se trata de un asunto urgente podríamos consultar las tarifas de un vuelo privado...

Kate negó con la cabeza inmediatamente. Dominic era bastante tolerante con los gastos, pero no tanto como para considerar un vuelo privado. Además, dado que la mayoría de las veces ella tenía dificultades para permitirse la gasolina para su viejo coche, no iba a ser ella quien se hiciera cargo de aquel gasto.

–Muy bien, *mademoiselle*. Siento no haber podido serle de más ayuda. Si puedo hacer algo más por usted, no dude en llamar a recepción.

–Gracias –murmuró Kate débilmente mientras cerraba la puerta.

Deseaba desesperadamente volver a casa, al lado de Alexander. Dominic les había dado a todos una semana de vacaciones para disfrutar del lujo del hotel y explorar la ciudad, por lo que el vuelo de regreso a casa no era hasta el viernes. Kate no había protestado porque, en lo más profundo de su ser, había esperado estar con Cristiano.

«Tonta, tonta y tonta».

Se dio la vuelta y vio que Cristiano estaba junto a la ventana.

–Parece que no te vas a marchar a casa después de todo –dijo él sin volverse para mirarla.

–No tienes por qué alegrarte de ello.

–No quiero que te marches hasta que hayamos tenido oportunidad de hablar.

–¿De qué?

Por primera vez, se le ocurrió pensar que él podría haber descubierto algo sobre Alexander. El pánico se apoderó de ella.

–De la noche que pasamos juntos.

–No sé por qué –replicó ella con ansiedad–. Evidentemente, no ocupa un puesto en las diez aventuras de una noche más memorables que tú hayas tenido, así que no veo motivo alguno para hablar de ello. ¡Qué raro! Aunque en cierto modo yo comprendía que cuando una mujer se acuesta con un hombre famoso en todo el mundo por ser un rompecorazones y un seductor, no se pueden esperar flores o una tarjeta de felicitación por el cumpleaños, sería agradable pensar que, al menos, él te reconocería, especialmente después...

Kate se interrumpió. Recordó una imagen que había borrado de su pensamiento durante cuatro años. El sol saliendo por encima del mar, bañando sus cuerpos desnudos mientras que él, con el rostro pálido y serio, le hablaba a ella sobre su pasado.

–¿Después de qué?

–Olvídalo... pero ya lo has hecho, ¿verdad?

Cristiano lanzó una maldición y se acercó a ella. Entonces, le agarró el brazo y la acercó a su cuerpo.

–Sí –rugió él, con el rostro pálido y los ojos relucientes–. Sí, así es. He olvidado todo desde el momento en el que me metí en ese coche para la sesión de clasificación hasta que me estrellé contra la barrera. Todo perdido. Veinticuatro horas de vacío. Por eso tenemos que hablar. Quiero saber qué ocurrió.

Durante un largo instante, pareció que el tiempo se había detenido mientras sus miradas se entrelazaban. Entonces, el ronco susurro de la voz de Kate rompió el silencio.

–Oh, Dios, Cristiano. Lo siento –él la soltó repentinamente y se dio la vuelta de nuevo hacia la ventana.

Se llevó la mano a la cabeza. ¿Por qué diablos había dicho eso? Había acudido a aquella habitación para sacarla todo lo que pudiera sobre lo ocurrido aquellas veinticuatro horas. Había tenido la intención de seducirla, no de sincerarse con ella. No quería que nadie supiera su problema y mucho menos alguien a quien no conocía y que podría filtrar la noticia a la prensa–. No lo sabía.

–Bueno, no se trata de algo que yo quiera que se sepa –replicó él fríamente.

–¿Por qué? Es decir, tuviste un accidente terrible y a todo el mundo...

–¿Le gustaría saber que no lo he superado? ¿Que tengo un vacío en la memoria? ¿Te imaginas lo que ocurriría si se supiera que no tengo recuerdos de aquella tarde? ¿Puedes calcular cuántas mujeres darían un paso al frente para decir que estuvieron conmigo, que me acosté con ellas, que las forcé y que incluso las dejé embarazadas? Los periódicos sensacionalistas tendrían suficientes portadas sobre mí para los próximos tres años sin que yo pudiera hacer nada, absolutamente nada, porque no me acuerdo.

–Oh... –susurró ella–. No se me había ocurrido pensar nada de eso. ¿Y por qué iba a hacer eso una mujer?

Cristiano soltó una carcajada.

–¿Te parece buena razón cinco minutos de fama y un buen puñado de dinero? Aunque se pueda demostrar que una historia no es cierta con la prueba de ADN o con testimonios al respecto, el daño ya estaría hecho.

–Bueno, ya no tienes que preocuparte por eso –afirmó ella–. Estuviste conmigo. Yo sé lo que ocurrió y te prometo que no se lo voy a contar a nadie. Puedes relajarte, volver a tu fiesta y dejar de preocuparte por respecto.

La voz de Kate sonó suave, resignada. Cristiano trató de centrarse en lo que ella estaba diciendo, pero le dolía tanto la cabeza que le resultaba imposible.

–No tengo intención alguna de regresar a la fiesta.

Recordó cómo había planeado que se pasaría el resto de la noche. En la cama, con ella, seduciéndola para que le contara todo lo que tan desesperadamente deseaba saber. Sin embargo, la había menospreciado. Había pensado que ella se metería en la cama con él sólo con que él se lo sugiriera, como una más de las mujeres que habían acudido al casino por él. El hecho de que no fuera así le intrigaba y le resultaba muy frustrante.

Se metió las manos en los bolsillos y apretó los dientes.

–Voy a marcharme un tiempo.

Kate se había acercado de nuevo a la cama para terminar de cerrar la maleta.

–¿Adónde?

–A una casa en los Alpes. Pertenece a una amiga.

–¿Y te vas a marchar esta misma noche?

–Sí. Me voy ahora mismo.

–¿Solo? –preguntó ella sin poder contenerse.

Aquella palabra fue un susurro, una caricia. Cristiano sintió que el deseo se apoderaba de él con la fuerza de una colisión frontal. El aire entre ellos parecía vibrar de infinitas posibilidades.

–Espero que no –respondió él suavemente.

Capítulo 4

ERA UNA noche sin estrellas.

Kate iba sentada en el asiento del copiloto del deportivo de Cristiano mordiéndose los labios y observando la oscuridad de la noche. Los faros iluminaban la carretera, pero más allá no había más que una aterciopelada oscuridad. No sabía dónde estaban ni adónde se dirigían exactamente.

La esperanza que ella había sentido cuando Cristiano le contó lo de su pérdida de memoria había desaparecido por completo y había dejado en su lugar una profunda desesperación. Al principio, se había sentido muy aliviada por el hecho de que hubiera una razón para que se hubiera olvidado de ella. Todo había parecido muy sencillo, como si alguien le hubiera dado la pieza que faltaba de un rompecabezas, la pista vital que justificaba una ausencia de cuatro años. Cuando él le pidió que lo acompañara, no lo había dudado.

Sin embargo, no era tan sencillo.

Kate ya sólo era una desconocida para él. Si le contaba lo que habían compartido aquella noche, Cristiano se pensaría que era una de las oportunistas que él había descrito en la habitación del hotel.

Se retorció las manos sobre el vestido, que ni siquiera se había quitado.

—¿Estás bien? —le preguntó él.

—Sí. Es un coche impresionante.

Con cierta angustia, se le ocurrió pensar que a Alex le encantaría.

—Es el último modelo de deportivo de Campano. Lo estoy probando para Silvio para que lo pueda mencionar por casualidad en todas las entrevistas que haga al inicio del campeonato.

—¿Está muy lejos el lugar al que vamos? —preguntó ella.

—Probablemente otras tres horas. Está en las montañas, por lo que la carretera no es demasiado buena. ¿Sabes esquiar?

—Me temo que no.

—En ese caso, tendré que enseñarte.

—¿Con esto? —le preguntó ella con una risa nerviosa mientras agarraba la suave tela del vestido de noche. Cristiano se dio cuenta de que tenía los dedos largos y delicados—. No tengo la ropa adecuada para esquiar.

—Estoy segura de que Francine tiene cosas que podrás tomar prestadas.

—¿Francine?

—Mi neuróloga. Es su casa.

«Y su idea», pensó. En aquellos momentos, no le pareció una de las más acertadas. El hecho de estar alejado de las pistas y del equipo ya lo estaba poniendo bastante nervioso y esa sensación se veía acrecentada por el hecho de estar a solas con Kate Edwards. Lo normal hubiera sido seducirla en el hotel, pasar la noche con ella para ver si eso le despertaba recuerdos de la última vez. Sin embargo, pasar dos días completamente a solas con ella era algo muy distinto. Además, Francine le había dejado la casa para que se relajara.

—De todos modos, estoy segura de que se me va a dar muy mal esquiar —dijo ella—. Me da miedo. Yo soy la mujer a la que tuvieron que rescatar de una pared de escalada en una de esas actividades que las empresas realizan para fomentar el espíritu de equipo. Soy la persona menos aventurera del mundo. La noche en la que...

Se interrumpió en seco. Cristiano la miró inmediatamente.

—Sigue. Cuéntamelo.

—Esa noche en Mónaco, tú me llevaste de la pista a tu casa para hacer la entrevista. Tu modo de conducir me aterró.

—Parece que, por lo que vino después, tenías razones más que suficientes —comentó él con una irónica sonrisa.

—No digas eso... —musitó ella.

Al ver que Cristiano se disponía a adelantar a un camión, cerró los ojos y se tensó. El coche lo adelantó sin esfuerzo. Cuando Cristiano volvió a hablar, lo hizo con consideración.

—Veo que no te gustan demasiado los coches, ¿verdad?

—No —admitió ella—, pero mi hermano era un gran admirador tuyo, lo que significaba que sabía más que suficiente para hacer la entrevista.

—¿Era?

—Murió en un accidente el año antes. Por eso me dio miedo tu modo de conducir. Además, mi padre murió del mismo modo cuando yo era más joven. Los coches siempre me han puesto nerviosa y la muerte de mi hermano Will estaba aún muy reciente.

—¿Me hablaste de todo esto hace cuatro años?

—Mientras estábamos en el coche, no. Entonces estaba demasiado aterrada como para abrir la boca, pero hablamos de ello... más tarde.

Lo recordaba todo como si hubiera ocurrido el día anterior. No sentía simpatía alguna por Cristiano Maresca ni por su profesión, pero estaba decidida a mostrarse tranquila y profesional y a no verse atraída por su increíble atractivo y sus legendarias artes de seducción. Sin embargo, en el momento en el que ella se sentó junto a él en el coche, todo cambió. Cuando llegaron a su casa en las colinas de Montecarlo, ella estaba muy nerviosa y le había resultado imposible ocultarlo. Ese hecho había servido para romper la distancia profesional entre ellos.

Cerró los ojos y se rebulló incómoda en el asiento del coche. No quería pensar en lo que había ocurrido a continuación.

—¿Tienes miedo ahora?

En la aterciopelada oscuridad en la que la habían sumido sus párpados cerrados, la voz de Cristiano sonaba tan áspera como la grava. Se echó a temblar porque aquella era la voz que había escuchado durante tanto tiempo en sus sueños.

Negó con la cabeza.

Al menos, no tenía miedo del coche o de la carretera, pero sí de la fuerza de su propio anhelo, que había estado conteniendo durante tantos años.

Mientras conducían hacia el norte, las nubes se separaron y dejaron al descubierto las estrellas. De repente, empezó a hacer más frío. Cristiano se detuvo a echar gasolina y a poner las cadenas en los neumáticos del coche y sintió el aire frío de la montaña en el rostro. Los altos picos los rodeaban como si fueran gigantescas bestias dormidas.

Tras pagar la cuenta a un asombrado adolescente, regresó al coche y flexionó los entumecidos hombros. El Campano CX8 podría ser uno de los coches más deseados del mundo, pero no iba a ganar premio alguno por su espacioso interior. Además, el hecho de compartir un espacio tan reducido con Kate Edwards lo ponía nervioso.

Se asomó y vio que ella seguía dormida. Sintió una extraña sensación en el pecho. Se dijo que seguramente era frustración. Si él hubiera ido solo en el coche, habría llegado a la casa hacía mucho tiempo.

Se metió en el vehículo y arrancó. Ella había tenido miedo con él en el coche antes por lo que le había ocurrido a su hermano. ¿Explicaba esto la razón por la que, desde el momento en el que se marcharon de Montecarlo había estado conduciendo con una cautela tan poco característica de él? ¿Acaso conocía el miedo de ella de un modo inconsciente? ¿Acaso, sin saberlo él, recordaba aquel detalle?

Efectivamente, la había reconocido en cuanto la vio, aunque no conscientemente. Eso era buena señal, ¿no? Los recuerdos estaban en su cabeza. Sólo tenía que acceder a ellos y esperaba que estar con aquella mujer durante veinticuatro horas le ayudara a conseguirlo.

Los numerosos túneles que había en la carretera le hicieron recordar el de Mónaco el fatídico día del accidente. Había visto la grabación de lo ocurrido cientos de veces, pero no era capaz de recordar lo que ocurrió. Y sólo faltaban seis semanas para el principio del campeonato. Sabía que no debía haber abandonado las rigurosas sesiones de entrenamiento y que Silvio se enfadaría mucho cuando se enterara. Sin embargo, Cristiano sabía que no tenía otra opción. Haría todo lo que tuviera que hacer para poder recuperar su vida.

Si perdía, lo perdería todo. No había nada más. Jamás lo había habido. Cristiano sólo tenía dieciséis años y no iba por muy buen camino cuando vio el coche de

Silvio aparcado frente a un teatro de Nápoles y le hizo un puente. Si Silvio no le hubiera dado una oportunidad, no hubiera visto el potencial que tenía y que ni su madre ni las monjas del colegio habían sabido ver, Cristiano habría terminado en la cárcel. O muerto.

Las carreras no era sólo una profesión para él. Eran su vida. Su modo de demostrarle al mundo que no era el fracasado que todos le habían dicho que era cuando era un niño. Ganar era su justificación por haber destruido la vida de su madre.

La luna había salido detrás de las montañas e iluminaba suavemente el paisaje, convirtiendo la carretera en un río de plata y la nieve que la rodeaba en diamantes. Por fin se encontró con el desvío que llevaba hasta la exclusiva urbanización en la que se encontraba la casa de Francine Fournier. Al tomar el desvío, Kate se rebulló un poco y terminó apoyando la cabeza sobre el hombro de Cristiano.

Él se tensó inmediatamente y apretó los dientes para tratar de controlar el persistente deseo que llevaba ya cuatro horas tratando de ignorar. Igualmente, trató de no prestar atención al suave aliento de Kate contra la garganta, el aroma de su cabello. Centró toda su atención en encontrar la casa de Francine..

Chalet Les Pins.

«*Grazie a Dio*». Condujo los últimos metros que lo separaban de la casa y apagó el motor.

Había una luz en el porche de la casa. Cristiano abrió la puerta y se movió con cuidado para salir del coche y evitar así que Kate pudiera despertarse. Fue a sacar el equipaje del minúsculo maletero del deportivo y subió los escalones. Entonces, sacó la llave y abrió la puerta. Tras dejar el equipaje en el interior de la casa, encendió una luz y volvió a salir para buscar a Kate.

Abrió la puerta del copiloto. Ella seguía profundamente dormida, por lo que ni siquiera el frío de la noche la despertó. Como Cristiano no tuvo corazón para despertarla tampoco, la tomó entre sus brazos y la sacó del coche con mucho cuidado. Sintió una extraña sensación. El cuerpo de Kate era suave y cálido. Tuvo que controlar una vez más su deseo cuando ella suspiró y se acomodó entre sus brazos.

Cristiano cerró la puerta del coche de una patada y entonces Kate se tensó y comenzó a parpadear.

–¿Mmm?

–No pasa nada. Ya hemos llegado. Vuelve a dormirte.

Afortunadamente, el interior de la casa era muy cálido. La puerta principal daba a un salón decorado en un acogedor estilo alpino. Cristiano vio que había unas escaleras y se dirigió directamente a ellas. Ya en la planta superior, abrió la primera puerta con la que se encontró. La luz de la luna entraba a raudales por un enorme ventanal e iluminaba una cama. Suavemente, colocó a Kate sobre la colcha. Ella se tensó. Una expresión de exquisita desolación se le reflejó en el rostro.

–Cristiano...

–Estoy aquí.

Ella abrió los ojos, que estaban llenos de angustia y de lágrimas. Durante un instante, miraron el rostro de Cristiano aunque no parecieron verlo y se volvieron a cerrar. Las lágrimas le rodaron en silencio por las mejillas.

–Kate...

Sin pensarlo, Cristiano se sentó a su lado sobre la cama y la estrechó contra su cuerpo, apretando la boca contra el cabello y murmurando palabras de consuelo. El cabello de Kate olía maravillosamente y su cuerpo resultaba suave y voluptuoso entre sus brazos. Por el contrario, el de él estaba incómodo, tenso y rígido. No se atrevía a moverse, ayudándose del autocontrol y de una disciplina de hierro para no reaccionar. Entonces, muy suavemente, ella se apartó de él y levantó la cabeza para mirarlo a los ojos.

–De verdad estás aquí –susurró ella.

Entonces, como movidas por una fuerza primitiva que no podían controlar, sus bocas se unieron. Kate estaba aún medio dormida, pero era vagamente consciente del aroma a leña que llenaba la casa a pesar de que todos sus sentidos se centraban en el éxtasis de aquel beso. La angustia de aquel sueño ya familiar aún seguía con ella y la llenaba de una fiera pasión. Cuando le hundió los dedos en el sedoso cabello, sintió que sus sentidos se volvían locos con el aroma de su piel, el aroma que llevaba en la cabeza desde hacía cuatro años.

Se aferró a la espalda de Cristiano y sintió sus poderosos músculos. De repente, él rompió el beso y la miró ardientemente.

–Kate...

Ella respondió quitándose el jersey que se había colocado encima del vestido. Aún tenía las mejillas húmedas de las lágrimas que había derramado cuando había pensado que aquello era sólo otro sueño, otra despedida.

Se había despedido de él tantas veces en sueños a lo largo de aquellos cuatro años... Sin embargo, en aquella ocasión él estaba allí. Ese hecho le daba fuerzas. Lo deseaba. Llevaba deseándolo tanto tiempo que su cuerpo vibraba con una urgencia que no se vería aplacada hasta que él no estuviera dentro de ella.

Kate no dejaba de mirar su rostro, que era como de granito, pálido y sin expresión. Sin embargo, vio que el deseo también se reflejaba en sus ojos y eso le aceleró los latidos del corazón. Levantó las manos y comenzó a desabrocharle los botones de la camisa...

Cristiano susurró una maldición y levantó una mano para atrapar la de ella.

—¿Es esto lo que quieres? —le preguntó.

—Sí... Te deseo. Quiero que recuerdes... —murmuró. Liberó las manos que él le había atrapado y le enmarcó el rostro con ellas.

Durante un segundo, los dos se miraron y entonces, con un gemido de rendición, Cristiano volvió a tomarla entre sus brazos y a besarla de nuevo. En el tranquilo dormitorio sólo se escuchaba el sonido de las respiraciones de ambos, el susurro del raso y los gemidos de placer de Kate cuando Cristiano le deslizó la mano por debajo de la falda para acariciarle el muslo desnudo. Ella arqueó la espalda y levantó las rodillas para poder rodearle la cintura y ofrecerse así explícitamente a él.

Los dos cayeron sobre el suave colchón, enredados el uno en el otro. Los dos trataban a la vez de desabrochar el cinturón de Cristiano. Kate levantaba las caderas, desesperada por poder librarse de las minúsculas braguitas que Lizzie había insistido en comprar. Cuando por fin se despojó de ellas, se abrió completamente, vibrando de anticipación, sobre el edredón.

Cada centímetro de su piel ardía por la necesidad de sentir sus caricias. Lo deseaba con una urgencia que la volvía loca.

Cristiano parecía comprender lo que ella sentía. Comenzó a acariciarle el interior de los muslos con sus hábiles manos. El rostro estaba a pocos centímetros del de ella. Las bocas se abrieron y se unieron de nuevo con un ardiente beso. Instantes después, él se apartó de ella y, sin dejar de mirarla, la penetró.

¡Qué profundo alivio! Los gritos de placer y las deliciosas sensaciones privaron a Kate de la capacidad de pensar. Se agarró al cabello de cristiano cuando el ritmo de sus movimientos se hizo más urgente y la vieja cama de madera comenzó a crujir.

El gozo se abrió ante ella como si fuera un abismo. Sintió que el cuerpo de Cristiano se tensaba y, durante un breve instante, permaneció en el borde, esperando. Entonces, de repente, comenzó a caer. Hundió los dedos en la espalda de él y se dejó llevar por el éxtasis.

El grito de placer que lanzó se hizo eco por toda la casa antes de que, una vez más, volviera a quedar en silencio. En la planta de abajo, un reloj marcaba cadenciosamente el paso del tiempo. Las montañas los rodeaban como silenciosos centinelas, como testigos impasibles de aquel gozo tan frágil.

CON LA llegada del alba, el cielo se tiñó de un delicado y translúcido tono rosado. Kate había visto cómo la noche iba desapareciendo lentamente. Había dormido poco y se había despertado cuando aún el cielo estaba oscuro. Tenía el brazo de Cristiano entrelazado a la cintura y la mano descansándole entre los senos. Su cuerpo, duro y delicioso, quedaba a su espalda.

Se sentía cálida, saciada, en paz. No sentía nada más que las sensaciones físicas del momento. El pasado parecía lejano e irreal, como un mal sueño y el futuro resultaba imposible de contemplar.

Estiró las piernas y se dio la vuelta cuidadosamente para ver el rostro dormido de Cristiano. Él se movió un poco, pero no abrió los ojos.

Kate sintió que se le partía el corazón. Contra la blanca almohada, junto a su pálida piel, la oscura de él resultaba muy exótica. Aparte de la barba que comenzaba a crecerle, todos sus rasgos le recordaban a los de Alexander. Observó las finas cejas y la perfecta y recta nariz, la firme y cuadrada mandíbula.

Era tan guapo... Además de eso, era el hombre que la había ayudado a crear al niño al que tanto quería. El padre de su hijo.

Con mucho cuidado, se zafó de él y se levantó de la cama. Con mucha cautela para no despertarlo, tomó la camisa que él había llevado puesta la noche anterior y se la puso. Entonces, abrió su bolso para sacar el teléfono.

A su lado, estaba la carta. Sintió un profundo dolor que la empujó a cerrar rápidamente el bolso. Tras volver a dejar el bolso sobre la silla, salió de puntillas del dormitorio.

Bajó la escalera para llegar al salón. Desde allí, no tardó en encontrar la cocina. Llenó el hervidor de agua. Cuando abrió el frigorífico para sacar la leche, las botellas de champán tintinearon en la puerta. También vio que tenían huevos, salmón ahumado, mantequilla y queso.

Tras mirar el reloj que había en la cocina, levantó el teléfono. Era aún muy temprano allí y una hora menos en Inglaterra, pero tanto Alexander como Ruby eran demasiado madrugadores, por lo que lo más probable era que Dominic y Lizzie llevaran ya un tiempo levantados.

–¿Sí? –respondió una voz al otro lado de la línea telefónica. Sonaba algo distraída.

–Lizzie, soy yo. ¿Te he despertado?

–¡Kate, cielo! Claro que no me has despertado. Simplemente no esperaba que tú estuvieras despierta a estas horas. Deberías estar descansando en la cama o haciendo el amor salvajemente con el guapísimo señor Maresca.

–Bueno... –susurró Kate al recordar lo ocurrido la noche anterior.

Antes de que pudiera continuar, se escuchó un grito al otro lado de la línea.

–¡No me digas, Kate! Dios mío. ¿Te reconoció?

–No exactamente. Es una larga historia, pero estoy con él...

–¿Está ahí ahora? ¿Le has hablado de Alexander?

–La respuesta a las dos preguntas es no –dijo Kate mientras vertía el agua hervida en una cafetera para preparar café–. No es tan sencillo... No es tal y como yo lo recordaba, Lizzie. No es... lo mismo.

–Bueno, eso no debería extrañarte –afirmó Lizzie–. Cuatro años es mucho tiempo y os han ocurrido muchas cosas a ambos. Sin embargo, lo principal es que estés con él y que la química siga existiendo. Luego, lo único que tienes que hacer es decírselo.

–No es la clase de comentario que se puede dejar caer por casualidad en una conversación. No quiero que sienta que lo he atrapado ni obligarlo a nada.

–Ni lo estás obligando ni le estás metiendo prisa. Llevas tres años criando tú sola a su hijo y no es que tú hayas podido elegir al respecto.

–Lo sé –suspiró Kate. Sabía que Lizzie estaba de su lado, pero sabía también que ella nunca comprendería del todo cómo se sentía–. Es que tengo miedo...

–Mira, no hagas lo de siempre y empieces a imaginarte directamente el peor de los casos –la interrumpió Lizzie. De repente, su voz sonó distraída e impaciente. Al fondo, Kate pudo escuchar el llanto de un niño. La alarma se apoderó de ella.

–¿Es Alexander?

La línea telefónica empezó a sufrir interferencias.

–Todo va bien –respondió Lizzie. ¿Acaso era que había un retardo en la línea o que Lizzie había dudado antes de responder?–. Ahora, vuelve a meterte en la cama con tu hombre y deja de preocuparte por todo. Pásatelo bien y ya hablaremos más tarde, cariño. ¿De acuerdo?

–De acuerdo. Gracias, Lizzie. Dale a Alexander un beso muy grande de mi parte, ¿vale? Y dile...

–Lo siento, no he oído nada. ¿Qué has dicho?

–Que lo amo. Y que iré pronto a casa.

Sin embargo, mientras cortaba la llamada, descubrió que no quería pensar en ello.

Diez minutos más tarde, llevando sobre las manos con mucho cuidado una bandeja cargada con café recién hecho, brioches calientes, mantequilla y miel, Kate abrió la puerta del dormitorio.

El sol entraba a raudales por las ventanas. Cristiano estaba tumbado boca abajo, con un brazo sobre la almohada. El edredón le cubría ligeramente las caderas y dejaba al descubierto la espalda desnuda.

Kate lo miró y sintió que se le secaba la garganta y que el deseo se apoderaba de ella. Cristiano era un estudio de perfección masculina, un dibujo de Leonardo que hubiera cobrado vida. Los músculos de sus hombres resultaban claramente definidos, las costillas eran visibles bajo una piel color caramelo que luego se deslizaba suavemente hasta llegar a las estrechas caderas.

–*Buongiorno*.

Ella se sobresaltó. Había estado tan ocupada observando aquel delicioso cuerpo que no se había fijado en que los oscuros ojos estaban medio abiertos y que él la estaba observando.

–Lo... lo siento –susurró ella ruborizándose–. Es que... yo... yo estaba tratando de no despertarte.

Cristiano se sentó sobre la cama con un rápido y ágil movimiento, como si fuera una pantera desperezándose. Entonces, se apartó el cabello de la frente.

–Ya estaba despierto.

Kate colocó la bandeja sobre la cama y se puso a colocarlo todo para no tener que mirarlo al rostro.

–Te oí hablando abajo.

–Estaba hablando por teléfono –dijo ella esperando de corazón que Cristiano no hubiera escuchado lo que ella estaba diciendo. Sonrió tímidamente–. En realidad, estaba llamando a un taxi. Lo de anoche no me dejó satisfecha por lo que he pensado que no hay motivo alguno para quedarme.

–¿No estuvo tan bien como la vez anterior? Debo de haber perdido facultades.

Kate sirvió un café y se lo entregó a él.

–Probablemente, sólo necesitas un poco más de práctica.

–Te pareces a Silvio –replicó él. Dejó la taza y atrapó la mano de Kate–. Y tú pareces saber mucho al respecto.

El aroma masculino de la piel de Cristiano la volvía loca de anhelo.

–Sólo lo que tú me dijiste la última noche que te entrevisté.

–¿Yo te hablé del sexo?

–No. Sobre el mundo de las carreras. Lo del sexo fue más bien una demostración práctica –susurró ella. Empezó a temblar cuando él le fue desabrochando lentamente cada botón de la camisa–. Fue mi primera vez...

Cristiano detuvo la mano. Kate se sintió alarmada y lo miró al rostro.

–En ese caso, probablemente te debo una disculpa.

–¿Por qué?

Cristiano se separó de ella y volvió a tomar la taza de café que había dejado sobre la mesilla de noche.

–Porque estoy seguro de que, como todas las primeras veces, dejó mucho que desear... emocionalmente aunque no técnicamente.

Kate se sirvió también un café y sacudió la cabeza.

–No, no. Fue...

–¿Y bien?

–Fue... muy especial –susurró ella mirando la taza–. Fue bueno, no sólo lo del sexo, sino todo. ¿Lo de anoche no te hizo recordar nada?

–No.

Como si aquel hecho no le preocupara, Cristiano se inclinó sobre la bandeja y tomó un brioche y lo mordió salvajemente. Se había despertado sintiéndose más en paz de lo que podía recordar después del accidente, tanto que había permanecido en la cama, observando la majestuosidad de las montañas y dejando que su mente repasara lentamente lo ocurrido. Sin embargo, no logró recordar nada. Sólo el agujero negro que, en aquellos momentos, parecía más oscuro y más insoldable que nunca.

–Tendrás que contármelo tú –dijo, tratando de mantener un tono de voz neutral.

–No sé por dónde empezar.

Kate se sentó con las piernas cruzadas sobre la cama. Cristiano la contempló. Vestida con su camisa, con el maquillaje de la noche anterior corrido bajo los ojos, parecía muy joven y muy hermosa. De lo de ser del montón, nada de nada. El deseo volvió a despertarse dentro de él.

–¿Qué te parece si empiezas por el principio?

–Bueno, hacía mucho calor. Yo me había enterado de que tenía que venir tan sólo una hora antes de que tuviera que salir hacia el aeropuerto. Se suponía que mi jefe tenía que hacer la entrevista, pero su esposa se puso de parto de repente, por lo que me tuvo que enviar a mí. Yo estaba aterrorizada.

–¿De qué?

–De todo. De montarme en un avión, de ver la carrera, de conocerte... Por suerte, no tenía mucho tiempo para pensar en nada, pero tampoco tenía mucho tiempo para pensar en lo que tenía que ponerme. En Yorkshire estaba lloviendo y pensé que sería mejor que tuviera un aspecto elegante y profesional. Por supuesto, yo jamás había estado en una carrera de Fórmula 1. Me puse el traje gris que normalmente llevo cuando voy a conocer a nuevos clientes. El resto de las chicas llevaban...

—Casi nada —comentó Cristiano.

—Exactamente. Todas eran muy hermosas y glamurosas y yo me sentí completamente fuera de lugar. Los coches rápidos me dan mucho miedo y yo no estaba en absoluto preparada para el ruido, el olor a gasolina y todo lo demás. En realidad, me pareció una pesadilla. Te vi realizar la clasificación desde el balcón del edificio de Campano y luego me dirigí a la sala de prensa para hacer la entrevista. Tu asistente personal me dijo que primero querías ducharte y descansar un poco, por lo que tuve que esperar. Todo el mundo se había ido a una fiesta que había en un yate, por lo que las instalaciones estaban vacías. Cuando tú no te presentaste, pensé que debías de haberte marchado también y me sentí una estúpida por haber estado esperando. Por eso, fui a buscarte —añadió, respirando profundamente—. Sin embargo, estoy segura de que no quieres saber todo esto.

—Claro que sí.

—Encontré una sala con tu nombre en la puerta. Estabas dormido. Profundamente dormido —repitió. Las mejillas se le habían cubierto de rubor—. Estabas allí tumbado, muy quieto. De hecho, parecía que ni siquiera respirabas y... y... yo pensé que estabas muerto. Ridículo, ¿verdad?

—A mí no me lo parece. Cuando empecé a conducir, mi principal debilidad era mi incapacidad para concentrarme, por lo que aprendí técnicas de meditación profunda. Me ayudaron a concentrarme y también a relajarme después de una carrera porque ayudan a bajar las pulsaciones de los latidos del corazón –dijo. Sin dejar de mirarla, le tomó la mano y se la colocó sobre el pecho–. El mío late muy lentamente para empezar. ¿Ves?

Ella abrió los ojos de par en par. Esperó. Escuchó. Y sintió por fin los latidos del corazón que, por supuesto, se habían acelerado en el momento en el que ella le tocó. Además, ¿qué diablos estaba haciendo contándole todas sus debilidades? Aquella era la segunda vez que hacía algo parecido. Terminaría contándole toda su vida antes de que consiguiera recuperar la memoria. Todos los detalles vergonzosos de su pasado...

Al ver cómo reaccionaba, decidió que Suki tenía razón. Kate no era su tipo. No había futuro en todo aquello y no era justo que ella pudiera terminar creyéndolo. Más tarde le diría algo sobre llevarla de vuelta a Mónaco. Después de que hubiera averiguado todo lo que necesitaba saber.

–¿Qué ocurrió a continuación? –le preguntó.

Kate apartó la mano y respiró profundamente.

–Te estaba tomando el pulso cuando tú te despertaste y...

–Deja que lo adivine. Me aproveché de la situación.

–No. Lo intentaste, pero yo me marché. Tú me seguiste. Entonces ya se estaba haciendo muy tarde, por lo que te ofreciste a llevarme a tu casa para hacer la entrevista.

–Así, conseguí asustarte con mi modo de conducir por el camino y luego me aproveché de ello –dijo Cristiano. Le resultaba incómodo hablar de cómo solía actuar en el pasado.

–No. No fue así. Me preparaste la cena.

–¿Pasta?

–¿Te acuerdas de eso?

–No –respondió él con una triste sonrisa–. Era fin de semana de carreras. Cuando no como más que pasta.

–Ah, por supuesto.

Kate se levantó.

–Nos sentamos fuera, al lado de la piscina y... estuvimos hablando. Yo te hice las preguntas que me habían dado –dijo. Se dirigió a la ventana y permaneció allí, de espaldas a él.

–¿Te las respondí? –preguntó él. No hacía más que observar las piernas de Kate por debajo de la camisa. Pensó en las medias, el encaje e incluso el cuero que las mujeres se ponían para agradarlo en la cama y se preguntó por qué nada de todo aquello ejercía en él el mismo efecto que aquella piel cremosa.

Kate se dio la vuelta y sonrió.

–En realidad, no. De algún modo, conseguiste centrar la conversación en mí más que en ti. Yo terminé contándote todo lo referente a mi padre y a mi hermano. Tú me escuchaste.

Por supuesto que había escuchado. Apartar el tema de sí mismo y escuchar en vez de hablar era una de las técnicas que había perfeccionado a lo largo de los años. Así, siempre evitaba revelar algo sobre sí mismo. Para él no significaba nada. Sin embargo, para ella había significado lo suficiente como para pensar que él se merecía disfrutar de su virginidad.

Se apretó la mano sobre la sien como para borrar lo que había sido. A menudo, en el hospital, había pensado que el accidente era un castigo por el sufrimiento que le había ocasionado a su madre, pero en aquel momento le pareció más probablemente una especie de venganza divina por el modo en el que había utilizado a las mujeres.

Tomó una toalla que había doblada sobre una silla y se levantó envolviéndosela al mismo tiempo alrededor de las caderas. Se dirigió hacia ella. De repente, ya no quiso escuchar más.

—Kate...

—Admitir lo asustada que estaba, lo asustada que había estado siempre de muchas cosas me ayudó. Tú me dijiste que una vida vivida con miedo no es vida.

—¿Y esa frase fue la que utilicé para meterte en la cama?

Kate sonrió tímidamente y se sonrojó.

—Bueno, no fue en la cama...

—¿Dónde, entonces?

—La piscina —susurró ella mirándolo a los ojos. Ya no parecía tímida o tensa—. Me hiciste cerrar los ojos y me tomaste la mano —añadió. Extendió la mano y entrelazó los dedos con los de él—. Muy lentamente, me llevaste al agua con la ropa puesta. Me tomaste en brazos y me sujetaste contra tu cuerpo. Yo jamás había sentido nada como tu fuerza. Tu certeza. Me hizo sentirme muy segura. Te rodeé la cintura con las piernas y tú, muy lentamente, me quitaste la ropa mojada.

Cristiano cerró los ojos. Durante un instante, le pareció sentir la calidez del agua contra la piel, el peso del cuerpo de Kate entre los brazos. Entonces, todo ello quedó borrado por la urgencia del momento. Del deseo.

La toalla cayó al suelo cuando le agarró los hombros y la tomó entre sus brazos. Un segundo más tarde, la camisa blanca siguió el mismo camino. Por último, la levantó del suelo y la llevó de vuelta a la cama.

Capítulo 6

KATE estaba delante de la cocina como si estuviera sumida en una especie de sueño. Removía el fragante contenido de un cazo con distraída languidez. El cuerpo le dolía, pero parecía estar más vivo que nunca. En el exterior, aquel día de febrero estaba llegando a su fin en medio de una espectacular puesta de sol.

¿Cómo era posible que el día hubiera pasado tan rápidamente? Sonrió al recordarse la respuesta. Se habían pasado la mayor parte del día en la cama, explorando sus cuerpos y dormitando cuando les apetecía. Por fin, Kate había podido centrar sus pensamientos y había vuelto a la realidad.

Con una cierta sensación de culpa, tomó su teléfono y marcó el número de Lizzie. Cristiano estaba en el exterior de la casa, cortando leña para la chimenea. Mientras esperaba que Lizzie contestara, se dirigió a la ventana para comprobar si podía verlo.

Cristiano estaba de espaldas a ella. Kate sintió que se le secaba la boca al ver cómo levantaba el hacha y soltaba un poderoso golpe cortando la madera limpiamente en dos. Para ser alguien tan fuerte, se movía con una elegante e hipnótica gracia. Llevaba puesta una camisa vaquera, pero con el calor del ejercicio se la había quitado y se la había atado alrededor de la cintura. La fina camiseta blanca que llevaba puesta permitía ver fácilmente el contorno de su cuerpo. Las palmas de las manos se le tensaron al recordar el tacto de aquellos poderosos hombros mientras él se hundía en ella. Le había clavado las uñas en la carne y había gritado de...

«Hola. Éste es el contestador de Dominic, Lizzie y Ruby...».

Se sobresaltó al escuchar el mensaje de bienvenida del contestador de sus amigos. Estaba tan sumida en su sensual ensoñación que se había olvidado completamente que tenía el teléfono en el oído. Como le resultó imposible formar un mensaje coherente, cortó la llamada y regresó a la cocina justo a tiempo para evitar que se le derramara el contenido del cazo.

Se metió el teléfono en el bolsillo de los vaqueros y volvió a remover el fragante contenido del cazo. No podía dejar de pensar que, normalmente, se preocupaba mucho si Lizzie no contestaba porque se imaginaba que toda clase de desgracias le habían sobrevenido a Alexander. Sin embargo, la compañía de Cristiano parecía haberla ayudado a calmarse en ese aspecto.

No habían hablado mucho a lo largo del día. Agotados por el placer y el esfuerzo físico, se habían limitado a estar tumbados. Kate había comprendido que, si no había nada más, si no había futuro para ellos, el gozo que había experimentado le duraría toda una vida.

No obstante, aún le quedaba aquella noche para ayudarlo a recordar, para hacer desaparecer el distante desconocido de ojos inexpresivos y cínica sonrisa y encontrar al hombre que había conocido cuatro años antes. El hombre que le había contado sus secretos y que había llorado entre sus brazos.

Aún no se había terminado.

Cristiano se puso de pie y se secó el sudor con el reverso de la mano. Debería entrar. El sol se había ocultado ya y apenas se veía. El montón de leña que había estado cortando era suficiente para mantener el fuego ardiendo un mes completo.

Había salido a cortar leña para tratar de despertar del letargo que se había apoderado de él desde que llegaron la noche anterior. Normalmente, hubiera salido inmediatamente a esquiar, pero, sorprendentemente, no le apetecía.

Eso le preocupaba.

Durante las semanas que se había pasado en el hospital, se había mostrado tan inquieto que, en ocasiones, los médicos habían tenido que sedarle para que se quedara inmóvil y le diera a su cuerpo la oportunidad de recuperarse. Los minutos le parecían horas. Entonces, se juró que cuando estuviera recuperado, no desperdiciaría ni un instante de su vida.

Sin embargo, aquella tarde hasta le había costado un gran esfuerzo levantarse de la cama. Jamás se hubiera imaginado que hubiera optado por pasarse la mayor parte del día sin hacer nada en vez de salir a esquiar a una de las mejores pistas del mundo.

En realidad, no se podía decir que hubieran estado sin hacer nada... Después de cuatro años de un celibato casi completo, era como si hubiera vuelto a descubrir el sexo y lo estaba experimentando con la intensidad y el apetito de un adolescente. Nunca antes había disfrutado tanto durmiendo simplemente con una mujer y Dios sabía que había tenido muchas oportunidades de hacerlo a lo largo de su vida.

Abrió la puerta del sótano y comenzó a apilar la leña en su interior. Necesitaba volver a Mónaco. A sus entrenamientos. La teoría de que volver a acostarse con Kate le ayudaría a recordar había fallado estrepitosamente.

Además, cada minuto que pasaba con ella lo empujaba más a olvidarse de lo que verdaderamente importaba, como volver a las pistas. De hecho, corría el peligro de olvidarse de todo lo que lo empujaba a seguir. De todo lo que importaba.

De repente, se detuvo con un tronco en la mano y lanzó una maldición al darse cuenta de qué más había olvidado. De por qué se sentía tan intranquilo.

Arrojó el leño al suelo y se dirigió a la escalera.

—¡Qué bien huele!

Kate levantó la mirada y se sonrojó al ver a Cristiano. Estaba apoyado contra el umbral de la puerta y con las manos sucias y el cabello pegado a la frente por el sudor, estaba muy guapo. Apartó la mirada y centró su atención en el cazo.

—No me extraña, con una despensa como la que hay en esta casa —musitó tímidamente—. En el lugar del que yo vengo, lo esencial en una cocina es mucho más limitado que lo que tenemos aquí. Hay de todo. ¿Estás seguro de que podemos utilizarlo?

—Yo repondré lo que haga falta.

Kate lo miró de nuevo y notó una extraña expresión en su rostro.

—Cristiano, ¿va todo bien?

Él se apartó de la puerta y se acercó a ella. Tenía los ojos duros como el mármol.

—Acabo de acordarme de una cosa —dijo. Ella lo miró esperanzada—. Desgraciadamente, no quería decir que me hubiera recuperado milagrosamente sino que acabo de darme cuenta... La primera vez que nos acostamos juntos... No era capaz de pensar. No utilicé preservativo. Podría ser una buena idea que nos pusiéramos en contacto con un médico para poder tomar medidas de urgencia.

Kate contuvo una carcajada histérica. Estaba a punto de señalar que era un poco tarde para pensar en eso cuando se dio cuenta de que él no se refería a la noche de hacía cuatro años, cuando concibieron a Alexander, sino a la noche anterior. La primera de las tres o cuatro veces que habían hecho el amor en las últimas veinticuatro horas.

Aliviada, tomó un paño de cocina y se limpió las manos.

–No hay necesidad. Todo está bien, a no ser que estés tratando de decirme que tienes una terrible enfermedad.

–Claro que no. Sólo quería saber si existe el riesgo de que estés embarazada.

–No. Estoy tomando la píldora. Te habría dicho algo si no fuera así. En especial porque una de las preguntas que te hice en la entrevista de Mónaco fue si te gustaría tener un hijo que continuara con el nombre y la reputación de Maresca en la Fórmula 1. Tu respuesta fue un sonoro no, así que a menos que alguien haya cambiado...

Kate estaba muy nerviosa. No hacía más que retorcer el paño entre las manos. Una pequeña voz en el interior de la cabeza de le repetía una y otra vez que aquél era el momento apropiado para contárselo todo, pero no parecía encontrar el modo de pronunciar las palabras.

–Claro que no –dijo él dándose la vuelta.

Aquellas palabras terminaron con la esperanza que ella había tenido en su corazón. Parpadeó y tragó saliva tras dar gracias de tener una sólida encimera en la que apoyarse.

–Mira, he estado pensando y tengo que regresar a Mónaco mañana –dijo con voz casi prácticamente normal–. Me gustaría saber si hay un tren o algo así que pueda tomar.

Cristiano abrió el frigorífico y sacó una botella de champán. Inmediatamente, empezó a abrirla.

–Yo te llevaré en coche.

–No, no, de verdad. No hay necesidad de eso. Has venido aquí para esquiar –replicó ella apartando la mirada.

–En realidad, no. Y yo también tengo que regresar. Tengo que entrenar mucho antes de que empiece el campeonato –comentó mientras sacaba dos copas.

–¿Cómo es posible que quieras volver a hacerlo después de lo que ocurrió?

–No es una elección. Es simplemente a lo que me dedico.

–No tiene por qué serlo.

–Claro que sí –afirmó Cristiano mientras se acercaba a ella. Apagó el fogón y le agarró la muñeca–. Ven conmigo.

–¿Adónde vamos?

–Quiero mostrarte algo.

No hizo falta nada más que su voz y la calidez de su tacto para despertar un deseo cálido y líquido en su interior.

Dejó que Cristiano le tomara la mano y la condujera escaleras arriba. Seguiría guardando su secreto. Llegaría el momento perfecto para que ella pudiera decirle sin presión alguna que tenía un hijo. Sin embargo, ese momento aún no había llegado.

La condujo hasta el dormitorio. Kate temblaba de deseo, pero se sorprendió al ver que él no se detenía junto a la cama. Sintió una profunda desilusión cuando él le soltó la mano y abrió la puerta del balcón.

–Cierra los ojos.

El aire frío le hizo contener la respiración. Se tensó y trató de contener los temblores que se habían apoderado de ella, provocados por el aire frío de la noche y por el deseo que sentía de experimentar las caricias de Cristiano.

–Ya puedes mirar.

Kate abrió los ojos y se dio cuenta de que había un *jacuzzi* en el balcón. El vapor salía de la superficie del agua y se perdía en la oscuridad de la noche. Ella contuvo el aliento y se llevó la mano a la boca.

–¿Un *jacuzzi*?

–Sí –respondió él rodeándole la cintura con un brazo. Entonces, le posó la boca contra el cuello–. ¿Quieres desnudarte antes de meterte en el agua en esta ocasión o te gustaría que yo te volviera a meter completamente vestida?

El deseo se apoderó de ella. Inclinó la cabeza para dejar más al descubierto el cuello y estuvo a punto de desmayarse de deseo cuando él le acarició el vientre debajo de la camiseta.

–No nos podemos desnudar aquí –protestó ella débilmente–. Nos congelaremos...

–Si lo hacemos rápidamente, no. Y te prometo que, en menos de un minuto, dejarás de sentir el frío...

Kate lanzó un grito de excitación cuando él le agarró el bajo de la camiseta y se la sacó rápidamente por la cabeza. El frío le recorrió el cuerpo, robándole el aliento y haciendo que los senos le palpitaran y que los pezones se le endurecieran. Tal vez aquellas reacciones no tenían nada que ver con el frío, sino con el hecho de que Cristiano le hubiera desabrochado los vaqueros y se los estuviera bajando.

Tenía las manos de él sobre los muslos. Sentía el calor que irradiaba de su cuerpo. Se quitó impacientemente los pantalones y sintió una fuerte desesperación por sentir la piel desnuda de él contra la suya. Capturó la boca de Cristiano con la de ella y le levantó la camiseta con una mano mientras buscaba el botón de los pantalones con la otra.

El frío y la urgencia de su necesidad hacían que sus movimientos fueran torpes, pero Cristiano no tardó en ayudarla. Se arrancó su propia ropa y la tomó en brazos para sumergirla en la cálida agua. Kate no pudo contener un gemido de placer.

Cristiano tomó asiento en un pequeño escalón que había en un lado del *jacuzzi*, bajo el agua. Kate cambió de posición y se colocó frente a él. Entonces, se sentó sobre él y sintió la erección contra el interior de su muslo.

—Kate...

El rostro de Cristiano quedaba entre las sombras, pero sus ojos relucían en la oscuridad, tan negros como la noche y líquidos de deseo.

El hecho de saber que la deseaba a ella en aquel mismo instante fue un pensamiento lo suficientemente erótico como para conseguir que el cuerpo comenzara a preparársele para uno de los potentes orgasmos que él le daba. No sabía si hacer que él la penetrara rápidamente o dejarse caer sobre él más lentamente, saboreando cada momento.

Se inclinó sobre él y se abrió de piernas. Vio cómo Cristiano abría los ojos de par en par cuando ella le agarró su erección y se la sujetó durante un instante antes de acogerla lentamente en su cuerpo, centímetro a centímetro.

Sus miradas se entrelazaron, completamente hipnotizadas. El vapor los envolvía en una especie de hechizo que los separaba del mundo que los rodeaba. Cristiano le colocó las manos en el trasero cuando ella empezó a moverse, tan húmeda en el interior como lo estaba en el exterior.

Kate le clavó las uñas en los hombros y separó los labios al sentir los primeros espasmos del orgasmo. A Cristiano, esa reacción estuvo a punto de hacerle perder el control, que era la base de todo lo que él hacía. La sujetó con fuerza, estrechándola contra su cuerpo mientras ella inclinaba la cabeza hacia atrás y exhalaba un gemido de placer.

Los espasmos preliminares del orgasmo de Kate se apoderaron de él, empujándole hasta el borde de una sima en la que, segundos después, se dejó caer mientras se vertía en ella con un fiero grito de gozo.

Poco a poco, la superficie del agua se calmó y volvió a quedarse lisa como un espejo. Las montañas quedaron sumidas por fin en la más profunda oscuridad como si fueran un sombrío iceberg contra la noche estrellada. Entre los brazos de Kate, Cristiano sintió una profunda paz, como si ya nunca tuviera que demostrar nada. Como si hubiera encontrado su lugar y fuera por fin el hombre que siempre había querido ser.

Capítulo 7

EN ALGÚN lugar, un teléfono estaba sonando. Kate abrió los ojos y se sentó, tras soltarse de Cristiano, mirando a su alrededor aún medio dormida. Era muy temprano.

El teléfono volvió a sonar. La adrenalina hizo saltar a Kate de la cama con el corazón latiéndole alocadamente en el pecho. Recogió una toalla del suelo y se la envolvió alrededor del cuerpo. Estaba fría y húmeda.

–¿Qué es lo que pasa? –preguntó Cristiano, aún medio dormido, desde la cama.

–Es mi teléfono –musitó Kate mientras miraba por todas partes–. No lo encuentro.

El teléfono siguió sonando, aunque parecía estar bastante alejado de ella.

Cristiano saltó de la cama con un rápido y ágil movimiento y salió al balcón. El aire gélido inundó inmediatamente el dormitorio. Él recogió los pantalones de Kate del suelo, donde se los había quitado la noche anterior e, inmediatamente, el sonido electrónico se hizo más fuerte. Sacó el teléfono del bolsillo y miró la pantalla antes de entregárselo a ella. Tenía una expresión velada y opaca en el rostro.

–Es un tal Dominic.

–Dios... –susurró ella. Tomó rápidamente el teléfono y contestó–. ¡Dominic! ¿Va todo...? ¿Va todo bien?

–Kate, cariño... Te ruego que no te pongas nerviosa...

–¿Qué es lo que pasa? Es Alexander, ¿verdad? ¿Está enfermo?

–Seguramente no sea nada, pero ayer tuvo un poco de fiebre y se quejaba de dolor de cabeza. Luego, estuvo vomitando durante la noche...

–Ah –dijo ella, aliviada–. Seguramente se encontrará mucho mejor esta mañana. A veces esos virus estomacales son verdaderamente horribles, pero sólo duran unas pocas...

Dominic la interrumpió.

–Kate, cariño, no parece que se trate de un virus. Lo hemos traído al hospital por si acaso.

–¿Al hospital? ¡Dios, Dominic! Te ruego que me digas lo que está pasando.

–Están haciéndole pruebas sólo para estar seguros y descartar que sea nada serio.

–¿Serio? ¿De qué estás hablando?

Se produjo una pausa. De repente, Kate se dio cuenta de que estaba temblando violentamente, y no por estar envuelta en una toalla húmeda.

–Meningitis.

–¿Qué? ¿Qué has dicho?

–Cariño, por favor. No te pongas nerviosa –le suplicó Dominic–. En estos momentos está completamente estable. Está donde mejor podría estar. De verdad. Los médicos tienen todo controlado. Es tan sólo una cuestión de descubrir lo que le ocurre exactamente para que puedan comenzar a darle el antibiótico adecuado.

Kate dio un paso al frente y comenzó a recoger sus cosas.

–Yo debería estar allí –susurró–. Tengo que estar con él.

–Por supuesto. Sabía que me dirías eso. He conseguido reservarte un billete en un vuelo desde Niza esta mañana a las nueve. Eso significa que vas a tener que darte prisa, cariño.

Los vaqueros que había dejado en el balcón estaban completamente empapados. Los dobló y los metió en su maleta de todos modos.

–Niza. A las nueve en punto. Tengo que... Dios, no sé...

–Kate, tranquilízate. Todo va a salir bien. No tienes que ponerte en lo peor, ¿me oyes? Por teléfono todo parece mucho peor de lo que es. Ya lo verás cuando llegues aquí. Alexander no se encuentra muy bien y quiere estar con su mamá, pero se va a poner bien, así que te ruego que no te preocupes.

–No. Está bien. Dile que lo quiero mucho –susurró mientras entraba en el cuarto de baño–. Dile que yo...

–Se lo podrás decir tú misma dentro de unas horas –dijo Dominic–. Te veré en el aeropuerto.

Kate sintió y dejó que el teléfono se le cayera de la mano. Cerró los ojos y abundantes lágrimas comenzaron a caerle por las mejillas. No hacía más que imaginar el dulce rostro de su hijo, su piel oscura como el caramelo y sus enormes y expresivos ojos color chocolate...

–Eh.

Levantó la mirada y se encontró mirando otro par de ojos muy similares. Cristiano estaba de pie frente a ella, ya vestido, y ofreciéndole una taza de café.

–Gracias –susurró ella. La aceptó y pasó por el lado de Cristiano para regresar al dormitorio. Allí, empezó a sacar de nuevo toda su ropa para buscar algo que ponerse–. Tengo que regresar a casa.

–Eso me ha parecido.

–Tengo que llegar al aeropuerto de Niza. Mi vuelo es a las nueve, por lo que tengo que facturar a las ocho, lo que significa...

Fue a consultar su reloj, pero se dio cuenta de que no lo llevaba puesto. Cristiano lo recogió de la mesilla de noche y se lo entregó.

—Imposible. Estamos al menos a cinco horas de distancia de Niza.

—Pero tengo que llegar allí. ¡Mi hijo está en el hospital!

Sus gritos de angustia se vieron interrumpidos por el sonido del teléfono móvil de Cristiano. Él lo respondió y habló rápidamente en italiano. Vagamente, Kate se preguntó si estaría hablando con una mujer, preparando una sustituta para cuando ella se hubiera marchado y sintió que el corazón se le desgarraba. Desde el principio había sabido que no habría final feliz para ellos, pero había pensado que las últimas veinticuatro horas les habían proporcionado una cierta unión que...

Sólo era sexo. Para ella, el sexo significaba unión, pero para él no significaba nada.

Agarró su maleta y trató de encontrar algo que ponerse. Sólo le quedaba un vestido negro por debajo de la rodilla. Al ponérselo, se sintió como si fuera a un entierro...

«No, no, por favor...».

El pánico se apoderó de ella. Tenía que regresar a casa. Deseaba estar junto a Alexander con una desesperación insoportable.

Cristiano terminó de hablar y se volvió para mirarla. Ella no lo miró y se ocupó en ponerse sus botas.

—Era Suki —le dijo él desde la puerta—. La buena noticia es que ella ha contratado un avión privado desde el aeropuerto de Lyón.

—¿Qué has dicho? —preguntó ella levantando la cabeza. No estaba segura de haber comprendido bien.

—El avión te estará esperando. Ahorrarás el tiempo

de la facturación, por lo que, al final, el viaje será probablemente más rápido de lo que hubiera sido saliendo de Niza.

—Gracias —susurró ella, llena de gratitud—. ¿Y la mala noticia?

Cristiano sonrió con ironía.

—El tiempo es demasiado malo para ir en helicóptero, por lo que me temo que voy a tener que llevarte yo en coche.

Efectivamente, el glorioso atardecer el día anterior había dado paso a un día gris, con una manta de niebla que cubría las montañas y que había convertido el paisaje en una triste pintura monocromática.

También resultaba peligroso. La nieve que el sol había derretido el día anterior se había helado sobre la carretera. El hielo no era la clase de terreno sobre el que el Campano había sido diseñado para funcionar, pero con las cadenas no se defendía mal. Esto demostraba que las apariencias pueden ser engañosas. Cristiano había creído que era él quien tenía cosas que ocultar, pero Kate también había estado ocultándole secretos muy importantes.

—¿Cuántos años tiene tu hijo?

—Sólo tres.

—¿Y sigues casada con Dominic?

—¿Con Dominic? —preguntó ella mientras se giraba para mirarlo muy asombrada—. No, no. Estás equivocado. Dominic no es su padre, sino mi jefe. Su esposa Lizzie y él son buenos amigos míos. Su hija tiene una edad similar a Alexander. Lo tuve que dejar con ellos mientras yo...

Se detuvo en seco con expresión desesperada.

–Esto no es culpa tuya –dijo Cristiano. Se preguntaba por qué se sentía tan aliviado de que el tal Dominic no fuera el padre del niño. Después de todo, alguien debía serlo y no se le ocurría ninguna razón por la que la identidad de esa persona debiera importarle. Era el hecho de que Kate tuviera un hijo lo que importaba. El hecho de que fuera madre. Cristiano no se acostaba con mujeres que tenían hijos. Los niños significaban compromiso, algo que a él no le interesaba.

–¿Quieres que vaya más despacio? –añadió, tras adelantar a una larga fila de coches y recordar el miedo que ella tenía a la velocidad.

–No. Quiero llegar cuanto antes. ¡Qué tontería! –susurró–. He desperdiciado mucho tiempo teniendo miedo de cosas que no ocurrían nunca. Accidentes de avión y de coche. Y ahora esto. Debería haber estado a su lado. No debería haber venido.

–No digas eso. El sentimiento de culpabilidad sólo empeora las cosas.

–¿Qué te hace decir algo así?

–La experiencia.

No le explicaría nada más. Cristiano jamás le había hablado a nadie de su pasado y no tenía intención de empezar a hacerlo. Ya tenía bastante con su sentimiento de culpabilidad sin tener que enfrentarse a la opinión de los demás.

Una sirena de policía interrumpió sus pensamientos. Lanzó una maldición y miró por el retrovisor. Vio un coche de policía a cierta distancia, pero que se acercaba a ellos a toda velocidad. Se dijo que debería haber tenido más cuidado.

Se detuvo en el arcén y salió del coche. La sirena se calló cuando el coche de policía se detuvo detrás de ellos, aunque las luces siguieron encendidas. Kate las observó hasta que se sintió asombrada y mareada.

Desde el interior del coche, escuchó retazos de la conversación, que estaba teniendo lugar en un fluido francés. Recordó la noche en Mónaco, cuando Cristiano le había contado lo mucho que él había odiado los estudios y cómo su falta de capacidad académica había sido una gran desilusión para su madre, que había hecho grandes sacrificios para darle una educación. Kate decidió que su madre debería escucharle en aquellos momentos. Hablaba perfectamente.

Lo observó a través de la ventana, pero apartó la mirada rápidamente. A pesar de la preocupación que sentía por Alexander, no podía dejar de desear a Cristiano. Ansiaba sentir su fuerza, su consuelo.

Sin embargo, desde que había descubierto que Kate tenía un hijo, él se había distanciado de ella completamente.

Se miró las manos y se dio cuenta de que, inconscientemente, las había colocado como si estuviera rezando. Cerró con fuerza los ojos.

«Dios Santo. Por favor, haz que Alexander esté bien», dijo, a modo de silenciosa oración. «Haz que pueda estar en casa a su lado muy pronto».

Abrió los ojos y vio que el policía se había inclinado y que la estaba mirando a través de la ventana. Pasaron los minutos. Estiró los dedos una y otra vez hasta que los tendones le dolieron. ¿Por qué tardaban tanto?

Se asomó de nuevo a través de la ventaba del conductor y vio que Cristiano estaba firmando algo. Cuando terminó, le entregó al policía el trozo de papel y le estrechó la mano.

Un instante más tarde, la puerta se abrió y él se metió en el coche. Tenía copos de nieve sobre el cabello. Sintió una profunda compasión hacia él dado que sólo llevaba puesta la camiseta del día anterior. Debía de estar helado.

–¿Te han puesto una multa?

–No –dijo él arrancando el motor–. Un autógrafo... y la promesa de unas entradas para el palco de Mónaco.

Inmediatamente, la sirena del coche de policía comenzó a sonar. Kate giró la cabeza a tiempo para ver cómo el coche patrulla los adelantaba y se colocaba delante de ellos. Cristiano lo siguió. Todos los coches que se dirigían hacia Lyon se apartaban a un lado para dejarlos pasar.

Recorrieron la distancia que les quedaba muy rápidamente, aunque lo hicieron en silencio. Mejor. ¿Qué les quedaba por decir?

Cuando llegaron al desvío del aeropuerto, el policía sacó una mano por la ventana para despedirse de ellos y siguió por su camino. Cristiano tomó una vía de servicio y se dirigieron hacia una alta valla coronada con alambre de espino.

Los guardias de seguridad que custodiaban la entrada se dispusieron a abrir la puerta. Más allá, sobre la pista, un pequeño avión los estaba esperando. Kate sintió que se le hacía un nudo en el pecho.

Al llegar junto al avión, Cristiano detuvo el coche.

–Bueno, ya hemos llegado.

La voz de Cristiano resonó fría y grave. Durante unos segundos, los dos permanecieron inmóviles, sin mirarse el uno al otro. Kate se dispuso a hablar, pero, justo en ese momento, Cristiano abrió la puerta y salió. Era demasiado tarde.

Ella trató de abrir la suya, pero no lo consiguió. Se sentía paralizada, dividida entre la desesperada necesidad de llegar al lado de Alexander y el repentino horror que le producía tener que dejar a Cristiano. Por suerte, él rodeó el coche, abrió la puerta y dio un paso atrás para permitirla salir.

Justo en ese instante, el viento le revolvió el cabello, dándole un aspecto tremendamente parecido al de Alexander.

Kate ahogó un sollozo.

—Ha llegado la hora de marcharse —dijo él. Un auxiliar de vuelo bajó la escalerilla del avión hacia ellos.

—¿Me puedes dar tu número de teléfono? —pidió ella desesperadamente—. Necesito volver a verte para hablar...

Cristiano dio un paso atrás. Tenía una expresión glacial, altiva en el rostro. No era necesario que respondiera. Su actitud dejaba muy claro que quería que ella se mantuviera alejada de su vida.

—No creo que sea una buena idea —afirmó, mientras el auxiliar se acercaba para tomar el equipaje de Kate—. Se ha terminado, Kate.

Aquellas palabras le cortaron como cuchillas, haciendo añicos su fe, su esperanza y los recuerdos de la despedida de cuatro años antes, cuando él le había pedido que lo esperara. De algún modo, consiguió llegar a la escalerilla del avión sin mirar atrás. Por suerte, consiguió contener las lágrimas hasta diez minutos más tarde, cuando ya estaban volando.

Dominic le había dicho que necesitaba resolver aquel asunto. Cerrarlo. Y eso era exactamente lo que había hecho.

Capítulo 8

LA MENINGITIS es una enfermedad bastante peligrosa, pero lo más importante para poder enfrentarnos a ella con éxito es el diagnóstico precoz.

Desde el otro lado del escritorio, la enfermera de la planta de pediatría sonrió amablemente. Kate sintió que debería devolverle la sonrisa, pero le resultaba imposible. Tan sólo podía concentrarse en lo que la enfermera Watson le decía.

–Alex ha tenido mucha suerte –prosiguió la enfermera. Gracias a la pronta reacción del señor y la señora Hill, pudimos realizar una punción lumbar para descubrir qué cepa de la enfermedad es la que tenía el niño antes de que ésta avanzara demasiado. Hemos empezado a proporcionarle antibiótico por vía intravenosa y el pequeño parece estar respondiendo bien. Deberíamos empezar a notar mejoras en su estado a lo largo de las próximas veinticuatro horas.

–Eso está bien –respondió Kate débilmente.

–Por supuesto que está bien –replicó la enfermera Watson con una sonrisa–. Alex es un niño muy fuerte, señora Edwards. Debe de haberlo heredado de usted.

Kate sabía que la enfermera estaba tratando de ser amable y positiva. Sería una grosería decirle que estaba muy equivocada o espetarle que el niño no se llamaba Alex, sino Alexander, como Alessandro, el segundo nombre de Cristiano.

–De mi no. De su padre –dijo, de todas formas

–Bueno, venga de quien venga, es algo muy bueno

–afirmó la enfermera. Se levantó para indicar que daba por finalizada la conversación. Entonces, se dirigió a la puerta y la abrió–. Aún no está fuera de peligro, pero todo parece indicar que va a superar esto sin problemas. El hecho de tenerlo a usted a su lado va a suponer una gran diferencia. Estoy seguro de que mejorará por minutos cuando se entere de que está usted aquí.

Kate salió del despacho y se dirigió por el pasillo hacia la habitación de Alexander. Cuando entró, Dominic se levantó de la silla en la que estaba sentado al lado de la cama del niño.

–¿Qué ha dicho?

–Que soy una madre pésima y que si hubiera llegado antes, mi hijo estaría mucho mejor ahora.

–Kate, no...

–De acuerdo. Tal vez no haya dicho eso exactamente –susurró Kate mientras se dirigía a la cama con el corazón destrozado. Trató de encontrar un lugar del cuerpo de Alexander que pudiera acariciar sin tocar el montón de tubos y cables que tenía el pequeño–. No sé lo que ha dicho. Palabras. Que está respondiendo bien, que aún no está fuera de peligro... ¿Qué significan esas palabras, Dominic? Mi niño... parece tan... tan enfermo... –musitó con la voz quebrada.

–Venga –dijo Dominic acercándose a ella para rodearle los hombros con un brazo–. Son sólo máquinas y cosas, cielo. Está muy bien. Mira lo tranquilo que está durmiendo.

Dominic no añadió que habían hecho falta un médico y tres enfermeras para realizar la punción lumbar o que el tranquilo sueño se debía en parte a la morfina que le estaban poniendo por vía intravenosa. Kate tenía un aspecto terrible con aquel vestido negro y estaba bastante preocupada.

–¿Cuándo empezó? –quiso saber ella–. ¿Cómo ocurrió?

Dominic suspiró y se acercó a la ventana.

–Fue como te dije –comentó–. Ayer por la mañana, cuando se despertó estaba muy raro, pero pensamos que podría ser porque te echaba de menos. Entonces, empezó a decir que le dolía la cabeza y Lizzie se dio cuenta de que tenía fiebre. Le dimos una cápsula de paracetamol y se animó un poco, pero cuando llegó la hora de irse a la cama, pareció empeorar. Lizzie decidió que debíamos llamar al médico.

–Yo traté de llamar por teléfono anoche para asegurarme de que todo iba bien, pero no respondió nadie.

–No queríamos mentirte, pero tampoco preocuparte innecesariamente. Lo siento, Kate. Debería...

–No, no, Dominic –afirmó ella. Se apartó de su hijo para dirigirse al lado de su jefe y amigo–. Soy yo quien lo siente. Lizzie y tú os habéis portado fenomenal conmigo quedándoos con mi hijo y pasando por todo esto con él. Jamás podré daros las gracias lo suficiente por haberlo cuidado tan bien. Estoy enfadada, pero conmigo misma. No debería haberme ido.

–¿Mereció la pena? –le preguntó Dominic–. Aparte de esto, ¿mereció la pena?

Kate respiró profundamente. Recordó los momentos pasados en brazos de Cristiano, lo maravilloso que había sido hacer el amor con él. Desgraciadamente, lo que él le había dicho al despedirse confirmaba sus peores temores.

–Sí –dijo mirando a Dominic a los ojos–. Porque ahora lo sé. No hay futuro para nosotros. Jamás lo hubo.

Cuando Cristiano regresó a la casa de las montañas, casi había oscurecido. El cuerpo le dolía por las nueve horas pasadas en las montañas, obligándose más allá de lo que era aconsejable o sensato.

El delicioso letargo que se había apoderado de él cuando Kate estaba a su lado desapareció al mismo tiempo que ella, dejándolo con una inquietud nerviosa que sólo la adrenalina podía calmar. Por eso, se había pasado el día esquiando.

Cuando entró en la cálida casa, respiró el olor de la leña y el aroma de la cena que Kate había preparado la noche anterior y se quedó atónito al sentir la oleada de anhelo físico que se apoderó de él.

Decidió que tenía que marcharse de allí. No había razón alguna para quedarse. La relajante escapada que Francine le había recomendado había terminado siendo todo lo contrario. Además, sabía que se estaba engañando si creía que sus recuerdos iban a volver en un futuro cercano.

«O Kate».

El pensamiento lo pilló desprevenido. No quería que Kate regresara. Sólo ansiaba su compañía porque estaba aburrido, solo, sin nada que hacer...

Y porque jamás lo habían dejado antes. Era él quien se marchaba siempre el primero.

Se quitó la ropa de esquí y la metió en su bolsa. Comenzó a recoger su ropa, que aún estaba extendida por el suelo. Cuando encontró su camisa, cerró los ojos durante un instante y recordó lo guapa que Kate había estado con ella...

La dobló de mala manera y la metió debajo de todo lo demás, como si quisiera enterrar los recuerdos que aquella prenda le transmitía. Entonces, se dio la vuelta y examinó el dormitorio para ver si se dejaba algo.

Había un objeto sobre el suelo, que asomaba ligeramente por debajo de la cómoda. Se inclinó para recogerlo y vio que era un bolso de fiesta de color negro.

Tal vez era de Francine, aunque era poco probable que utilizara algo tan formal allí.

Abrió el broche y vio que contenía una invitación a la fiesta Campano en el Casino de Mónaco. Sintió que el corazón le daba un vuelco al darse cuenta de que aquel bolso debía pertenecer a Kate. Además de la invitación, había otro trozo de papel. Lo sacó.

Era una carta. Examinó la caligrafía que había en el sobre.

Cristiano Maresca.
Íntimo y personal.

El corazón comenzó a latirle más deprisa. Durante un instante, consideró romperlo en pedazos o tirarlo al fuego que aún ardía en la chimenea.

«La opción de los cobardes», le dijo una voz fría y burlona. La voz de la Madre Superiora. Se sentó en la cama y abrió el sobre. Entonces, sacó el papel que contenía y lo desdobló.

Vio que no se trataba de una carta larga, por lo que respiró aliviado. Escaneó rápidamente las líneas y comprobó que la caligrafía de Kate era clara y nítida. Se apartó el cabello de la frente y se esforzó por centrarse en las letras que había sobre el papel. Sin embargo, éstas parecían saltar delante de sus ojos, colocándose caprichosamente.

«*Dai sbrigati, Cristiano!*». «¡No lo estás intentando!».

Soltó una maldición y miró a su alrededor para asegurarse de que no volvía a estar en aquella clase, con la Madre Superiora de pie a su lado, con la vara preparada para golpearle en las palmas de las manos si volvía a equivocarse.

«*Concentrarsi*».

Había mejorado mucho. Se había enseñado a concentrarse para poder ser campeón del mundo, pero aún le costaba mantener las palabras quietas y en orden en italiano. El inglés era un asunto muy diferente.

Querido Cristiano:
No sé si te acuerdas de mí.

La voz de Kate resonó en su cabeza. De repente, fue como si ella volviera a estar allí a su lado, sonriéndole y mirándolo con aquellos amables ojos azules...

Si ella estuviera allí de verdad, sería la pena y el desprecio lo que vería en aquellos ojos. Se levantó y rasgó el papel por la mitad y luego por la mitad otra vez. No tenía que pasar por aquello, no tenía que regresar a un lugar que olía a tiza y a sacapuntas para volver a sentir el horror de que lo consideraran un estúpido. Un fracasado.

Dejó caer los fragmentos de papel sobre la cama y se dirigió al cuarto de baño. Allí, abrió el grifo del agua fría. La imagen que el espejo le devolvió lo dejó atónito. Estaba sin afeitar y tenía los ojos hundidos. Además, su cabello necesitaba un corte.

«Eres un fracasado, Cristiano. Igual que tu padre. Tú jamás llegarás a nada».

Aquella vez era la voz de su madre. Se inclinó para echarse agua en el rostro. Le parecía que se estaba volviendo loco. Necesitaba regresar a Mónaco para ponerse a entrenar. Necesitaba volver a ser la persona que tanto se había esforzado en ser, por la que tanto había sacrificado para ser campeón del mundo de Fórmula 1 en tres ocasiones. Francine se había equivocado. No necesitaba recordar, sino olvidar.

Regresó al dormitorio y cerró su bolsa de viaje.

Cuando la levantó de la cama, los trozos de papel cayeron al suelo como si fueran confeti. Se inclinó para recogerlos y, mientras se dirigía hacia la puerta, miró el que tenía encima del montón.

Se detuvo en seco, como si se hubiera chocado contra una pared de cristal. Dejó caer la bolsa y sujetó el fragmento con ambas manos, mirándolo con incredulidad.

«*Ragazzo stupido*. Léelo otra vez. Te has equivocado».

Frunció el ceño y volvió a mirar el papel y leyó cada palabra una y otra vez hasta que estuvo seguro de que no había error alguno.

Tienes un hijo.

Capítulo 9

LA VIDA en el hospital resultaba completamente irreal. Kate se sentía como si los alienígenas la hubieran abducido y la hubieran llevado a un planeta diferente, a un universo paralelo de voces suaves y sonrisas compasivas.

Empezaba otro día. La ciudad se estaba despertando a su alrededor, pero Kate se sentía a miles de kilómetros de distancia. Resultaba extraño cómo el hospital se había convertido en su mundo.

Flexionó la rígida espalda y miró a su hijo. Efectivamente, su mundo giraba en torno a la cama en la que estaba tumbado su hijo y se extendía tan sólo hasta el pasillo y la cocina y el cuarto de baño del que podían disponer los padres. No obstante, ella se aventuraba poco fuera de la habitación. Se pasaba todo el tiempo junto a la cama de Alexander, incluso cuando el niño estaba dormido. Todo el mundo había tratado de conseguir que se fuera a su casa para poder dormir un poco o al menos ducharse y cambiarse de ropa, pero ella no quería dejar a su hijo bajo ningún concepto.

Otra vez no.

Parpadeó y miró a su hijo. Un profundo amor se apoderó de ella. Era tan guapo... Con el cabello oscuro cayéndole por la frente y su dulce rostro tan serio se parecía tanto a Cristiano...

Una barrera mental bloqueó el acceso a esa zona de

su pensamiento. Se ocultó el rostro entre las manos. ¿Qué clase de madre era? ¿Cómo podía estar pensando en Cristiano cuando su hijo estaba enfermo en el hospital? Era imperdonable. Tenía que parar para siempre. Lo único que importaba en aquellos momentos era Alexander.

Abrió los ojos al darse cuenta de que la laboriosa respiración que el pequeño había tenido toda la noche había desaparecido. El pánico se apoderó de ella. El pecho del pequeño, que anteriormente parecía luchar para conseguir meter el aire en los pulmones, parecía estar casi inmóvil.

Kate se puso de pie y se inclinó sobre él para colocarle una mano en la mejilla. Tenía la piel fresca, sin rubor alguno. Parecía estar muy pálido...

–Por favor... –susurró. Se apartó violentamente de la cama y salió al pasillo. El terror le ardía como ácido en las venas–. ¡Enfermera, por favor!

Desde el otro lado del pasillo, se escuchó el rápido movimiento de una silla contra el suelo y unos pasos. Kate regresó corriendo a la habitación de Alexander y le tomó la mano.

–Señora Edwards, ¿qué pasa? –le preguntó la enfermera Parks.

–Está muy quieto... casi no respira –dijo Kate con la voz quebrada–. Y está tan frío...

Con tranquilidad, la enfermera comprobó los registros de la máquina que había al lado de la cama y tomó la otra mano de Alexander para tomarle el pulso. Después de un minuto, miró a Kate con una condescendiente sonrisa en los labios.

–Respira perfectamente, señora Edwards y está frío porque le ha bajado la fiebre.

–¿Quiere decir que se encuentra bien?

–Por supuesto. Duerme plácidamente –dijo la enfermera. Tomó la carpeta que había a los pies de la cama del niño y realizó algunas anotaciones–. Le sugiero que haga usted lo mismo. ¿Por qué no se marcha a casa a dormir un poco?

–No, gracias. Quiero quedarme aquí.

–Como quiera, pero no hay necesidad. Yo la llamaré si se despierta o si hay algún cambio, pero, por el aspecto que tiene, yo diría que ya ha pasado lo peor. Ahora, sólo necesita descansar y usted también. Se habría recuperado dentro de nada y usted necesitará todas sus energías para cuidar de él.

–¿De verdad lo cree así?

–Estoy segura. Si yo fuera usted, dormiría ahora que puede.

La enfermera Parks regresó a la sala de enfermeras y retomó la novela romántica que estaba leyendo, junto a su taza de té. Antes de que la señora Edwards llamara, había llegado a una parte muy interesante, en la que la protagonista había jurado que prefería morir a dejar que el guapísimo italiano que era el protagonista supiera que estaba esperando un hijo suyo.

Todo eso estaba muy bien en los libros, pero no había nada de divertido en lo de ser madre soltera en la vida real. Sólo tenía que mirar a la señora Edwards. No. Si un guapísimo italiano entrara en su vida, la enfermera Parks se lo pensaría muy bien antes de mandarlo a paseo...

El timbre de entrada a la planta de pediatría sonó. La enfermera se sobresaltó y lanzó una maldición cuando se vertió el té encima.

–¿Sí? –dijo mirando con irritación a la pantalla del circuito cerrado de televisión.

–He venido a ver a Alexander Edwards.

La enfermera se quedó boquiabierta. Allí, en blanco y negro, estaba de pie la fantasía hecha realidad de toda mujer. Alto, de anchos hombros, cabello oscuro cayéndole por un rostro que habría esperado ver en las pantallas cinematográficas en vez de en un pequeño monitor de la planta de Pediatría del hospital de Leeds. Y hasta tenía un sensual acento italiano.

–Lo siento, pero el horario de visitas no empieza hasta las diez –tartamudeó la enfermera Parks, consciente de que tenía ojeras por el largo turno y que no llevaba los labios pintados–. Me temo que sólo puedo hacer excepciones para los parientes más cercano.

–En ese caso, no hay problema. Alexander es mi hijo.

Cristiano llevaba preparándose para aquel momento desde que vio las palabras escritas en aquel trozo de papel rasgado. Sin embargo, era la primera vez que las decía en voz alta y le resultaban extrañas.

«Mi hijo. *Mio figlio*».

Con la cabeza gacha, se dirigió hacia el mostrador que había al final del pasillo. El olor a antiséptico le transportó a los meses que él se pasó en el hospital y sintió que la frente se le cubría de sudor.

Una enfermera se levantó apretando rápidamente los labios como si acabara de aplicarse lápiz de labios. Entonces, con una sonrisa, le indicó una puerta que quedaba a la derecha.

–*Grazie* –dijo él mientras se ponía a caminar en la dirección que le habían indicado. Entonces, se detuvo y se dio la vuelta–. ¿Cómo está?

–Ha estado bastante grave, pero ya ha pasado lo peor. Es un luchador.

Cristiano sintió una extraña sensación en el pecho, como si algo le hubiera llegado al corazón. Asintió sin dejar nada y siguió andando.

Durante las últimas doce horas, mientras conducía para llegar a Lyon y mientras esperaba allí para despegar, la ira se había apoderado de él. Sin embargo, en aquellos momentos, mientras se acercaba a la habitación en la que estaba su hijo, se dio cuenta de que ya no sentía ira. Mientras abría la puerta, sólo sintió...

«*Dio, Dio mio...*».

Vio a Kate primero. Cuando puso los ojos en ella, se dio cuenta de que ya no podía apartarlos. Estaba sentada junto a la cama, con los brazos cruzados y la cabeza apoyada sobre ellos. Parecía estar muy cansada. Tenía los ojos cerrados y, bajo la luz grisácea de la mañana, las ojeras de agotamiento que tenía resaltaban bajo la palidez de su piel.

Parecía tan agotada y tan derrotada que, durante un momento, Cristiano tuvo que agarrarse a la puerta para evitar acercarse a ella y tomarla entre sus brazos. Entonces, miró al niño que había sobre la cama y sintió que el pecho estaba a punto de explotarle.

Dio un paso al frente y observó al pequeño. Era como si se estuviera mirando a sí mismo. Como si hubiera vuelto atrás en el tiempo y se viera a sí mismo de niño.

Hasta ese momento, las emociones más fuertes que había sentido, aparte del deseo sexual, habían sido la ira, la frustración y la humillación. Eran los sentimientos que lo habían empujado en su adolescencia y lo habían llevado a hacer las cosas que había hecho. Malas. Peligrosas.

Pero aquello...

Los dedos le ardían por la necesidad de tocar aquella piel tan suave. Era algo más pálida que la de él. Sintió que se le hacía un nudo en la garganta porque, a pesar de eso, no se podía negar que el niño era de ascendencia italiana. Suave, casi reverentemente, extendió la mano y tocó la mejilla de Alexander. Era tan suave...

El niño se movió un poco y suspiró. Cristiano apartó la mano porque no quería despertarlo. Kate sí se despertó. Su primera reacción fue comprobar que su hijo estaba bien. Estaba tan adormilada que no se dio cuenta de la presencia de la alta e imponente figura que había al otro lado de la cama hasta que él habló.

—Es muy guapo.

Kate reaccionó por fin y se puso de pie. El corazón le latía fuertemente en el pecho.

—Cristiano... ¿qué estás haciendo aquí?

—He venido a conocer a mi hijo.

La voz de Cristiano sonó fría y frágil como el cristal. Kate sintió que el pánico se apoderaba de ella, pero el instinto animal de proteger a su hijo la obligó a reaccionar.

—No tienes ningún derecho a entrar aquí y...

—No me hables de derechos —le espetó él—. ¿Por qué no me lo dijiste, Kate?

—Iba a hacerlo —susurró. Retrocedió hasta la pared para poner toda la distancia posible entre ellos y apretó las manos.

—¿Cuándo? El niño tiene ya tres años, por el amor de Dios...

—Traté de...

Alexander volvió a suspirar y cambió de posición. Estaba despertándose. Kate se acercó de nuevo a su lado y comenzó a murmurar palabras tranquilizadoras para que el pequeño no se asustara. Tras darle un beso en la frente, volvió a levantar la cabeza. La expresión de su rostro había cambiado. Expresaba cautela, como la de un animal acorralado.

—Por favor, Cristiano. Yo..

–Mamá...

La llamada del niño interrumpió la frase que Kate iba a decirle, pero Cristiano comprendió lo que le iba a decir. No quería que él estuviera allí.

–Me iré –dijo dando un paso atrás–, pero con la condición de que te reúnas conmigo más tarde para hablar.

Cristiano creyó durante un instante que ella iba a protestar, pero no fue así.

–Mi amiga Lizzie va a venir esta mañana. Ella puede quedarse con él durante un rato, pero no mucho tiempo.

–Mami...

La voz de Alexander era más fuerte, más insistente. Estaba tratando de sentarse en la cama. Cristiano sintió deseos de ayudarle.

–Una hora.

Ella asintió.

–Está bien. Una hora.

Cuando pasó por delante de la sala de enfermeras, la rubia que lo había dejado pasar estaba hablando con otra enfermera. Se detuvieron cuando él se dirigió hacia ellas.

–¿Ya se marcha? –le preguntó la rubia mirándolo con los ojos ya maquillados.

Cristiano consiguió esbozar una sonrisa.

–Al contrario. Tengo la intención de estar un tiempo por aquí. Tal vez usted pueda darme el nombre de un hotel cercano...

Kate se miró horrorizada en el espejo del cuarto de baño de los adultos. La luz fluorescente parpadeaba ligeramente, lo que añadía otro elemento siniestro al ya horrible aspecto que ella presentaba. Parecía que era ella la que debía estar en la cama del hospital y no Alexander.

El niño, efectivamente, había mejorado mucho. Kate debería estar encantada y así era, pero la energía que Alexander tenía provocaba una serie de demandas a las que ella, completamente agotada, no podía responder muy bien.

Por lo tanto, se alegró cuando Lizzie llegó, porque así podía descansar un poco sus agotados nervios. Desgraciadamente, la llegada de su amiga significaba que era el momento de ir a enfrentarse con Cristiano.

Sabía que debería cambiarse el vestido negro, que llevaba desde que abandonó Francia, y arreglarse un poco, pero, ¿para qué?

Iban a reunirse para hablar de Alexander. No necesitaba ni maquillaje ni ropa atractiva para hacerlo. Como Cristiano le había dicho antes de que ella se montara en el avión, lo que habían compartido en Courchevel había terminado.

Cuando salió del cuarto de baño, se percató de que había mucha actividad en la sala de enfermeras. Al menos había cinco reunidas allí. El olor a antiséptico y a desinfectante competía en aquellos instantes con el del perfume.

En medio de todas ellas, estaba Cristiano. Se había afeitado, pero la expresión de su rostro resultaba tan peligrosa como siempre. Kate se echó a temblar, aunque no sabía si por miedo o deseo.

Él se apartó del grupo de enfermeras cuando la vio y se acercó a ella.

—¿Estás lista?

—¿Adónde vamos?

Cuando salieron del hospital, Kate se vio asaltada por el frío viento y el ruido del tráfico. Sintió deseos de volver dentro. O de refugiarse contra el ancho y fuerte torso de Cristiano.

A su lado, parecía muy alto y fuerte. A Kate le temblaban las piernas sólo de estar a su lado. ¿Por qué tenía que ser tan guapo? Hacía que todo fuera más complicado y que resultara más difícil pensar las cosas racionalmente.

El brazo de Cristiano tocó el de ella. Kate lo apartó violentamente.

—Relájate —dijo él ácidamente—. Es ese edificio de allí —añadió, señalando un hotel cercano.

—¿El Excelsior?

Kate sintió que el alma se le caía a los pies. Había imaginado que se enfrentaría a él desde el otro lado de la mesa de un concurrido café, pero el Excelsior era el hotel más caro de todo Yorkshire. Y el más exclusivo.

—No puedo entrar ahí —protestó—. Tanto el bar como el café tienen una etiqueta muy estricta y no creo que yo esté...

—No te preocupes —dijo él agarrándola por el brazo—. No vamos a ir ni al bar ni al café.

—¿Qué quieres decir?

—Tengo habitación.

—¡Ni hablar! —exclamó ella deteniéndose en seco—. He venido a hablar de mi hijo. ¿Creías que sería más fácil conseguir lo que quieras si me seduces?

—Nuestro hijo —repuso él agarrándola de nuevo del brazo—. Y todavía no he decidido lo que quiero.

El portero del hotel miró a Kate con curiosidad cuando subieron los escalones. El vestíbulo del hotel estaba muy silencioso y resultaba muy opulento. Se dirigieron al ascensor y Kate miró a su alrededor, esperando que apareciera alguien más para no tener que compartirlo a solas con Cristiano.

Las puertas se abrieron. Vacío.

Tras mirar por última vez a su alrededor, Kate entró detrás de él y se apoyó contra la pared opuesta. Ninguno de los dos habló. Kate lo observó y se dio cuenta de que él también parecía estar muy cansado.

Ella sintió un nudo en el estómago cuando el ascensor se detuvo por fin.

—Tú primera —dijo él—. Es la habitación del fondo.

Kate echó a andar hacia donde él le indicaba. Le temblaban las piernas. Cristiano, por su parte, parecía muy tranquilo.

La habitación a la que entraron era muy elegante y estaba decorada con mucha ostentación con antigüedades y elegantes muebles. Un enorme centro de flores perfumaba delicadamente la estancia. Ante tal opulencia, Kate se sintió más desarrapada y mal arreglada que nunca.

—Bueno, acabemos con esto —dijo—. ¿Qué es lo que quieres saber?

—Todavía no.

Cristiano avanzó hacia ella y entornó los ojos. Entonces, le agarró una muñeca. Kate sintió que una especie de descarga eléctrica le recorría sus destrozados nervios. Inmediatamente, el deseo se apoderó de ella, acompañado de una ácida oleada de vergüenza.

—Cristiano, por favor.. No puedo... No quiero... Es decir, por favor... Pensaba que sólo querías hablar.

—Así es, pero ahora no estás preparada para hablar de nada. Ya hablaremos más tarde.

Abrió una puerta. Kate sintió que el vapor la rodeaba y se encontró frente a un hermoso cuarto de baño. En el centro, había una enorme bañera de cuya superficie surgía el vapor.

—Sólo tengo una hora.

–Hoy sí, pero tenemos mañana, pasado, la semana próxima... Puedo esperar.

Un segundo más tarde, Kate cerró la puerta a sus espaldas y se apoyó contra ella con los ojos cerrados mientras esperaba que el frenético ritmo de su corazón se detuviera. No pudo evitar preguntarse si lo que él había dicho era para tranquilizarla o para amenazarla.

Cristiano se sirvió un café y observó la calle. Entonces, se giró para mirar de nuevo la puerta del cuarto de baño, que seguía cerrada tal y como lo había estado desde hacía más de media hora.

Kate estaba muy cansada... ¿Y si se había quedado dormida en la bañera?

Se imaginó el cuerpo desnudo de ella, brillando con el aceite aromático que él mismo había vertido en el agua... Con cierta impaciencia, apartó aquella imagen de su pensamiento, pero ésta se vio reemplazada por otra, la que ambos habían compartido en el *jacuzzi* de la casa de Francine. En ella, la piel de Kate brillaba bajo la luz de la puesta de sol. Las gotas de agua le corrían por la garganta hasta deslizársele entre los senos mientras echaba la cabeza hacia atrás para beber champán...

Una inmediata excitación le endureció el cuerpo.

La deseba. La deseaba tanto allí como la había deseado en Courchevel. El hecho de que ella fuera la madre de su hijo parecía haber añadido una fiera intensidad a su apetito, un apetito que ella, evidentemente, ya no compartía. Recordó el modo en el que ella se había apartado de su vida cuando él la tocó sin querer.

Kate era una mujer completamente diferente a la que había visto ataviada con su camisa sobre la cama, la que le había preparado la cena para que luego ésta se quedara fría mientras se abandonaban a la pasión...

La puerta del cuarto de baño se abrió por fin

Cristiano dejó la taza y utilizó todo su poder mental para reconducir sus pensamientos y recuperar el control de su cuerpo antes de darse la vuelta para saludarla.

–Ven a desayunar –dijo, con una suave sonrisa.

El enorme albornoz parecía engullirla. Con el cabello recién lavado y apartado del rostro hacia atrás, Kate parecía muy frágil.

–No tengo mucho tiempo...

Cristiano sirvió un café y se lo entregó.

–Tienes exactamente veinte minutos. No te mantendré aquí más tiempo.

–¿Cómo te has enterado? –quiso saber ella mientras tomaba un cruasán.

–Te dejaste el bolso que llevaste a la fiesta en la casa de Francine. Había una carta dentro.

Kate estaba untándose mantequilla en el cruasán y, al oír aquello, se detuvo en seco.

–No tenías ningún derecho a...

–¿Cómo? ¿A leerlo, dices? Esa carta estaba dirigida a mí, así que no creo que eso sea técnicamente cierto. La cuestión es por qué no me la diste. O incluso por qué no me lo dijiste cara a cara.

–Iba a hacerlo. Por eso fui a Montecarlo, a la fiesta. Pero tú ni siquiera me reconociste.

–Eso no era culpa mía.

–Lo sé, pero cuando lo descubrí, ya me había dado cuenta de que tú eras diferente –dijo ella mientras terminaba de untar el cruasán.

–¿Qué quieres decir con eso?

–Más duro. Más frío. Más cruel.

Cristiano se sentó y se reclinó sobre la silla.

–La verdad es que siempre he sido así.

–Eso no es cierto. En realidad no eras así.

–Si es eso lo que pensabas, ¿por qué tardaste tanto tiempo en ponerte en contacto conmigo?

–Lo intenté con anterioridad. Cuando estaba tan sólo embarazada de unos pocos meses, fui a Mónaco pensando que podría verte y contártelo –dijo. El cruasán seguía intacto en el plato–. Qué tonta, ¿no te parece? Durante dos días, estuve a la puerta del hospital con el resto de tus admiradoras esperando a ver a tu asistente personal o a tu jefe de equipo. Incluso me humillé dándole mi nombre a un guardia de seguridad con la esperanza de que hubieras dejado instrucciones para que me permitieran entrar. El guardia se rió en mi cara.

–Lo siento.

–Antes de irme a casa, dejé una carta en el hospital y te volví a escribir cuando nació Alexander. Te la envié a tu casa.

–Mi asistente personal se ocupa de mi correo. ¿Por qué no me lo dijiste cuando estábamos en Courchevel?

Kate se puso de pie y levantó la barbilla con gesto desafiante.

–Porque me di cuenta de que era algo inútil. No quieres una familia. Lo dijiste tú mismo. Aunque sabía que era cierto cuando te conocí, esperaba que podría hacerte cambiar de opinión.

–Cambiarme a mí. Cuando estábamos juntos me estabas probando, decidiendo si yo era lo suficientemente bueno como para que me permitieras formar parte de la vida de mi hijo.

–Eso no es cierto. No quería ponerte en una situación en la que, evidentemente, no deseabas estar. Yo no sólo quería que Alexander tuviera un padre. Quería que mi hijo tuviera una familia.

Había algo muy emotivo en el modo en el que ella pronunció aquellas palabras. Cristiano se levantó y se puso a mirar por la ventana.

—Aún puede tenerlo.

—¿Cómo? —le preguntó ella—. ¿Qué es lo que estás diciendo?

Cristiano se dio la vuelta para mirarla con una expresión neutral.

—Que podemos dárselo. Te estoy pidiendo que te cases conmigo.

Capítulo 10

«TE ESTOY pidiendo que te cases conmigo».

En teoría, aquellas palabras en los hermosos labios de Cristiano Maresca deberían haber hecho que ella gritara de alegría y se arrojara a sus brazos. Deberían haber hecho que ella contestara de modo afirmativo sin dudarlo ni un instante.

Kate abrió la boca, pero no consiguió articular palabra.

–¿Y bien?

–Casarme contigo... –repitió ella mirándolo con incredulidad–. ¿Te refieres a hacerlo de verdad?

–¿Acaso hay algún otro modo de casarse?

–No me refería a eso, sino...

–Si lo que me estás preguntando es si sería una especie de cuento de hadas con final feliz, en ese caso la respuesta a esa pregunta será probablemente no. No estoy hablando de romance, sino de proporcionar a Alexander estabilidad, seguridad... Unos padres que viven bajo el mismo techo y que se ocupan de él juntos.

Seguridad. Juntos. Como flechas, aquellas palabras fueron directamente al corazón de Kate. El hombre al que llevaba amando cuatro años con cada latido de su corazón estaba de pie delante de ella ofreciéndole todo lo que había deseado siempre.

En realidad, tan sólo algunas cosas. La clase de matrimonio al que él se refería parecía carecer de uno o dos elementos significativos.

–¿Y qué pasa con el resto de los votos matrimoniales, como olvidarse de las demás? ¿Vas a dejar de tener aventuras de una noche con todas las chicas que te encuentres?

–Eso dependería de ti. Depende de la clase de matrimonio que quieras que sea. No puedo vivir como un monje.

–¿Significa eso que compartir la cama formaría parte del trato?

–Sólo si tú lo deseas. Tal vez yo sea culpable de muchas cosas, pero forzar a una mujer que no me desea no es una de ellas.

Kate se imaginó que Cristiano jamás se había visto en esa situación.

Él dio un paso al frente y le apartó un mechón de cabello del rostro.

–¿Quieres que forme parte del trato? –le preguntó él mientras le acariciaba una mejilla con la yema de un dedo.

–¡No! –exclamó ella. Aquel contacto le abrasó la piel y, en cierto modo, le hizo recuperar el sentido común–. Por supuesto que no. Gracias por la oferta, pero la respuesta es no. Cuando me case con alguien, quiero que sea por las razones que debe ser. Por amor y no por conveniencia.

Cristiano la miró con desprecio, como si ella acabara de decir algo increíblemente infantil.

–En ese caso, será mejor que me ponga en contacto con mi abogado para se ponga a redactar una especie de acuerdo formal para que yo pueda ver a Alexander.

–¿De verdad crees que eso es necesario? Te vas a marchar muy pronto. Regresarás a Mónaco, o adonde sea, para competir.

–Por supuesto. Soy piloto de carreras, pero eso no significa que no pueda ser también un padre.

–¿Y qué clase de padre serías? –replicó ella. La desesperación la empujó a apretar tanto las manos que terminó por clavarse las uñas en las palmas–. ¿Qué clase de seguridad le puedes dar a un niño cuando te juegas la vida en tu trabajo?

–¿Qué es exactamente de lo que tienes miedo?

–Que te conozca y que luego te pierda.

–¿Significa eso que piensas que es mejor que no me conozca en absoluto?

–Sí.

La sonrisa que él le dedicó fue escalofriante.

–Tú no sabes lo que es no conocer a un padre.

–No –repuso Kate tratando de no perder el control–, pero sé lo que es conocerle y adorarle y pensar que es invencible para luego ver cómo te lo arrebatan así.

Ella chascó los dedos. Trataba de controlar las lágrimas y los nervios. Cristiano, por el contrario, estaba muy tranquilo.

–En ese caso, razón de más para redactar una especie de acuerdo formal.

Kate respiró profundamente y dejó escapar el aire lentamente para tratar de tranquilizarse y, así, poder razonar con él.

–Por favor, Cristiano. No puedes entrar en su vida y volver a desaparecer. No sería justo para él.

Cristiano la miró. El cabello ya se le había secado y, a la suave luz del sol, relucía como si fuera de oro. El deseo seguía latente entre ellos, pero aquél era un sentimiento al que podía enfrentarse. Era la complicada mezcla de sentimientos que Kate despertaba en él lo que le resultaba más problemático.

Su abogado era excelente. Podría ocuparse del asunto. Era un asunto legal. Era una cuestión de derechos.

¿No?

De repente, Cristiano fue consciente del tiempo que había pasado desde la última vez que durmió.

—Creo que quieres decir más bien que no sería justo para ti.

—¿Qué estás tratando de decir?

—Que lo quieres para ti sola.

—No, yo...

—No te estoy criticando, Kate —susurró él. Estaba demasiado cansado para seguir jugando y el asunto que tenían entre manos era demasiado importante. Jamás había pensando mucho en la idea de tener un hijo, dado que su triste infancia le había hecho sentir que no sería algo que le gustaría. Sin embargo, dado que había ocurrido, se había dado cuenta de que sí le gustaba. Y mucho—. No te estoy culpando. Te has ocupado de él en solitario durante tres años y seguramente no ha sido fácil. Sólo quiero que sepas que no voy a marcharme. Así que ahora, cuando te vistas, regresaremos juntos al hospital. Ha llegado el momento de conocer a mi hijo.

—No quiero que sepa todavía quién eres —le dijo Kate mientras esperaban para poder atravesar la puerta de seguridad que daba acceso a la planta de pediatría.

—¿Te refieres al hecho de que soy piloto de carreras o que soy su padre? No sé cuál de los dos te parece a ti peor.

—Ahora que lo dices, los dos, pero me refería a que no quiero que le digas aún que eres su padre. Es demasiado pronto. Demasiado repentino, especialmente cuando ha estado tan enfermo.

Cuando les abrieron la puerta, recorrieron el largo pasillo y pasaron por delante de la sala de enfermeras. Allí, dos de ellas se pusieron a mirar a Cristiano con la boca abierta. Aquel hecho irritó profundamente a Kate.

–También es bastante tímido con las personas que no conoce, en especial los hombres, por lo que no esperes demasiado –le espetó.

–De acuerdo.

Kate llegó a la puerta un poco antes que Cristiano. Cuando la abrió, vio que Alexander estaba sentado sobre la cama y que Lizzie y él estaban mirando juntos el libro de carreras de coches que tenían sobre la cama. Le habían retirado algunas de las máquinas, por lo que la habitación parecía más grande y menos alarmante.

Lizzie levantó la mirada.

–¡Has vuelto! –exclamó con una sonrisa–. ¡Tienes mucho mejor aspecto! ¿Cómo...?

Se interrumpió en seco cuando vio que Cristiano aparecía en el umbral. Abrió los ojos de par en par.

–Lizzie, éste es Cristiano Maresca. Cristiano, Lizzie Hill.

Él dio un paso al frente con la mano extendida y una leve sonrisa en los labios.

–*Molto piacere*, Lizzie.

Kate se dio cuenta de que Lizzie se sonrojó. La descarada y segura Lizzie había caído inmediatamente bajo el embrujo de Cristiano como todo el mundo y se estaba sonrojando como una colegiala. A continuación, Cristiano centró su atención en Alexander.

–Y tú debes de ser...

Alexander lo miraba con los ojos abiertos de par en par. Antes de que Cristiano pudiera terminar la frase, el niño, muy claramente, dijo:

–El hombre del coche.

Kate se acercó a la cama.

—¿Qué has dicho, cariño?

Alexander no apartaba la vista de Cristiano.

—El hombre del coche. En mi libro.

Alexander no dejaba de mirar a Cristiano con gesto fascinado y solemne. Cristiano tampoco apartaba la mirada.

—Me llamo Cristiano.

—Del coche. ¿Ves?

Alexander comenzó a pasar las páginas del libro que Lizzie le había comprado hasta que llegó a una enorme fotografía que ocupaba dos páginas de un coche de Fórmula 1 de color verde. El conductor, evidentemente, era Cristiano.

Él se inclinó sobre la cama para mirar el libro. Kate se apartó y cerró los ojos, que se le habían llenado de lágrimas, al ver las dos cabezas idénticas juntas.

Aquello era lo que siempre había deseado, ¿no? Entonces, ¿por qué le dolía tanto?

—Sí. Ése es mi coche —dijo Cristiano—. ¿Te gustan los coches?

—Sí —respondió el niño rápidamente. Kate abrió los ojos a tiempo para ver cómo el niño agarraba el coche rojo que Dominic le había regalado por Navidad de la mesilla de noche—. Tengo muchos coches. Éste es mi Spider.

Cristiano lo agarró y lo levantó en la mano. Lo examinó durante mucho tiempo, con gran reverencia. Kate y Lizzie observaban atentamente, completamente atónitas.

—Magnífico —afirmó mientras se lo devolvía al niño—. Ojalá tuviera yo un Spider.

—¿Qué coche tienes tú? —le preguntó Alexander.

—Un Campano. Ahora tengo el nuevo CX8. Lo estoy probando.

Alexander dio un salto de excitación en la cama.

—¿Me puedo montar?

Cristiano miró a Kate. La intensidad del sentimiento que se reflejó en aquella mirada hizo que ella sintiera que quería taparse los ojos. El contraste con el distante y cruel desconocido del hotel era tan grande que, durante un instante, sintió esperanza.

Entonces, él se dio la vuelta y volvió a mirar a Alexander con una deslumbrante sonrisa.

—Sí —dijo él—. Sí, por supuesto. Si tu *mamma* dice que puedes. Cuando estés mejor.

—¿Me dejas, mami? ¿Me dejas? ¿Me dejas? —repitió Alexander mirándola con el rostro iluminado por la excitación.

En ese momento, Kate comprendió que lo había perdido o, más bien, que había una parte de su hijo que jamás había sido suya.

Y YO PENSÉ en dejar a Dominic y unirme al Circo de Moscú como trapecista desnuda. ¿Qué te parece?

–Hmm. Bien.

Kate aplastó los tomates contra el colador para quitarles las pipas. Hacer sopa le había parecido una buena idea cuando empezó, pero, durante el proceso, parecía haber perdido interés. O energía. O las dos cosas.

Desde el salón, se escuchó la música de cabecera del programa favorito de Alexander y Ruby. Lizzie se levantó y fue a colocarse a su lado.

–Está bien. Trataré de no tomarme personalmente que no hayas escuchado ni una sola palabra de lo que he dicho desde hace media hora. Los niños van a estar pegados a la televisión durante los próximos veinte minutos así que, ¿por qué no dejas de hacer eso y me dices cómo estás?

Kate levantó la mirada.

–Estoy bien.

–Venga ya –replicó Lizzie con escepticismo–. Desde que Alexander salió del hospital pareces nerviosa, lo que es perfectamente comprensible teniendo en cuenta por lo que has pasado, pero me gustaría que hablaras al respecto. Dominic y yo estamos muy preocupados por ti.

«¿Dónde he oído eso antes?», pensó Kate con amargura. La nueva, amargada y retorcida Kate Edwards,

que se había hecho con el cuerpo de la antigua y que no
podía perdonar a Lizzie y a Dominic por haber dado pie
a todo aquello. Si no hubiera sido por su preocupación
hacia ella, la vida habría seguido con normalidad.

–No debéis preocuparos –dijo Kate–. En estos momentos, yo me preocupo lo suficiente por todo Yorkshire.

–¿Por Alexander?

–Principalmente. No hago más que examinarlo para
ver si tiene fiebre o sarpullido. Por las noches, entro varias veces en su habitación para ver si respira.

Lizzie le colocó la mano sobre el brazo.

–Eso es completamente normal por lo enfermo que
ha estado. Y por supuesto, la situación con Cristiano no
ayuda. ¿Has tenido noticias de él desde que regresó a
Mónaco?

–No. Como el campeonato está a punto de empezar,
no espero tener noticias suyas en meses. Más bien espero una carta de su abogado, pero tal vez el hecho de
que no la haya recibido significa que ha perdido interés
por lo de ser padre.

–No lo creo. Evidentemente, se quedó anonadado
por Alexander. Además, ser piloto de Fórmula Uno es
un trabajo a tiempo completo.

–Intenta explicarle eso a Alexander cuando pregunta
cincuenta veces al día cuándo va a venir Cristiano para
llevarle de paseo en su coche –comentó Kate. Se puso
de nuevo a colar los tomates.

En ese momento, alguien llamó a la puerta. Tras lim-
piarse las manos, Kate fue a abrir. En el espejo del recibidor, vio lo pálida que estaba. Aquella mañana, sabiendo que Lizzie iba a ir a verla, se había arreglado un
poco para evitar una andanada de preguntas. Era una
pena que no hubiera podido borrar las ojeras que tenía
en el rostro.

Volvieron a llamar. Seguramente era su madre. Trató de adoptar una expresión de felicidad y abrió la puerta.

Allí, de pie sobre la acera, dejando que su apostura resultara completamente fuera de lugar en un lugar tan gris como Hartley Bridge, estaba Cristiano.

Kate sintió que el corazón se le detenía. Abrió la boca, pero le resultó imposible hablar. Por supuesto, él no tuvo ninguna dificultad.

–He estado conduciendo quince horas para llegar aquí, así que te ruego que no me digas que éste es mal momento para venir de visita.

–No, por supuesto que no –dijo ella. Sintió que se ruborizaba y que el vientre le ardía de deseo. Se hizo a un lado para que él pudiera entrar.

Cristiano no pudo hacerlo. Alexander salió al recibidor para ver quién era y, al verlo, se lanzó hacia él. Cristiano lo tomó entre sus brazos.

–¡Cristiano! ¡Has vuelto! ¿Has traído el coche?

–Por supuesto –dijo él. Se dio la vuelta. Efectivamente, el deportivo verde que Kate recordaba de Courchevel estaba aparcado en la acera. Resultaba tan incongruente como un tigre de dientes de sable en una granja–. He venido conduciéndolo desde Francia para que puedas verlo.

–¡Vaya!

–Nosotras nos vamos –susurró Lizzie. Tomó a Ruby de la mano y, tras darle un beso a Kate, salió por la puerta–. Llámame más tarde.

Cristiano dejó a Alexander en el suelo y se sorprendió por lo mucho que le dolió soltarlo. El viaje en coche desde Francia le había quitado mucho tiempo de entrenamientos y le había costado tanto dinero en gasolina como si hubiera alquilado un avión, pero había merecido la pena. Vio cómo el niño se acercaba al coche y lo observaba con la boca abierta. Sonriendo, Cristiano se volvió a mirar a Kate.

Inmediatamente, la sonrisa se le borró de los labios.

Ella estaba en la puerta, apoyada contra el umbral, con una expresión muy triste en el rostro.

—¿Cómo está? —le preguntó.

—Bien.

—¿Y tú?

—También bien.

No lo parecía. De hecho, por su aspecto, parecía que necesitaba dormir una semana entera.

Alexander, por su parte, no hacía más que saltar sobre la acera.

—¿Nos podemos montar? ¿Podemos ir a dar un paseo?

—Por supuesto. ¿Adónde te gustaría ir?

—¡A la playa!

Kate dio un paso al frente sin mirar a Cristiano.

—Vamos dentro, Alexander. Hace demasiado frío para que estés en la calle sin abrigo.

Sintió una profunda pena al ver la decepción en el rostro de Alexander. El niño obedeció sin rechistar, aunque lanzó una mirada de deseo al coche mientras le daba la mano a su madre.

Cristiano le agarró el brazo y tiró de ella para que no entrara en la casa. Los dos permanecieron de pie en el pequeño porche.

—¿Qué es lo que pasa? —preguntó—. ¿No te gusta la idea?

—¿Puedes poner una silla infantil en esa cosa? No te lo vas a...

—Relájate, *carina*. Tomé la precaución de comprar una que encajara perfectamente por si la tuya no lo hacía. Así que, si ése es el problema...

–Está demasiado lejos y hace demasiado frío. Aún no se ha recuperado.

–Pensé que habías dicho que estaba mejor.

–Y lo está, pero... Todo un día fuera y tú apenas lo conoces. ¿Qué harías si se pusiera enfermo? ¿Si vomitara en tu maravilloso coche?

–Hmm, ¿sinceramente?

–Sí.

–¿Hacer que te ocuparas tú?

–¿Yo? Pero...

–Mira, estoy seguro de que la situación no surgirá –dijo él haciéndola entrar en la casa–. Alexander parece estar bien. Ahora, ve a buscar lo que necesites para pasar un día en la playa con este tiempo inglés tan malo y vayámonos.

Sentada en el asiento del copiloto del coche de Cristiano, Kate se sentía completamente insensible. Con cierta tristeza, pensó que había completado un círculo. A lo largo de los últimos cuatro años, se había felicitado por lo mucho que había cambiado y madurado, dejando atrás la chica tímida y asustada que se montó por primera vez en el coche de Cristiano y, sin embargo, allí estaba, más tímida y asustada que nunca.

En el asiento trasero, Alexander estaba encantado con la excursión. En aquel instante, el niño miraba ávidamente por la ventana buscando la primera imagen del mar.

Kate miró a Cristiano sin poderse creer que, de verdad, estuviera allí.

–Pensaba que el campeonato iba a empezar pronto. Creía que no te veríamos hasta que no hubiera terminado.

–Vaya... Durante un instante me ha parecido que me ibas a decir que me echabas de menos.

–Sí, bueno... Alexander ha preguntado mucho por ti.

–He venido en cuanto he podido.

–¿Cómo te va con los entrenamientos?

–Bien.

El nuevo coche Campano había causado todo un revuelo. Lo mejor era que, desde el momento en el que se había sentado en el coche, Cristiano se había sentido muy cómodo. Los demonios que lo perseguían desde el accidente parecían haber desaparecido. Los tiempos que Cristiano estaba marcando habían dejado titulares en todos los periódicos deportivos del mundo entero. No había *flashbacks* ni ataques de pánico. Tal vez el tratamiento tan poco ortodoxo que le había recomendado Francine había funcionado después de todo.

También podría ser que no tuviera nada que ver con Francine y sí con la mujer que estaba sentada a su lado.

Había hecho que Suki le enviara a Francine una caja de Krug, pero cuando había tratado de pensar en algo que enviarle a Kate, no se le había ocurrido nada. Los regalos que normalmente compraba para las mujeres, perfumes o ropa interior de diseño, parecían completamente fuera de lugar para Kate.

–Me alegro.

Cristiano sintió una profunda ira y frustración. Le había costado un mundo meterse en su monoplaza con las miradas de todo el mundo puestas en él. Todos habían estado esperando para ver si aún podía hacerlo o si había perdido el valor. Todos habían estado esperando que fracasara, tal y como le había ocurrido siempre. Incluso él mismo lo había esperado y, por eso, había sido más importante que nunca que no fuera así. No sólo tenía que demostrárselo al espíritu de su madre, sino a su hijo.

Y parecía que también a Kate. Hasta que ella no le había dado importancia alguna al hecho de que hubiera conseguido volver a pilotar y, además, con tanto éxito, no se había dado cuenta de que deseaba reivindicarse ante ella también.

–¡El mar! –exclamó con júbilo Alexander–. ¡Mirad, mirad! ¡Ahí está!

Tomaron la carretera que llevaba a un pequeño pueblo de pescadores. Cuando por fin aparcaron, le quitaron el cinturón a Alexander y el niño salió disparado en dirección a la arena.

–¡Alexander, ven aquí! Tienes que ponerte el abrigo y las botas de goma –le gritó Kate.

–Parece saber adónde va –afirmó Cristiano.

–Venimos aquí con bastante frecuencia –dijo Kate sin dejar de mirar al niño.

–En ese caso, llevémosle sus cosas. Está demasiado contento como para darse cuenta del frío.

–No se trata de eso. No debería salir corriendo. Podría haber coches o se podría caer o...

–Kate, para.

Cristiano levantó las manos y le enmarcó el rostro con ellas. Con mucha suavidad, la obligó a mirarlo. Los ojos de Kate estaban ensombrecidos por la angustia, por lo que en vez del limpio azul que recordaba de Courchevel, tenían el mismo color grisáceo del mar que quedaba a sus espaldas. Cristiano sintió que algo repentino y doloroso despertaba dentro de él.

Deseo, sí, pero eso ya lo había esperado. Había algo más. La necesidad de protegerla. De quitarle la preocupación y el dolor.

De matar dragones por ella.

–Está bien –dijo él suavemente, acariciándole las mejillas con los pulgares.

La boca de Kate temblaba ligeramente. Lo sintió cuando le rozó los labios con los suyos.

Fue el más suave de los besos, a años luz de los que habían compartido antes. Sin embargo, Cristiano sintió que los pilares de su mundo se tambaleaban un poco. En los breves segundos durante los que se tocaron sus labios, fue como si él hubiera dado un paso en la oscuridad y hubiera encontrado vacío.

De repente, ella se apartó de su lado y dio un paso atrás bajando la cabeza para ocultar el rostro.

—Tengo que ir a encontrar a Alexander —dijo con voz ahogada. Entonces, agarró el abrigo y las botas del niño y desapareció.

Kate bajó a la playa rápidamente. Se alegraba de sentir el viento contra el rostro, dado que tal vez éste le ayudara a recuperar el sentido común.

De todas las cosas estúpidas e irresponsables que podría haber hecho, besar a Cristiano en el aparcamiento tenía que llevarse la palma. O dejar que él la besara a ella. Para Cristiano, un beso era algo trivial. No significaba nada, pero para ella... Para ella era avivar las llamas de un fuego que estaba tratando de apagar. Era olvidarse de lo que era verdaderamente importante: Alexander.

El niño estaba más adelante, corriendo hacia el mar y ocasionalmente mirando la arena o saltando sobre una piedra.

—Parece muy contento

Automáticamente, ella se tensó.

—Parece que tiene frío.

—Y tú también.

Antes de que ella pudiera reaccionar, Cristiano le colocó su abrigo sobre los hombros y se quitó también la bufanda para enrollársela alrededor del cuello.

–Estás tan ocupada cuidando a Alexander que te olvidas de cuidar de ti.

Kate sabía que aquello era cierto. El beso tampoco le había ayudado. Cerró los ojos. Resultaba tan difícil mantenerse fuerte y ella estaba tan cansada...

–¡Mirad, una medusa enorme! –exclamó Alexander.

Kate escuchó la voz del niño con dificultad, por la fuerza del rugido del viento y de las olas. Inmediatamente, abrió los ojos.

–¡No la toques! –gritó.

Sin embargo, Cristiano ya se dirigía hacia el lugar en el que estaba el niño a grandes zancadas. Ella lo observó hipnotizada, mirando cómo el viento le aplastaba la camisa contra el cuerpo, delineando claramente los contornos del torso que tan bien conocía. Aquel cuerpo le había dado tanto placer...

Con cierto aire de culpabilidad, apartó el pensamiento de aquel camino. Estaba a punto de seguirlo cuando algo se lo impidió. Cristiano y Alexander estaban inclinados sobre la medusa. Sus rostros tenían expresiones idénticas. Cristiano tenía agarrado al niño de la mano para evitar que pudiera sentir el impulso de tocar la medusa.

En ese momento, Kate comprendió por primera vez en cuatro años que no era la única responsable de la seguridad de su hijo ni de su bienestar.

Al menor por el momento, tenía alguien más con quien compartir aquella carga.

El alivio que sintió resultó casi abrumador.

Capítulo 12

LA MAREA subió y fue cubriendo poco a poco la suave arena sobre la que Cristiano y Alexander habían estado jugando. Cristiano se incorporó y se sorprendió al ver lo cerca que estaba el mar y que las nubes habían terminado por cubrir el sol. Sonrió. Le había fascinado tanto ver el mundo a través de los ojos de su hijo que había perdido toda noción del tiempo.

—Creo que es hora de que regresemos con tu mamá, ¿no te parece?

Comenzaron a caminar hacia el lugar en el que Kate estaba sentada. Cristiano había estado pendiente de ella todo el tiempo. Este hecho no le sorprendía, dado que, a pesar de estar a miles de kilómetros de distancia, le había resultado imposible pensar en cómo estaba ella o en lo que estaría haciendo. Contempló la costa y decidió que, aunque no era la costa italiana a la que tan acostumbrado estaba, tenía algo salvaje y hermoso al respecto, un sosiego que llegaba muy dentro y que hacía que un hombre quisiera regresar. Se podía pasar allí la vida y no cansarse de observar cómo el mar cambiaba de color ni de ver cómo las sombras se dibujaban sobre las colinas.

Cristiano no pudo evitar esbozar una sonrisa cuando se dio cuenta de que, en realidad, no estaba pensando en absoluto en el paisaje.

Alexander se detuvo de repente y tiró del brazo de Cristiano cuando se agachó para recoger algo de la arena. Era un trozo de piedra gris, agudo y desgajado. Parecía pizarra.

–Tal vez sea un fósil –comentó Alexander.

–No lo creo –replicó Cristiano.

–Se lo llevaré a mamá, por si acaso –dijo Alexander firmemente. Le soltó la mano y salió corriendo hacia su madre–. ¡Mamá! ¡Mamá, mira esto!

Kate levantó la cabeza rápidamente con una expresión alarmada en el rostro. Se tambaleó para ponerse de pie. Demasiado tarde, Cristiano se dio cuenta de que había estado dormida. Tenía una marca rojiza en el lugar en el que la mejilla había estado apoyada sobre las rodillas.

–¿Qué pasa?

La ansiedad estaba de nuevo presente. Cristiano dio un paso al frente y la sujetó.

–No pasa nada. Sólo es una piedra. Nada más.

Sintió que ella se relajaba inmediatamente.

–Tal vez sea un fósil, mamá –repitió Alexander–. Míralo tú.

Kate se soltó de Cristiano y tomó la piedra. El corazón le latía a toda velocidad por el pánico que había sentido al escuchar que su hijo la llamaba y, principalmente, por el hecho de que Cristiano la hubiera agarrado. Cuando estaba preparada, podía enfrentarse al contacto físico con él, pero, en aquel instante, él la había pillado desprevenida.

Tras examinar la piedra, la golpeó contra una roca y sintió que se pelaba.

–Tienes razón. Ahí está.

Kate la levantó. Sobre la grisácea superficie, estaba la inconfundible silueta de una hoja.

–¡Sí! –gritó Alexander–. ¡Voy a encontrar otro!

Cristiano se acercó de nuevo a ella sacudiendo la cabeza.

–Lo admiró por no decirme que ya me lo había dicho. A mí me pareció una piedra –dijo. Presentaba una actitud más cercana, menos dura y arrogante.

Kate bajó la mirada. A esa actitud resultaba más difícil resistirse. Había estado decidida a resistirse a él porque pensaba que hacía lo mejor para Alexander. Durante las largas horas que pasaron juntos en el hospital, se había jurado que jamás antepondría sus intereses a los de su hijo.

Sin embargo, en aquel momento todo parecía muy diferente. De repente, le parecía que todo aquello era lo mejor para Alexander. Los tres... Juntos.

–Aquí hay muchos fósiles –dijo ella–. Los encontramos cada vez que venimos.

–¿De verdad?

–Sí. Te apuesto algo a que podrías encontrar uno al alcance de tu mano sin moverte del sitio.

–Yo jamás rechazo un desafío.

Cristiano se inclinó y tomó un trozo de pizarra que sobresalía en la arena.

–Está bien. Veamos si tienes razón.

Se lo entregó a Kate. Los dedos de ambos se rozaron cuando ella lo tomó. Cristiano sintió el temblor que le recorrió todo el cuerpo y que también lo hizo tambalearse a él como si hubiera sido un terremoto.

Ella golpeó el trozo de pizarra. Cristiano observó cómo la piedra se abría como si fuera un libro.

–Ahí está, mira. Es precioso.

–No lo veo...

–Porque no estás mirando.

Los ojos de ella brillaron al verse reflejados en los de él. Cristiano sonrió.

–Estoy mirando a algo mucho más hermoso.

Estaban de pie junto al acantilado, resguardados del viento. Cristiano apoyó las manos contra la pared rocosa y la aprisionó así. Entonces, bajó la boca y suspiró al sentir la calidez de la piel de Kate.

–Cristiano, no podemos...

–¿No podemos qué? Si quieres decir que no te puedo quitar los vaqueros para hacerte el amor aquí mismo, sobre la arena, tienes razón. Sin embargo, si lo que me estás diciendo es que no puedo hacer esto...

Le besó dulcemente el lóbulo de la oreja y se lo mordió suavemente. Ella contuvo el aliento y sonrió.

–Para. ¿Y Alexander?

–Le hará mucho bien ver a su madre feliz para variar. Casi tanto como me vendrá a mí hacerte feliz a ti –susurró. Le besó suave y repetidamente la mandíbula–. *Dio*, Kate, te deseo. Me he pasado cada minuto, cada kilómetro del viaje en coche desde Courchevel a Yorkshire deseándote. No puedo pensar en otra cosa...

Kate sintió que sus defensas se desmoronaban. Con un gemido, echó la cabeza hacia atrás y abrió la boca. Entonces, le agarró el cuello de la camisa y tiró de él hasta que los labios de ambos se unieron. Cristiano le enmarcó el rostro con un gesto de infinita ternura. El ruido del viento quedaba borrado por el rugir de la sangre en los oídos. Las fuertes olas perdieron toda su potencia comparadas con los latidos de su corazón y la oleada de cálido y húmedo deseo que se apoderó de ella.

–¡Mamá, tengo uno!

El grito de Alexander fue como un jarro de agua fría. Kate se apartó de Cristiano justo cuando Alexander apareció por la roca que los había ocultado.

–Tengo uno, mira.

Cristiano recuperó la compostura inmediatamente y

dio un paso al frente para tomar la piedra que el niño llevaba en la mano.

—Estupendo —dijo observando el fragmento de pizarra y recorriendo con el dedo la delicada huella espiral que había marchada sobre él—. Bien hecho, cazador de fósiles. Éste es el mejor.

—Es para ti —replicó Alexander—. Si te lo guardas en el bolsillo, te dará buena suerte.

—*Grazie*.

—¿Qué significa eso?

—Significa gracias en italiano.

—¿Tú eres italiano?

—Sí.

Alexander pensó durante un instante lo que acababa de escuchar y se volvió para mirar a su madre.

—Mami, ¿soy yo italiano?

—Eres medio italiano y medio británico. Yo soy británica y...

Sin embargo, Alexander había dejado de escuchar.

—¡Qué chachi! ¡Soy lo mismo que tú! —exclamó el niño, lanzándose sobre Cristiano para que él lo tomara en brazos—. ¿Es ya la hora de la merienda? ¡Tengo hambre!

Con el niño agarrado como si fuera un monito, Cristiano se volvió para mirar a Kate.

—Y yo también —dijo suavemente—. Me muero de hambre.

Se detuvieron en un pequeño pub en la carretera. El dueño, al que no había pasado desapercibido el coche de Cristiano y que era un gran aficionado a las carreras de coches, les dio la mejor mesa de su establecimiento, cerca de la chimenea. Alexander se sentó entre ellos con un buen vaso de Coca-Cola en las manos.

–Si se bebe todo esto, seguirá subiéndose por las paredes a medianoche –dijo Kate.

–¿De verdad? –le preguntó Cristiano. La miró durante un momento con una expresión horrorizada primero y luego más seria e intensa. Entonces, inclinó la cabeza hacia la de Alexander–. Tu bebida está mucho más buena que la mía –comentó–. ¿Me das un poco?

Pidieron langosta y un bol de gruesas y doradas patatas fritas. Se turnaron para darle a Alexander trozos de la suculenta carne rosada. Mientras se tomaba una copa de vino blanco muy frío junto al cálido fuego, Kate comprendió que tendría las mejillas sonrojadas y relucientes. Sin embargo, eso no era nada comparado a cómo se sentía por dentro.

Como Alexander estaba entre ambos, los dos no se tocaban, pero Kate era muy consciente de la presencia de Cristiano. De vez en cuando, sus miradas se cruzaban por encima de la cabeza de su hijo y ella sentía un deseo tan profundo que tenía que morderse los labios para no gemir en voz alta. No hacía más que contar los minutos que faltaban hasta que pudieran estar solos.

Por fin, Cristiano se levantó para pagar. Kate, presa del deseo y del vino, observó cómo se dirigía a la barra y sintió que la boca se le secaba cuando vio cómo él se sacaba la cartera del bolsillo trasero de los pantalones.

–Me gusta Cristiano –dijo Alexander.

–A mí también –replicó Kate. Lo tomó entre sus brazos y lo estrechó con fuerza–. A mí también.

Ninguno de los dos habló durante el camino de vuelta a casa. La magia del día colgaba sobre ellos como un frágil hechizo.

Sentada junto a Cristiano en el coche, Kate sentía

que su cuerpo deseaba las caricias que él le pudiera proporcionar. Inconscientemente, parecía gravitar hacia él hasta que cuando Cristiano cambió de marchas le tocó la rodilla. El deseo explotó dentro de ella como si se tratara de un meteorito lo suficientemente brillante como para iluminar los negros páramos que se extendían a su alrededor.

Alexander se estaba quedando dormido, pero se espabiló inmediatamente en cuanto llegaron a la casa. Parpadeó y miró a su alrededor.

–¿Estamos en casa?

–Sí –dijo Kate mientras se quitaba el cinturón–. Y tú tienes que irte a la cama. Venga. Vamos a lavarte los dientes.

Cristiano y Kate fueron a desabrochar el cinturón del niño al mismo tiempo. Sus dedos se rozaron y la electricidad pareció restallar entre ellos.

Cristiano tomó al niño y rezó en silencio para que remitiera la erección que tenía. Hacía mucho tiempo que no había deseado tanto a una mujer.

Desde el principio, se había imaginado que el hecho de tener un hijo cambiaría su vida profundamente, pero jamás había imaginado el impacto que tendría en su libido. Estaba acostumbrado a tener relaciones sexuales más o menos cuando su apetito se lo pidiera. Aquella ansia era nueva para él y resultaba tan exquisita como tortuosa.

Estar cerca de Kate y no poder tocarla había estado a punto de volverlo loco. Los gestos más ordinarios tomaban un significado extraordinariamente sexual. Ansiaba arrancarle la ropa y examinar el cuerpo que había gestado a su hijo. Quería cubrir los senos que habían amamantado a su hijo y acariciarlos. Quería volver a hacerla suya.

Llegó a lo alto de la escalera y vio que había tres puertas. No dudó cuál era la de Alexander porque había una plaquita en una de ellas con la letra A. La casa era tan pequeña que tendría que hacerle el amor a Kate muy silenciosamente...

–No estoy cansado –dijo Alexander cuando Cristiano abrió la puerta–. Quiero un cuento. Quiero que Cristiano me lea un cuento.

Aquello no se lo había imaginado. Dejó al niño en la cama y encendió la luz. Kate apareció en la puerta.

–Venga, cariño –dijo con voz suave–. Primero el pijama y luego los dientes.

Alexander metió la mano debajo de la almohada y sacó un pijama azul con un coche de carreras en la camiseta. Se lo colocó debajo del brazo y salió corriendo de la habitación.

Cuando se quedó solo en la habitación del niño, Cristiano se dio cuenta de que había una estantería llena de libros. Se lo tendría que haber imaginado. ¿Cómo podría haber sido tan estúpido?

No era difícil. ¿Acaso no lo había sido siempre? Llevaba veinte años poniendo todo lo que tenía en las carreras, intentando demostrar desesperadamente que no era el fracaso que sus profesores del colegio y su madre habían creído. Sin embargo, había tenido que darse cuenta en aquella pequeña habitación. Allí, por fin se había visto obligado a admitir que no le quedaba ningún sitio al que salir corriendo.

Alexander volvió a entrar, ya con el pijama puesto y la cara lavada. Se subió en la cama y lo miró.

Su hijo.

–Por favor, ¿me puedes leer un cuento?

–Yo...

–Esta noche, no –dijo Kate–. Es muy tarde y estás

cansado, pero si te tumbas estoy segura de que Cristiano
te hablará un poquito sobre el coche de carreras que
conduce.

—Por supuesto.

Kate se dirigió a la puerta y se volvió para mirarlos.
El rostro de Cristiano tenía una expresión que era mitad
alivio mitad desesperación.

—Te quiero, Cristiano.

—Yo también te quiero. *Ti amo, piccolino*.

Cristiano cerró la puerta y permaneció un momento
en el pasillo. Entonces, se apoyó contra la pared y suspiró. La desesperación le pesaba como una maldición.

Jamás había pronunciado aquellas palabras antes. Ni
siquiera estaba seguro de haberlas sentido, al menos no
de aquel modo, cuando se inclinó a besar la mejilla de
su hijo. El impacto de lo que significaba ser padre lo
golpeó con la fuerza de una avalancha y supo que haría
cualquier cosa, lo que fuera, por aquel niño.

¿Sería buen padre o sería eso otra de las cosas en las
que estaba destinado a fracasar? ¿Iba a defraudar a su
hijo del mismo modo que había defraudado a su madre?

Aquella noche había superado la prueba gracias a la
afortunada intervención de Kate. Sin embargo, ¿cuánto
tiempo podría ocultarlo? ¿Cuánto tiempo podría seguir
haciéndole creer que era algo que no era?

Kate salió de su dormitorio y se acercó a él.

—¿Todo bien?

Cristiano asintió. Quería decírselo. Quería sincerarse
con ella.

—Cristiano, yo...

En el estado de profunda excitación en el que él se
encontraba, aquella voz suave era más de lo que podía

soportar. Sabía que en ese momento no quería hablar. Sólo perderse en su dulzura.

Se acercó a ella y la tomó entre sus brazos. Entonces, la empujó hacia el interior del dormitorio y cerró la puerta. La besó apasionadamente y sintió el cálido cuerpo de Kate, un cuerpo tan ansioso como el suyo. Con deseosos dedos, ella le sacó la camisa de los pantalones y le deslizó las manos por el torso gimiendo de placer.

Rápidamente, Cristiano le desabrochó el botón de los vaqueros y se los bajó junto con la ropa interior. Entonces, los dos cayeron en la cama. Los muelles lanzaron un gemido de protesta que hizo que los dos se quedaran inmóviles durante un instante.

No escucharon nada, pero la interrupción había alterado su pasión. Durante un largo instante se miraron antes de que sus labios se unieran de nuevo muy lentamente, explorándose, saboreándose, acariciándose. Cristiano le deslizó la lengua por la garganta y notó que su piel sabía ligeramente al mar. Entonces, le agarró suavemente la camiseta y se la sacó por la cabeza. Dejó al descubierto el hermoso cuerpo de Kate. Un sujetador de color rosa le contenía los pechos. Cristiano no perdió el tiempo y se lo desabrochó inmediatamente. Bajó la cabeza y detuvo los labios por encima de un pezón.

El tiempo pareció detenerse.

Ella era tan hermosa... Abrió la boca y dejó escapar un profundo suspiro y observó cómo la carne de Kate se tensaba y se endurecía cuando su alivio la acarició. Su propio cuerpo ardía con la necesidad de hundirse en ella, pero se contuvo y se obligó a tomárselo lentamente. Le cubrió los senos de delicados besos. Kate gemía de placer y se cubría la boca con las manos. Cristiano sintió una visceral satisfacción al notar cómo el cuerpo de ella se tensaba de placer. El gozo de Kate, su felicidad, eran lo único que le importaba en el mundo.

De repente, ella le agarró los hombros y lo apartó.

–Kate...

–Quiero verte –susurró ella–. Quiero sentir tu cuerpo contra el mío y quiero mirarte a los ojos.

Muy lentamente, ella comenzó a desabrocharle los botones de la camisa. Los ojos le brillaban como zafiros y parecían mirarle hasta el alma. Cuando terminó con la camisa, se centró en los vaqueros.

Cristiano ya no pudo contenerse más. Presa del delirio del deseo, se quitó los vaqueros y se colocó encima de ella. La penetró muy lentamente, observando su rostro, notando cómo ella no dejaba de mirarlo. Estaban unidos. Juntos.

El ritmo de sus cuerpos se acrecentó a medida que el placer se fue haciendo dueño de ellos. Cristiano sintió que ella se tensaba y se arqueaba. Entonces, notó que su propio cuerpo respondía. Kate se llevó la mano a la boca y se la tapó cuando los músculos se convulsionaron en torno a él.

Durante un momento, él se detuvo y observó cómo ella temblaba de placer. Entonces, la tomó entre sus brazos y la sujetó con fuerza contra su pecho mientras se vertía en ella.

Kate permaneció completamente inmóvil, escuchando los latidos de su corazón y los sonidos de siempre, los sonidos que la acompañaban habitualmente por la noche y que llevaba oyendo ya tres años, desde que se mudó a aquella casa con un Alexander recién nacido.

Allí lo había acunado cuando el niño no podía dormir, mirando las luces por la ventana, observando los

faros de los coches y rezando para que un par pertene-
ciera al coche de Cristiano, que iba por fin a reunirse
con ella.

Él estaba allí, por fin. A su lado. En aquel momento,
no importaba nada más.

Capítulo 13

AÚN ERA de noche cuando Cristiano se levantó de la cama. El suelo de madera estaba helado bajo sus pies. Mientras recogía su ropa del suelo y salía del dormitorio, decidió que debía ocuparse económicamente de Kate.

Salió al pasillo y entró en el minúsculo cuarto de baño. Decidió que, si iban a ser una familia, necesitarían una casa familiar adecuada en la que vivir. Probablemente más de una. Se imaginó que Kate querría quedarse allí, cerca de sus familiares y amigos, pero era importante para él tener casa en algún otro sitio para estar cerca de su lugar de entrenamiento. No tenía por qué ser Mónaco.

Mientras se miraba en el espejo, pensó que los años de huir constantemente se habían terminado. Por fin había encontrado a alguien con quien quería quedarse. Ya sólo le quedaba hablarle de su pasado. Mientras se ponía la ropa, sintió pánico al pensar en lo que ella podría decir cuando le contara la verdad.

Apretó los puños y cerró los ojos para tratar de recuperar la racionalidad. El primer gran premio de la temporada tendría lugar en poco más de una semana. Si pudiera ganarlo y demostrar su valía, tal vez sería merecedor de ella. Tal vez entonces, Kate podría considerarlo como alguien con el que podría pasarse el resto de su vida.

Regresó al dormitorio y fue a donde estaba su bolsa de viaje. Abrió la cremallera y tensó el rostro cuando escuchó el ruido.

–¿Cristiano?

–¿Sí?

–Estás vestido.

–Tengo que marcharme

Kate se incorporó en la cama y frunció el ceño.

–¿Adónde?

–A Bahrein –respondió, con una triste sonrisa.

–Oh...

Cristiano se dirigió hacia ella y le dejó el sobre que Suki le había preparado sobre la mesilla de noche.

–¿Qué es eso? –preguntó ella.

–Billetes. Para Alexander y para ti. Vuelos y un hotel. A Alexander le encantará ver un gran premio.

–No. Lo siento, Cristiano, pero no puedo.

–No seas tonta –dijo él. Por un momento, pensó que la negativa tenía que ver con el dinero y creyó que la había ofendido con un gesto que ella consideraba demasiado extravagante–. No es nada...

Ella se cubrió con un viejo kimono y se levantó de la cama.

–No lo comprendes. No puedo ir. No puedo ver cómo vuelves a hacer lo mismo. Y no quiero que mi hijo lo vea.

Con eso, salió del dormitorio dejando a Cristiano de pie junto a la cama. La ira se apoderó de él. Lanzó una maldición en italiano y recogió su bolsa de viaje. Entonces, bajó las escaleras tras ella.

La encontró en la pequeña cocina. Estaba llenando el hervidor de agua.

–También es mi hijo.

–En ese caso, no deberías querer animarlo de esa manera –replicó ella tras darse la vuelta.

—¿Animarlo? ¿De qué estás hablando?

—De hacer lo que tú haces. Pensar que es buena idea poner en riesgo su vida para que el público se entretenga.

Cristiano no se lo podía creer. El gozo que habían compartido se había desvanecido como un sueño.

—¿Eso es lo que te parece que yo hago?

—Eso es lo que haces, Cristiano. Yo te vi, ¿te acuerdas? —dijo ella mientras se ponía a preparar café—. Vi cómo tu coche se estrellaba contra la barrera y empezaba a arder... No hay nada especial en matarse en un coche, ¿sabes? Cualquiera puede hacerlo. Como mi hermano. O mi padre.

—Yo jamás dije que me dedicara a algo especial —susurró él—. Simplemente hago lo que puedo para...

—¿Para qué? ¿Para demostrarle al mundo entero que no eres un fracasado? En realidad, Cristiano, nadie aparte de ti piensa eso. Tal vez lo pasaras mal en el colegio, pero para todo el mundo eres un dios... y para Alexander más que nadie.

Cristiano se sintió como si ella le hubiera abofeteado. Se acercó a ella con los puños apretados.

—¿Qué es lo que has dicho?

—Que tu hijo te necesita.

—Antes de eso. Lo del colegio. ¿Cómo lo sabías?

—Porque tú me lo contaste. Me lo contaste todo aquella noche que pasamos juntos. Me contaste lo mal que lo pasaste en el colegio y los sacrificios que tu madre tuvo que hacer para darte una educación. Me contaste lo desilusionada que se sintió cuando no aprobabas, cuando empezaste a faltar a clase y a juntarte con mala gente. Me dijiste que Silvio te ayudó cuando tú le robaste el coche ofreciéndote trabajar como aprendiz en vez de denunciarte. Me contaste lo mucho que se enfadó tu madre porque aceptaras.

–Ya basta.

–Sin embargo, yo sé lo que tu madre sentía, Cristiano. Te quería. Simplemente quería que estuvieras a salvo.

–No –rugió él–. En eso te equivocas. Ella no me quería. Me odiaba. Hice que su vida fuera una pesadilla. Y luego la maté.

Un profundo silencio cayó sobre la cocina.

–Vaya, parece que no te lo conté todo, ¿verdad?

–Eso no es cierto...

–Claro que lo es. Tenía cáncer. No me lo contó. ¿Quién sabe? Tal vez lo intentara, pero yo nunca estaba en casa. A veces estaba ausente durante días. Debió de saberlo durante mucho tiempo, pero no fue al médico porque utilizaba su dinero para pagarme mis estudios. Y porque sabía que si la ingresaban en un hospital yo me desmandaría por completo.

–Eso demuestra que pensaba en ti. Que te ponía primero –dijo Kate a pesar de que no la había conocido.

–Quería que yo mejorara –replicó Cristiano. Sacó una silla y se sentó–, para poder salir de la pobreza en la que el desgraciado de mi padre la había dejado. Para ella, eso significaba estudiar y que yo me hiciera médico o abogado. Cuando empecé a trabajar como aprendiz para Campano, pensó que yo me había resignado a trabajar toda mi vida con las manos. Para ella, fue como tirar por la borda todo lo que me había dado.

–Sé que por eso te importa ganar. Para poder demostrarle que puedes tener éxito, pero eso ya ha terminado. Ya no tienes que demostrar nada.

–Claro que sí. A mi hijo.

–Alexander te querrá de todos modos, hagas lo que

hagas. Para un hijo, su padre siempre es un dios, tenga la profesión que tenga.

–Exactamente –replicó él–. Por eso tengo que hacer algo para merecerme ese respeto. Si no, algún día descubrirá que no soy nada.

–Eso no es cierto. Eres disléxico, Cristiano. Tienes un problema muy común que hace que leer y escribir sean tareas difíciles.

–¿Lo sabías también? –preguntó él. Se levantó de la silla y la miró fijamente.

–Sí. Lo sé porque en una ocasión confiaste en mí lo suficiente como para contármelo. Cuando volví a verte, esperé que siguieras siendo el mismo. Entonces, me enteré de que el accidente te había hecho olvidar. Yo deseaba tanto que tú volvieras a sentirte de nuevo de ese modo, pero no fue así –susurró ella.

–En una ocasión, te pedí que te casaras conmigo, pero me dijiste que no. Pues ahora vuelvo a hacerlo, Kate, pero no quiero que te cases conmigo por el bien de Alexander, sino por el tuyo. Por el nuestro. Porque...

–¡No, Cristiano! ¡No puedo pasarme el resto de mi vida esperando a perderte! –gritó ella entre sollozos–. No puedo permanecer sentada viendo cómo te matas. No puedo vivir del dinero que ganas apostando con tu vida.

Cristiano dio un paso atrás y volvió a apretar los puños.

–Entonces, veo que prefieres no ser feliz para que no te puedan arrebatar la felicidad.

Lentamente, Kate negó con la cabeza.

–No sería feliz.

Cristiano cerró los ojos y dejó que su rostro se volviera de nuevo duro e impasible.

–En ese caso, no te lo volveré a pedir –le espetó–.

Haré que mi abogado se ponga en contacto contigo por Alexander. Espero que podamos llegar a un acuerdo amigable.

Con eso, Cristiano se dio la vuelta y se marchó. Kate se quedó allí, en la cocina, temblando. No se movió cuando oyó que el sonido del motor del coche de Cristiano iba haciéndose más débil, a medida que se alejaba, hasta que el silencio se lo tragó y ella comprendió que se había quedado sola.

Capítulo 14

KATE regresó a su trabajo. Tenía que seguir con su vida. Dominic se había portado muy bien dándole todo el tiempo que necesitaba mientras que Alexander se recuperaba, pero el niño ya no necesitaba sus cuidados constantes. Lo había demostrado en la playa, saltando y jugando con Cristiano.

Incluso en un soleado día de marzo, las oficinas de Clearspring resultaban sombrías. Kate estaba sentada en su escritorio, consciente de las miradas curiosas de todos los empleados. Evidentemente, todos se habían enterado que ella había sido la amante secreta del legendario piloto de Fórmula 1 Cristiano Maresca y que había tenido un hijo con él.

En la cocina, el calendario de Campano se había visto reemplazado por uno de Healthy Schools. Mientras esperaba que la tetera hirviera, decidió echarle un vistazo al periódico con la intención de leer su horóscopo y ver lo que ponían en televisión aquella noche, cuando una fotografía de la última página le llamó la atención.

Al principio, pensó que su mente le estaba jugando una mala pasada poniendo el rostro de Cristiano en el de otro hombre por las ganas que tenía de verlo. Entonces, el titular confirmó lo que había visto.

LA FLOJA ACTUACIÓN DE MARESCA PREOCUPA A CAMPANO.

Ella sintió que el corazón se le detenía. Sin poder evitarlo, siguió leyendo.

El deseado regreso de Cristiano Maresca a la competición parece que podría estar causando algunos quebraderos de cabeza al equipo Campano. El italiano, de treinta y dos años, que sufrió gravísimas lesiones en la cabeza en un accidente en Mónaco hace cuatro años, está, según se dice, comportándose de manera «errática» en los entrenamientos de esta semana, después de estar ausente durante dos días.

Suki Conti, portavoz de Campano, ha dicho que Cristiano es consciente de la importancia de esta temporada y que se ha tomado un tiempo libre antes de que empiece para resolver unos asuntos personales. «Cuando ocupe su lugar en la parrilla este fin de semana, su concentración y su compromiso estarán al cien por cien».

–Ah, por fin te encuentro.

Kate levantó la mirada y vio que era Dominic. Parecía muy preocupado.

–He venido a ocultarme de los curiosos –susurró ella–. Había oído que había personas que se detienen a ver los accidentes de coche, pero hasta hoy no me había dado cuenta de que era cierto.

Al decir lo de accidentes de coche, la voz se le quebró. Dominic se acercó inmediatamente a ella y la abrazó cariñosamente. Le quitó el periódico de la mano y miró la página que Kate había estado leyendo.

–Algo me dice que aún no estás preparada para esto –dijo con infinita compasión–. Mira, ¿por qué no te tomas el resto de la semana libre? En estos momentos todo está al día, por lo que no hay mucho que hacer por aquí.

Casi sin saber lo que hacía, Kate se marchó a casa de su madre. Margaret Edwards abrió la puerta secándose las manos en el delantal. Al ver a su hija, se alarmó inmediatamente.

–¿Qué es lo que pasa, cariño? Alexander está echándose su siesta arriba. No te esperaba hasta las cinco, como siempre. ¿Ha ocurrido algo?

–No... –susurró ella con la voz desgarrada–. Sí... ¡Ay, mamá!

Entonces, entre los brazos de su madre, dejó fluir las lágrimas que llevaba conteniendo desde que Cristiano se marchó de su casa.

–Kate, cielo...

–Estoy aquí.

La puerta se abrió y Margaret entró con dos tazas de té. Las dejó sobre la mesilla de noche y se sentó en la cama, junto a Kate. Después de llorar durante un buen rato, ella había subido para lavarse la cara y ver si Alexander se encontraba bien. Por primera vez en años, había encontrado fuerzas para abrir la puerta del antiguo dormitorio de Will.

–¿Te importa que haya entrado aquí? –le preguntó a su madre.

Margaret miró a su alrededor. Todo estaba igual que la tarde en la que Will se había marchado para no volver. Su albornoz aún colgaba detrás de la puerta y los pósteres seguían alineando las paredes. Algunos parecían algo antiguos. No era el caso del de Cristiano. Estaba más joven, pero igual de guapo.

–No, cariño. No me importa. Yo vengo a menudo para limpiar y estar un rato. Supongo que así me siento más cerca de él.

—¿Cómo conseguiste superar la muerte de papá?

—Muchos dirán que no conseguí superarla —dijo Margaret mientras comenzaba a tomarse su té—. El médico me recetó unas pastillas que me ayudaron a no sentirme culpable. Todo el mundo fue muy amable...

—¿Culpable? ¿Por qué? Papá se mató en un accidente cuando iba a trabajar.

—Aquella mañana antes de que se marchara tuvimos una discusión —confesó ella tras tomar un sorbo de té—. Fue una tontería, pero me persiguió durante años. Y sigue persiguiéndome, si te soy sincera. No me podía sacar de la cabeza la idea de que yo había causado aquel accidente distrayéndolo, por lo que él no iba pensando en la carretera.

—La culpa fue del otro vehículo, mamá.

—Eso no significaba nada para mí. A mí siempre me pareció que era culpa mía y, aunque no lo fuera, no me puedo perdonar el hecho de no haberle dicho que lo amaba aquel día. Sólo nos damos cuenta de lo valioso que es el amor cuando una persona no está. Todo lo demás son sólo detalles.

—Mamá...

Kate suspiró. Mientras Margaret hablaba, ella se había levantado para contemplar el póster de Cristiano. De repente, mientras escuchaba a su madre, le resultó muy evidente lo que tenía que hacer.

—¿Te importaría cuidar de Alexander este fin de semana?

—Claro que no, cariño. Me encanta cuidar de él. ¿Por qué?

—Creo... creo que voy a ir a Bahrein.

—Ya te puedes vestir, Cristiano.

Francine apagó la pequeña linterna y volvió a sentarse a su escritorio.

–Todo parece estar bien –dijo mientras realizaba sus anotaciones–. A la vista de que no has vuelto a tener los problemas que tenías anteriormente, me alegra decir que hoy tienes mi autorización para competir. Supongo que te parece una buena noticia, ¿no?

Cristiano se incorporó del diván y se puso la camiseta.

–Por supuesto –dijo él mientras se dirigía hacia la puerta–. Lo siento. Estoy algo tenso. Estaré bien cuando salga a correr.

–Sólo quiero decirte una cosa más antes de que te marches. Sé que esto no afecta en nada para la carrera, pero pensé que te gustaría saberlo. El otro día miré las pruebas que hiciste para la dislexia...

–¿Y?

–Parece que tienes una dislexia muy severa, que supongo que te detectarían en el colegio. ¿Te informaron a ti o a tus padres?

–No como un problema médico. Se mencionaba a menudo que yo parecía tonto...

Francine asintió.

–Afortunadamente, esa clase de ignorancia es bastante rara hoy en día, pero siento que tú tuvieras que soportarla. Seguramente no fue fácil.

–No.

–Lo imagino –dijo Francine mientras observaba cómo Cristiano se dirigía a la puerta–. Buena suerte en la carrera de hoy.

–*Grazie.*

–Y gracias por el champán. No tenías por qué hacerlo. Fue un placer que utilizaras mi casa.

Cristiano se volvió con una irónica sonrisa.

–Te aseguro que el placer fue todo mío.

Kate decidió que todo era cuestión de perspectiva. Mientras observaba el desierto a través de la ventanilla, decidió que hacía unos años, e incluso unas pocas semanas, un vuelo de siete horas le había provocado un fuerte ataque de pánico. En aquel momento, el único sentimiento que provocaba era una leve preocupación. Su verdadero miedo era tener que vivir el resto de su vida sin Cristiano.

–Señoras y caballeros –dijo el capitán por la megafonía del avión–. Dentro de pocos minutos aterrizaremos en el aeropuerto internacional de Bahrein. Si se asoman ahora por la ventana, verán el circuito en el que el Gran Premio va a empezar dentro de aproximadamente cuarenta minutos. La temperatura es de unos veintidós grados en estos momentos y una ligera brisa...

Todos los pasajeros se pusieron a mirar por la ventana con interés, pero Kate sintió pánico.

Sólo quedaban cuarenta minutos. «Por favor, permíteme llegar a tiempo...», rezó.

Lo que preocupaba verdaderamente a Cristiano era la falta de nervios. Se sentía ajeno al frenesí y la excitación del resto de pilotos y miembros de los diferentes equipos.

Mientras se dirigía hacia la sala de prensa, se llevó la mano al corazón para tocar el fósil que Alexander le había dado. El desierto rodeaba el circuito, una cantidad ingente de arena que le recordaba a su hijo corriendo por aquella playa de Yorkshire.

Tenía que centrarse.

Suki se dio la vuelta. En aquel momento, Cristiano sintió algo en el interior de su cabeza. Suki se acercó a él y le dio un beso en la mejilla...

¿Dónde estaba Kate?

La pregunta se le ocurrió sin saber por qué. Sintió una pequeña descarga eléctrica en el cerebro. Se apartó de Suki y miró a su alrededor. De repente, sin saber por qué, estaba convencido de que Kate estaba allí. De que ella también lo estaba buscando.

Sin responder a ninguna pregunta de los periodistas, se dio la vuelta y volvió hacia los boxes. Estaba seguro de que Kate estaba allí. Desesperadamente, recorrió las gradas con la mirada.

Cuando llegó a boxes, tenía la respiración muy acelerada. Se detuvo y miró a su alrededor esperando verla. Tenía que estar allí. Estaba seguro.

—Por favor... por favor...

—¡Cristiano!

Era Suki, que se dirigía corriendo hacia él.

—Vamos. Es hora.

La desesperación se apoderó de él. Miró una vez más a su alrededor y tras lanzar una maldición se dirigió a su coche.

El sol estaba muy bajo en el cielo. El humo blanco que escupió el Ferrari que llevaba delante impedía que Cristiano viera bien. Él siguió a pesar de todo. Estaba conduciendo a ciegas, guiado por sus reflejos. Y el fósil de Alexander.

Otra curva. Un coche cerca del de Cristiano perdió el control. La voz de Silvio le tranquilizó a través de la radio de equipo.

–Todo va bien, Cristiano. Ahora tienes más sitio delante. Avanza. Demuéstrales que has vuelto.

«No tienes que demostrarle nada a nadie».

Lanzó una maldición y pisó los frenos. Aquello no debía ocurrir. El ruido del motor y la necesidad de permanecer con vida debería hacer que fuera imposible que él escuchara la voz de Kate. Por eso se ganaba la vida así, para escapar los complicados sentimientos sobre los que no tenía control alguno.

Para olvidar.

Sin embargo, no podía. En ese momento, sintió otro *flashback*. Cuando la pista desapareció delante de él, recordó...

Recordó la última vez. Mónaco. Ir a buscar a Kate antes de montarse en el coche. Comprendió que por eso había estado convencido de que ella estaba en Bahrein... con una camiseta azul.

Ella se dio la vuelta y le sonrió. Cristiano la condujo a boxes y la besó. Entonces, se echó a reír porque ella le dijo que condujera con cuidado...

Las chispas saltaron del coche que iba delante. Cristiano se apartó de él y encontró espacio libre al otro lado.

–¡Sigue, sigue! –le gritó Silvio por la radio–. ¡Estás perdiendo segundos!

De repente, todo tuvo sentido. Durante toda su vida se había rodeado de personas que lo animaban a seguir, a que corriera más, a que condujera más rápido... Lo único que siempre él había querido era que alguien lo amara lo suficiente para decirle que parara.

Su madre lo había querido. Kate también.

Aminoró la marcha. Silvio comenzó a gritarle con tanta fuerza por la radio que sus palabras resultaban incoherentes. Entró en boxes y todos los mecánicos se pusieron en estado de alerta. Parecían verdaderamente alarmados. Silvio apareció tras ellos en el momento en el que Cristiano detuvo el coche.

Arrancó el volante y se levantó del coche. Era consciente de ser el centro de atención de las cámaras, pero, entonces, otra cosa llamó su atención.

Kate.

Estaba de pie detrás de Silvio. Tenía un gesto de incredulidad en el rostro.

–¿Qué diablos estás haciendo? –le gritó Silvio, con el rostro amoratado por la ira–. Tenías la pista libre. El coche iba como la seda...

–Lo sé.

Se quitó el casco y lo arrojó junto con el volante al interior del coche. No dejó en ningún momento de mirar a Kate.

–¿Que lo sabes? ¿Que lo sabes? *Per la madre di Dio,* Cristiano. Esa carrera era tuya.

–Lo sé, pero me di cuenta de que, en realidad, no quería ganarla.

Dejó atrás a Silvio y se dirigió hacia ella. El sol del desierto le acariciaba el cabello y se lo convertía en polvo de oro. Las lágrimas que tenía en los ojos parecían ser de oro líquido...

–No digas eso, por favor –susurró ella.

–Kate...

–No. Déjame terminar. He venido aquí para decirte... para decirte que lo siento –dijo, casi gritando, para que él pudiera escuchar su voz por encima del estruendo de los motores de los demás coches–. No me interpondré en lo que quieres hacer. Te amo tanto que tenía miedo de perderte, pero tenías razón... una vida vivida con miedo no es vida en...

Kate no pudo terminar la frase porque, en ese momento, él le colocó la mano en la nuca y la besó con fuerza mientras que los coches pasaban rugiendo a sus espaldas. Ella arqueó la espalda contra él y sintió que se deshacía en aquel dulce mundo de sensaciones. Cuando el ruido se mitigó, se apartaron lentamente, mirándose maravillados.

–¿Qué es lo que has dicho? –le preguntó Cristiano mientras las lágrimas de Kate le caían sobre los dedos.

–Que te amo –sollozó ella–. Te quiero sin condiciones. Prefiero tener cinco minutos de amor contigo que quinientos años de amor con otra persona. Así que si quieres meterte en el coche y regresar a la carrera, no me importa...

–Kate...

Cristiano volvió a besarla con una ternura que bordeaba la veneración. Kate sonrió.

–Sin embargo, es mejor que lo hagas pronto porque hasta a ti te podría costar recuperar el tiempo perdido en una parada en boxes para besar a tu novia en medio de una carrera.

–No voy a volver. Por fin he recordado lo que ocurrió la última vez. Además, ya no necesito esto. No necesito arriesgarme el cuello para sentirme vivo o ganar para demostrar que soy algo. Ahora os tengo a Alexander y a ti.

–Así es. Y así será. Siempre.

–¿Significa eso que te si te volviera a pedir que te casaras conmigo, tal vez aceptarías en esta ocasión?

–Prueba a ver... –susurró ella, consciente de que periodistas y mecánicos observaban la escena.

Solemnemente, él hincó una rodilla en el suelo. Los coches pasaban a toda velocidad a sus espaldas, pero el ruido que tan nerviosa solía poner a Kate se acababa de convertir en la música de acompañamiento para la voz de Cristiano.

–Kate Edwards –dijo él tomándole la mano–, ¿crees que eres lo suficientemente valiente y alocada a la vez para arriesgar unir tu vida a la de un expiloto de Fórmula 1 disléxico que te quiere más de lo que podrá nunca expresar con palabras? Y ciertamente sobre el papel –añadió, con una sexy sonrisa.

Kate soltó una carcajada a pesar de que las lágrimas le caían abundantemente por las mejillas. Hizo que Cristiano se pusiera de pie.

–Ya me conoces... Me crezco con el riesgo. Acepto el desafío... y el final feliz.

Cristiano le agarró la cintura y la tomó entre sus brazos.

–No, no... –susurró mientras se inclinaba para besarla de nuevo–. Esto no es el final, sino solamente el principio...

BIANCA.

INDIA GREY

AL SERVICIO DEL ITALIANO

Aunque Sarah Halliday es muy sencilla, su peligrosamente atractivo nuevo jefe, Lorenzo Cavalleri, no está contento con que se limite a limpiar los suelos de mármol de su *palazzo* de la Toscana…

Un perfecto maquillaje y los preciosos vestidos que perfilan su figura la hacen apta para acompañarlo a diversos actos sociales, pero en el fondo, Sarah sigue siendo la vergonzosa y retraída ama de llaves de Lorenzo… y no la sofisticada mujer que éste parece esperar en la cama.

AQUELLA ÚLTIMA NOCHE

Cristiano Maresca, piloto de Fórmula 1 de fama mundial, siempre pasaba la noche antes de una carrera en brazos de una hermosa mujer…

N.º 473

Cuatro años atrás, esa mujer fue Kate Edwards. La noche que pasó con Cristiano despertó sus sentidos y le hizo experimentar un placer inimaginable. Sin embargo, al día siguiente, el indomable Cristiano tuvo un accidente que estuvo a punto de costarle la vida. Poco después, Kate descubrió que estaba esperando un hijo suyo…

BIANCA™

MAISEY YATES
CASADA CON UN PRÍNCIPE

Un error en la clínica de inseminación artificial hizo que Alison Whitman estuviera embarazada del heredero de Maximo Rossi, príncipe de Turan. Y ahora, él quería casarse con ella.

Maximo había perdido la esperanza de ser padre mucho tiempo atrás, pero el implacable gobernante de Turan estaba dispuesto a aprovechar aquella inesperada segunda oportunidad.

CHRISTINA HOLLIS
FLORES DE PASIÓN

Kira Banks prefería las plantas a las personas. Tras sufrir una dolorosa relación sentimental, vivía sola en el precioso valle de Bella Terra. Pero cuando el atractivo multimillonario Stefano Albani apareció en la finca con su helicóptero, su tranquila vida se vio alterada para siempre…

N.º 472

JULIA JAMES
PASADO SECRETO

Cuando Angelos Petrakos vio a la supermodelo Thea Dauntry en un lujoso restaurante de Londres, supo que ella no era en realidad la mujer de innata elegancia que aparentaba ser...

Para Thea, la reaparición de Angelos era desastrosa. Lo último que Thea deseaba en ese momento era que alguien le recordara su pasado... Pero Angelos nunca pudo olvidar cómo ella lo utilizó.

JAZMÍN

ANNE WEALE
NUEVAS OPORTUNIDADES

Cuando Liz se trasladó a vivir a un tranquilo pueblo en España, no esperaba que su vecino fuera el playboy Cameron Fielding. Por la casa de Cameron no dejaban de desfilar mujeres, por eso a Liz le sorprendió tanto enterarse de que estaba pensando casarse... ¡con ella! Era una proposición práctica, pero la luna de miel les demostró que su matrimonio podía ser muy apasionado.

CARA COLTER
UN AMOR POR NAVIDAD

Beth Cavell no podía darle a su sobrino huérfano los regalos de Navidad que el pequeño quería: nieve... ¡y un papá! Cuando alquiló una cabaña en medio de la hermosa naturaleza de Canadá, conoció a Riley Keenan, a quien no le gustaba nada la Navidad. Pero poco a poco, la encantadora Beth y su sobrino consiguieron ablandarle el corazón. Y entonces empezó a caer la nieve. ¿Se cumpliría también el segundo deseo de Jamie?

N.º 572

CHERYL KUSHNER
SIEMPRE SERÁ ÉL

El jefe de policía Ryan O'Connor llevaba diez años sin ver a Zoe Russell, justo desde que le había roto el corazón a su mejor amiga. Ahora tenían que caminar juntos hacia el altar porque eran los padrinos de la boda de la hermana de Zoe. Pero Ryan no estaba preparado para ver el cambio que había dado aquella muchacha tan poco femenina... ni para enfrentarse a los sentimientos que iba a despertar en él...

DESEO

*La noche que él no recordaba era
la noche que ella no podría olvidar jamás*

NUNCA TE OLVIDÉ

CYNTHIA ST. AUBIN

N.° 2182

La historia de la salida de la pobreza de Remy Renaud, el copropietario de una destilería, podía lanzar a la productora de televisión de Cosima Lowell a lo más alto, aunque él no recordara la noche que habían pasado juntos. Cuando la química que había entre ellos volvió a reunirlos en un encuentro apasionado, Cosima se dio cuenta de que estaba jugando con fuego. Sin embargo, Remy también estaba ocultando algo, una terrible traición que podría separar a los hermanos Renaud y destruir aquella segunda oportunidad que tenía con Cosima.

BIANCA.

Una vez esposa de un Ferrara,
siempre esposa de un Ferrara…

SIEMPRE
EL AMOR

SARAH MORGAN

N.º 3079

Laurel Ferrara no tenía suerte en el amor; su matrimonio
había sido un desastre. Y no había bastado con irse sin más.
Desde el momento en que habían reclamado su vuelta a
Sicilia, los escalofríos de aprensión la asolaban…
La orden procedía del famoso millonario Cristiano Ferrara,
el esposo al que no podía olvidar, pero habría dado igual
que proviniera del mismo diablo…

BIANCA.

Multimillonario repudiado busca prometida.
Solo se tendrá en cuenta a ricas herederas

SE BUSCA PROMETIDA

BELLA MASON

N.° 3078

Julian Ford, hombre hecho a sí mismo y empresario implacable procedente de los barrios bajos, necesitaba asegurarse fondos de un grupo de inversores. Su solución: anunciar un compromiso con una mujer perteneciente a una familia importante de San Francisco... ¡y Lily Barnes-Shah cumplía los requisitos!

La propuesta de negocio de Julian le ofrecía a Lily la oportunidad de escapar de un matrimonio concertado no deseado. Pero no podía haberse imaginado ni el ardiente deseo que surgiría entre los dos ni que anhelaría algo fuera de los límites de su acuerdo temporal: entregarse a la pasión bajo las carísimas sábanas de Julian...